致青春 137

雲深清淺時

（上）

東奔西顧　著

高寶書版集團

目錄
CONTENTS

第一章　青梅竹馬

春日的上午總讓人昏昏欲睡，但校園裡的青春活力卻能把瞌睡蟲驅散，朝氣蓬勃的學生們永遠不知疲倦，短暫的下課時間，三五成群，打打鬧鬧，異常熱鬧。

蕭雲醒在熙熙攘攘的人聲裡，安靜地坐在座位上寫題目，溫暖耀眼的陽光從窗戶照進來，在他周身鍍上一層金色的光芒，溫柔地勾勒著他漂亮的側臉線條，連帶一向清涼的眉眼都柔和不少。

坐在他前面的姚思天和聞加，正側著身子和向霈聊得熱火朝天。

「哎，哥兒們，聽說了嗎？國中部有個新來的轉學生，長得超級漂亮，一來就把校花比下去了。」

蕭雲醒剛把倒數第二題收尾，不以為意地點了一下筆尖。

「不知道，誰像你涉獵這麼廣啊？大家都知道你和國中部的學妹們關係最好了。不過我們學校什麼時候開始收轉學生了？」

「我哪知道啊，校長又不會跟我商量，不過是真的很漂亮，這幾天有好多人去圍觀呢，好像叫什麼……清歡？」

蕭雲醒已經看完最後一題的題幹，在準備答題時頓了一瞬，又繼續寫起。

「什麼清歡？」

「叫什麼清歡來著……我想一下啊……哦，我想起來了！陳清歡！」

蕭雲醒的手一滑，帶動筆尖在白紙上畫出一道淺長的劃痕。

向霈歪頭看過去：「雲哥，怎麼了？」

蕭雲醒終於抬頭，緩緩開口：「沒事。」

姚思天繼續剛才的話題：「那我們等等也去看看吧。說起來，校花已經夠漂亮了，比校花還好看的話，到底有多驚艷？」

「比校花還好看，那跟校草比呢？」聞加笑嘻嘻地對蕭雲醒擠眉弄眼。

蕭雲醒置若罔聞，低頭繼續解題。

向霈也湊熱鬧：「雲哥，我們一起去看看吧？」

蕭雲醒吐了兩個字：「不去。」

姚思天揮揮手：「算了，別打擾雲哥了，通常都是別人來圍觀雲哥的盛世美顏，什麼時候輪到雲哥去看別人了？」

蕭雲醒畫上最後一個句號，把習作收起來：「無聊。」

向霈對其他兩人做鬼臉：「看！我們和雲哥已經有兩個字的交情了！讓那些和雲哥連一個眼神的交情都沒有的人羨慕吧！」

語畢，三人哈哈大笑，蕭雲醒依舊面無表情。

的確，蕭雲醒不愛說話，尤其不愛和陌生人說話，要不是他們坐得近，又是自來熟，說不定蕭雲醒到現在都還叫不出他們的名字。

笑聲剛落，上課鐘聲響起，學生連連嘆氣，老師也同時走進教室，所有人立刻安靜下來。

蕭雲醒打開課本後，往國中部的方向看過去。

陳清歡？

三月裡的豔陽天，春風拂面，暖洋洋的，在不經意間就讓人失了心神，他彷彿看到一隻蝴蝶從明媚的春光中飛到他面前……

陳清歡在前幾天終於和老爸一起搞定老媽，從國際學校轉到X大附中，這幾天忙著適應新環境，還來不及去給蕭雲醒驚喜。

她今天好不容易逮到時機，在午休時間拽著新同學冉碧靈，馬不停蹄地前往學校的食堂。

冉碧靈和她並肩走進食堂，嘴裡還在介紹：「這就是我們學校的食堂，味道平庸，不好吃也不難吃。」

陳清歡根本就不是來吃飯的，眼睛像雷達一樣搜索著目標，壓根兒沒在聽她講話。草草掃了一圈後，也沒發現熟悉的身影，這才興致缺缺地被冉碧靈拖去排隊盛飯。

後來碰到兩個隔壁班的女生，和冉碧靈的關係似乎不錯，四個人便坐在一起吃飯聊天。

女生湊在一起無非是聊聊衣服、八卦，還有明星。

陳清歡托著下巴，百無聊賴地攪著面前清澈見底的番茄蛋花湯。

聊到一半，其中一個女生忽然指著陳清歡的身後瘋狂叫道：「哎哎哎，是高中部的學神蕭雲醒耶！」

陳清歡一聽到那三個字後瞬間打起精神，立刻把腰挺直，順著她的視線看過去。

冉碧靈被她的反應嚇了一跳，緩過來後便幫她介紹：「喏，被譽為『風生雲起他獨醒』的蕭雲醒同學，完全不給別人一條活路走的學神加校草，無論是顏值還是成績都讓人望塵莫及啊！去年進入國家集訓隊，在一番角逐後又進入國家隊，代表國家參加國際物理奧林匹克競賽，還拿了金牌。妳知道這代表什麼嗎？」

陳清歡一副懵懂的樣子：「代表什麼？」

冉碧靈臉上的豔羨頗為明顯：「代表他已經穩穩地把前二志願的保送名額收入囊中了，只等他挑學校，而不是學校挑他。聽說他今年又要去征戰數學領域，明明才剛結束集訓回來。妳說，這世上怎麼會有這麼厲害的神仙呢？」

陳清歡勾著唇角看著那道身影，意義不明地問：「那……學校裡是不是有很多女生喜歡他啊？」

冉碧靈想了一下後給出客觀的答案：「也沒有很多吧？除了我，在學校還是能找出那麼幾個不喜歡他的。」

「……」那麼幾個？

坐在陳清歡對面的女生咬著筷子，一臉花痴：「蕭雲醒到底是吃什麼長大的啊？成績好，顏值高，運動起來還那麼帥，眉目如畫、清貴雅致，這麼個翩翩少年郎，完美符合懷春少女對男孩子的所有嚮往。」

陳清歡似乎把這話聽進去了，托著下巴，一臉若有所思。

冉碧靈拿起筷子，在她眼前揮了揮：「陳清歡小朋友，快醒醒啊，快把妳的美夢扼殺在萌芽裡，別以為自己長得好看就想去搭訕，那人可是出名的高冷啊！也不能說是高冷，其實他對人也蠻客氣的，但妳敢去撩的話，就等著被凍死吧！」

陳清歡眼底的笑意越發明顯，一開口卻又是無所謂的口氣：「這樣啊……」

冉碧靈睜大眼睛看著她：「妳不會真的看上他了吧？」

陳清歡眼底的狡黠一閃而過：「嗯，看上了。」

冉碧靈想起以往和蕭雲醒表白的女生的下場，努力阻止她：「那也別去！」

陳清歡咬著嘴唇，眼底波光流轉，笑得異常好看，當真是唇紅齒白，顧盼生姿：「如果我偏要去呢？」

「那……妳去吧。」冉碧靈投降。她原本還想問問這個小朋友是吃什麼長大的，怎麼笑起來能這麼好看，而且五官精緻得不像話，小小年紀就占盡風流，說不定她真的是蕭雲醒的菜。

隔壁班的兩個女生都以為陳清歡在開玩笑，沒想到她真的朝蕭雲醒走去，順便拿走手邊的粉色保溫瓶。

蕭雲醒才剛盛完飯坐下沒多久，就察覺到有一道陰影罩在身上。

陳清歡拎著保溫瓶坐到他對面，歪著頭看他，彎彎的馬尾在她腦後輕輕晃動，那雙貓眼又大又圓，不笑自帶三分可愛，嫣紅粉嫩的唇上下開闔，慢悠悠地叫出他的名字：「蕭雲醒？」

蕭雲醒靜靜地看著她：「嗯。」

陳清歡低頭喝了口水，唇上還沾著水痕，泛著漂亮的光澤：「我不喜歡學校發的保溫瓶的顏色，我比較喜歡你那個顏色，我們可不可以……交換一下？」說完，瞄了他手邊的黑色水壺一眼。

這副懶洋洋的模樣卻讓周圍的人倒吸一口氣，這個女生到底是從哪來的？她瘋了嗎？向霈、聞加和姚思天目瞪口呆地看著這個轉學生，沒想到這個女孩雖然長得好看，卻是個傻子。

誰不知道蕭雲醒是個潔癖？連課本都不讓人碰，更別說是入口的東西！

三人齊看向那個粉色保溫瓶，保溫瓶上的校徽 LOGO 大概也在發抖。

更不可思議的是蕭雲醒的反應。他沒說話，把自己的保溫瓶放到她面前，又從她手裡拿過粉色保溫瓶，放到自己的手邊，還貼心地提醒道：「剛裝的水，燙，喝的時候要小心。」

陳清歡展顏一笑，緩緩開口：「那就……謝謝你囉。」

向霈、聞加和姚思天面面相覷，說好兩個字的交情呢？怎麼對頭一次見面的女生說了那麼多字！

陳清歡在此起彼伏的吸氣聲中，轉身回到座位繼續吃飯。心情不錯的她邊吃邊想，食堂的飯還是挺好吃的。

沉默了幾秒後，聞加忽然開口：「十二個字。」

姚思天吃了口菜：「什麼？」

聞加一臉不可思議：「雲哥跟一個陌生女生一口氣說了十二個字！」

向霈揮舞著筷子在空中打叉：「錯！是十三個！前面還有一個『嗯』！」說完，三人齊齊看向蕭雲醒。

蕭雲醒懶得理他們，繼續低頭吃飯。

陳清歡在眾人的注視下快樂地吃著午餐，過了半天，冉碧靈才反應過來，扯扯她的手臂：「陳清歡，妳說實話，妳是不是會催眠術？快點教教我啊！」

陳清歡嫌棄她的幼稚：「不會。」

另外兩個女生也按捺不住，異口同聲地問道：「那蕭雲醒怎麼會和妳換水壺？」

「大概是因為……」陳清歡從保溫瓶裡倒了一杯水，舉到唇邊喝了一口後才繼續，烏黑晶瑩的眼裡滿是調皮，「他喜歡我的保溫瓶的顏色？」

「……」

粉色？鬼才信！

「他為什麼和妳說了那麼多話？」

陳清歡放下水杯，像是發現了什麼：「他平時都不跟別人說話嗎？」

「不是不說話，是話少，除了上課回答問題，基本上不會超過三個字。」

陳清歡的心情又明媚了幾分，舉起水杯喝了口水。

冉碧靈擰開杯蓋，慢慢地舉到陳清歡的手邊：「能不能倒一點給我？」

陳清歡直接把杯子抱進懷裡，警惕地看著她：「不行！」

冉碧靈瞪她：「小氣鬼！」

陳清歡得意地對她拋媚眼：「妳不是不喜歡他嗎？」

冉碧靈嘆氣：「我確實不喜歡他啊，但他是學神，我想沾沾他的仙氣，下次考試的名次就能往前靠，這樣就不會被我媽嘮叨了。」

「……」陳清歡無言以對。

陳清歡和冉碧靈在吃完午餐後就走了，但一群八卦人士在用餐結束後卻不打算離開，等著看蕭雲醒會如何處理那個保溫瓶。

蕭雲醒吃完飯後，直接擰開水杯，放在唇邊喝了一口，動作自然，彷彿那就是他的水壺，沒有任何不情願或者勉強的樣子。

那天過後，大家就看到揚名整個X大附中的蕭雲醒，每天拎著粉色保溫瓶在校園裡晃蕩，不得不說，人長得好，和什麼顏色都相配。

而陳清歡繼成為「新一代校花」的話題紅遍全校後，靠著成功撩到蕭雲醒又紅了一波，大有燎原之勢。

沒想到這一切都只是個開始。

週一上午的第一節下課，蕭雲醒正閉眼思考上節課的重點，就聽到坐在門口的同學叫他：「雲哥，有人找你！」

蕭雲醒抬頭看過去，只見陳清歡靠在門框上，探著腦袋笑嘻嘻地看著他。

他起身走過去，兩人站在教室門前，往來的同學時不時把視線放在兩人身上。

陳清歡一臉討好地笑著叫他：「蕭雲醒？」

蕭雲醒靜靜地望著她：「嗯。」

陳清歡踮起腳，把臉湊到他面前，睜著無辜的大眼：「我忘記穿運動服了，等等做早操的時候要檢查，我能不能穿你的？」

蕭雲醒聽後也沒囉嗦，直接把運動服脫下來給她。

一絲歡喜從陳清歡的眼底滑過，她趁著穿衣服的時機，動作極快地把一個東西塞進他的手裡，然後在一群女生的咬牙切齒聲中，穿著帶有蕭雲醒體溫的上衣回到班上。

蕭雲醒手指緊握，回到座位才低頭去看，攤開的手掌裡躺著一個小花髮圈。

於是，蕭雲醒用一支警告換來一朵小花。

早操時間的檢查結果出來後，班導丁書盈在未依照校規著衣的名單裡，看到了得意門生的名字。

上課前，她站在教室裡環視一圈後點出蕭雲醒的名字，而蕭雲醒則一臉平靜地站起身。

她的語氣不帶嚴厲，像是在問天氣一樣隨意：「你今天怎麼沒穿運動服？」

蕭雲醒動了動唇，面無表情地胡說八道：「忘了。」

全班同學目瞪口呆，老師，他說謊！

丁書盈點點頭，蕭雲醒這個學生成績好，也省心，分到她的班上，別的老師都羡慕得不得了，偶爾出點差錯也完全能夠理解：「下次要記得，坐下吧。現在開始上課。」

丁書盈在上面講課，向霈依靠地理優勢，時不時用餘光來偷瞄蕭雲醒。

蕭雲醒終於轉頭看向他。

向霈正在出神，只看到他的嘴巴動了動，下意識地問：「什麼？」

蕭雲醒示意他看向前方：「老師在叫你。」

向霈全身一震，立刻站起來，嘴裡還念念有詞：「老丁……哦，不，丁老師，我在聽，只是聽不懂而已，麻煩您再說一遍。」

丁書盈被突然站起的向霈嚇了一跳，看他這副模樣就知道，肯定是幹了什麼好事，於是在接下來的時間裡，向霈的身心接受了丁老師的嘮叨洗禮。

「你站起來做什麼？我剛才有叫你嗎？上次考試的成績都退步了，還不好好跟上進度，別恍神。你這樣怎麼考得上第一志願？都已經特地讓你坐在蕭雲醒的旁邊了，怎麼還不跟人家好好學學呢？去旁邊站著聽，別擋到後面的同學！」

向霈被罰站了一節課，直到下課才拖著僵直的雙腿回到座位。

前面的兩人還幸災樂禍：「向霈，上課時間發什麼瘋呢？老丁不找你麻煩就算了，你還主動往槍口上撞。」

向霈無奈地看了正在寫題目的蕭雲醒一眼，含淚咽下委屈，鬱悶地趴到桌上不說話。

不過他的鬱悶沒持續多久，上午最後一節課還差十分鐘下課，他就生龍活虎地動來動去，小聲問蕭雲醒：「雲哥，三班約我們班在午休時間打籃球，等等吃完飯一起去吧？」

蕭雲醒想了一下，無聲地點點頭。

他興奮地握拳，隨後趴在桌上，緊貼著前座的椅背來詢問聞加和姚思天。

姚思天趁老師寫板書的時間，回頭小聲問：「雲哥，你要也去啊？快考試了，你不複習嗎？」

向霈想打他：「複習？你在開玩笑嗎？讀書對他而言不過只是玩樂而已，同樣都是玩，也得交換著玩才有意思啊，是吧，雲哥？」

蕭雲醒靜默，過了半天才疑惑地問：「什麼考試？」

「……」

聞加偷聽了半天，笑到桌子都在顫抖，回頭對蕭雲醒豎起大拇指：「雲哥，你之前明明可以跳級，為什麼要和我們在這裡浪費時間？」

蕭雲醒吐出兩個字：「等人。」

向霈一臉八卦：「等誰？不會是在等我吧？」他立刻捂緊衣領，一臉驚恐地看著他。

蕭雲醒面無表情地瞥了他一眼，姚思天和聞加一起鄙視他：「戲精！」

向霈笑哈哈地坐好，一心等著下課。

蕭雲醒抬頭看著黑板上的粉筆字，一邊聽講一邊出神。

等誰？還能等誰呢。

反正不是向霈。

午休時間一到，陳清歡和冉碧靈去校外吃午餐，在回來路過籃球場的時候，發現籃球場的裡裡外外都被圍得水洩不通，時不時還有歡呼聲。

陳清歡喝了口優酪乳：「他們在幹嘛啊？」

冉碧靈顯然見怪不怪：「肯定是有校草級別的美少年在打籃球啊。」

陳清歡忽然眼睛一亮：「該不會是蕭雲醒？」

冉碧靈艱難地看著她，「妳不會來真的吧？」

作為陳清歡的同學，她再了解不過了，這個女孩真不缺人追。才剛轉來幾天而已，每天一到學校，座位的抽屜就被塞滿了情書和禮物。女孩連書包都沒放，直接兩手一捧，毫不猶豫地把那堆東西從抽屜轉移到垃圾桶。

陳清歡直接忽略她，壓著她的肩膀，搖搖晃晃地踮著腳尖，注意力完全被籃球場裡的人帶走。

兩人還沒擠進去，那群人就開始往外湧出。

陳清歡一臉失望：「結束了？」

冉碧靈看了時間一眼：「差不多吧，快上課了。」

「啊？」陳清歡巴掌大的小臉皺成一團，「我什麼都還沒看到。」

冉碧靈忽然把她拽下，示意她往籃球架下看：「妳的情敵出現了。」

陳清歡一愣，環顧四處：「誰？」

冉碧靈一臉無奈：「妳的情敵啊，和我們同年級的方怡。學校裡有名的兩大學霸，高中部的蕭雲醒，國中部的方怡。」

「方怡？」陳清歡上下打量著不遠處的女生，身材高瘦，及肩的中長髮，規規矩矩地穿著制服，長相清秀。最吸引人的部分，是全身上下散發出的才女氣質。

她有些不開心了：「她也喜歡蕭雲醒？」

冉碧靈點頭：「何止是喜歡啊，都是高處不勝寒的學霸，單方面的惺惺相惜和情不自禁。可惜的是，蕭雲醒也許壓根兒都不知道她是誰。」

陳清歡看著方怡握著一瓶飲料站在蕭雲醒面前，她旁邊還站著幾個女生，正熱情地舉著五花八門的飲料和毛巾想遞給蕭雲醒。

蕭雲醒看也沒看，撩起球衣的下擺擦拭汗水，隱約露出的腹肌線條，在陽光下散發著令人臉紅心跳的水光。

冉碧靈被她臉上的猙獰嚇了一跳：「別咬了，據說喜歡咬吸管的人占有欲都很強，妳想占有誰啊？」

話音未落，陳清歡就捏著手裡的優酪乳瓶朝他衝過去。

「喝我的！」陳清歡忽然發聲，把喝到一半的優酪乳遞過去。

那瓶小猴子造型的優酪乳突然出現在一堆運動飲料中，顯得特別違和。

蕭雲醒看著被咬得慘不忍睹的吸管，伸手接過，低頭吸了幾口後，回身扔到不遠處的垃圾桶裡。

陳清歡的臉色總算緩和下來，她把那件鬆鬆垮垮的運動服脫下，順勢甩到蕭雲醒身上：「還你！」說完後，轉身拉著冉碧靈離開，半個籃球場的人直接在原地石化。

蕭雲醒喜歡喝優酪乳？

那件運動服……是誰的？

蕭雲醒一言不發地回到教室，擰開水杯猛灌了幾口水，才把嘴裡黏稠酸膩的不適感沖掉。

這丫頭一定是故意的，明知道他不愛乳製品。

正當他準備將運動服收起來時發現觸感有些奇怪，他把手探進衣服口袋翻找，並從裡面拿出一顆芒果口味的糖果，那是陳清歡的最愛。

他無聲地勾起唇角。

冉碧靈還處在震驚中，拽著陳清歡道：「妳瘋了嗎？為什麼要把喝剩的優酪乳給他？」

陳清歡認真地反駁：「不是喝剩的，那個優酪乳很好喝，我本來可以自己喝完，是我讓給他的。」

冉碧靈對她的邏輯頂禮膜拜：「還有那件運動服，是跟蕭雲醒借的？」

陳清歡垂下眉眼：「是啊，怎麼了？」

冉碧靈深吸一口氣，真是服了：「為什麼他願意借給妳？」

陳清歡踢著腳邊的碎石：「我怎麼知道？可能是因為他喜歡幫助同學吧。」

冉碧靈冷笑幾聲：「蕭雲醒喜歡幫助同學？開什麼玩笑！」

「妳怎麼知道他不愛幫助同學？」陳清歡聽不得別人說蕭雲醒的不是，「妳借過？他沒借給妳？」

冉碧靈被她問得啞口無言，半晌才搖搖頭：「沒借過。」

陳清歡繼續和她繞圈子：「妳沒借過的話，怎麼知道他不願意呢？」

冉碧靈想像了一下自己找蕭雲醒借運動服的下場，猛地縮了縮脖子：「我有自知之明。」

陳清歡煞有其事地胡說八道：「我跟妳說，雲醒哥哥不是高冷，他只是害羞，不好意思而已。人在不好意思的時候，不是都會立刻逃走嗎？他也是啊，所以你們不要誤解他。」

冉碧靈冷笑兩聲：「誰會相信妳啊！」

兩人邊聊邊走回教室。

到了下午，蕭雲醒就意識到自己被陳清歡坑了。

下課時間，他不過是去了趟洗手間而已，再回到教室，桌上就堆滿了各式各樣的優酪乳，向霈、聞加和姚思天三人在旁邊笑到翻過去。

他看著向霈，無聲地問他怎麼回事。

向霈馬上交代：「好幾個女生送你的，不過……雲哥，你什麼時候喜歡喝優酪乳了？」

蕭雲醒長嘆了口氣，他從沒喜歡過優酪乳。

他微微皺眉：「你們喜歡的話就拿去吧，不喜歡的話，我就拿去丟了。」

「別丟啊，人家的一片心意呢。」向霈邊說邊打開優酪乳，喝了一口後忽然趴到桌上，捂著肚子，一臉驚恐地擠出幾個字，「這優酪乳……有毒……」

姚思天和聞加翻了個白眼，給出評價：「戲精！」

滿桌的優酪乳被向霈一個人解決了，垃圾桶裡的優酪乳瓶加深了「蕭雲醒喜歡喝優酪乳」的傳聞，以訛傳訛。等蕭雲醒再去打籃球的時候，場外的女孩拿的不是運動運料，而是人手一瓶優酪乳。

陳清歡終於如願看到蕭雲醒打籃球，不過這不是她此行的目的，她靠在籃球場的鐵網上，手裡搖著水壺，不知道是在跟誰說話，嘴裡念念有詞：「他不喜歡喝那種東西，他只喝水。」

站在她附近的女孩聽到這句話後，轉頭看向她，陳清歡掩飾性地擰開保溫瓶，倒了杯水喝著。

看到蕭雲醒被這麼多女孩子圍觀，陳清歡越喝越火大，冉碧靈好奇地看著她：「上次沒看到比賽，也沒見妳不開心，這次看了全場，妳怎麼還生氣？」

陳清歡咬著下唇，惡狠狠地回答：「只是看了全場，又不是包場，有什麼好高興的！」

冉碧靈覺得這個女孩很有意思，強忍著笑意：「嗯，妳說得對。就算是包場，妳大概也不會滿意，最好是要連同打籃球的人都包下才行。」

陳清歡瞪她一眼，冉碧靈笑得更開心了。

直到接近上課時間，那群男生也結束了比賽，一群女孩子立刻圍上去。陳清歡還在生氣，站在原地遠遠地看著，沒有想去找蕭雲醒的意思。

蕭雲醒很快發現她，走過來朝她伸手，那張稜角分明的臉被汗水打溼，幾滴汗水順著臉頰往下流，滑過喉結，少年的青澀依舊，又隱隱帶了些男人的性感。

午後明媚的陽光從他身後照射過來，他站在金色的光圈裡，連額角的汗珠都晶瑩剔透得泛光。

她忽然氣消了，把水壺放到他手裡。

蕭雲醒仰頭喝完，把水壺還給她。

陳清歡癟起嘴，磨磨蹭蹭地接過後轉身離開。

蕭雲醒看著她的背影走遠後，也回到了教室。

兩人全程都沒交流，周身卻莫名流淌著一股曖昧的氣氛。

留下一群女孩小聲討論著。

「不是說蕭雲醒喜歡喝優酪乳嗎？怎麼又喜歡喝水了？」

「我怎麼知道啊？我也是聽說的，上次陳清歡拿優酪乳給他，他也喝了啊。」

「……」

冉碧靈覺得奇怪，追上去問：「蕭雲醒到底喜歡喝優酪乳，還是喜歡喝水啊？」

陳清歡搖晃著水壺，一臉神祕：「妳猜？說不定他下次就喜歡喝蘇打水了。」

冉碧靈無語：「好好好，妳說了算。」

週四下午，陳清歡和蕭雲醒的體育課剛好連貫。當她準備去體育館上課時，正好遇到蕭雲醒下課。大家一看到陳清歡，就會下意識去搜尋蕭雲醒的身影。

蕭雲醒剛從體育館出來，頭髮上還沾著汗水，才剛喝了半瓶水，就發現有個人出現在自己的視線裡。

陳清歡等他咽下口中的水後，才笑咪咪地開口，還是一貫的臺詞：「蕭雲醒。」

蕭雲醒擰上礦泉水的瓶蓋，眉眼微抬：「嗯。」

「我忘了今天有體育課，早上出門沒綁頭髮，你有沒有橡皮筋啊？借我用一下。」

她披散著細長柔順的直髮，並用一雙明亮的大眼看著他。

圍觀群眾紛紛腹誹，陳清歡的搭訕方式實在是太生硬了！蕭雲醒怎麼可能會有那種東西？

沒想到蕭雲醒竟從褲子口袋裡拿出一個小花髮圈給她。

「謝謝！」陳清歡從他手心拿走髮圈時，還有意無意地撓了一下他的手心。

站在旁邊的向霈看看走遠的陳清歡，又看看蕭雲醒，一臉難以置信：「你怎麼會有那種東西！」

聞加撓撓頭：「你不是只有弟弟嗎？難道還有妹妹？」

蕭雲醒沒說話，轉身回到教室。他為什麼會有那種東西？大概是陳清歡想告訴大家，他已經有對象了。

對於陳清歡這種撩完就跑，下次見面繼續撩的行為，久而久之就被人看出了端倪，這兩個人……本來就認識吧？

向霈在聽說後，立刻跑去跟蕭雲醒求證。

蕭雲醒點頭：「是啊。」

姚思天推推眼鏡：「認識多久了？」

「多久啊……」蕭雲醒停下筆，難得認真地想了一下，「很久了……」

向霈、聞加和姚思天異口同聲：「青梅竹馬？」

蕭雲醒一臉平靜：「算是吧。」

不到一天的工夫消息就傳開了，冉碧靈坐在座位上氣得叉腰：「陳清歡！妳和蕭雲醒本來就認識？」

陳清歡一臉無辜地眨眼：「我也沒說過我們不認識啊。」

周圍的同學立刻圍過來：「之前就認識了？」

他們靠得太近，讓陳清歡不自在地往後退：「對啊。」

「你們是什麼關係？」

「他是我哥哥啊。」

「親兄妹？一個跟爸爸姓，一個跟媽媽姓？」

「不是。」陳清歡捂著臉笑，「你們的想像力也太豐富了吧？不是親兄妹，是父輩關係比較好，所以從小就認識。」

「好羨慕啊，能和蕭雲醒的關係這麼好。」

「你們也可以啊，雲醒哥哥人很好。長得帥、脾氣好，還很有耐心，最重要的是笑起來特別好看。」

「……」

冉碧靈忍不住打斷她：「等一下，妳說的這個人和我們認識的蕭雲醒，是同一個人嗎？」

笑起來的蕭雲醒？沒見過，無法想像。

眾人腹誹。除了「長得帥」這點，其他的實在無法苟同。

兩人再見面時，已經不只有簡短的對白了，健康操時間結束後，陳清歡不知道從什麼地方蹦出來：「雲醒哥哥！」

蕭雲醒扶她站好，兩人並肩走著：「好好走路，再跌倒的話又要哭了。」

陳清歡可愛地皺了皺鼻子：「我已經不是小朋友了！」

「大人才不喝這種東西呢。」他意有所指地看著她手裡的果汁牛奶。

陳清歡猛吸一大口，把喝光的牛奶盒順手塞進蕭雲醒的制服口袋裡，接著若無其事地打了個哈欠。

蕭雲醒一臉無奈，陳清歡也忍不住笑起來。

一直在旁邊圍觀的向霈，忽然吊兒郎當地開口：「喲，這是誰啊，你家小朋友？」

蕭雲醒介紹道：「坐我隔壁的。」

陳清歡擺擺手打招呼：「嗨。」

向霈開始發牢騷：「坐隔壁的？我沒名字嗎？」

陳清歡看向蕭雲醒，但蕭雲醒直接忽略向霈：「妳不需要知道他的名字。」

陳清歡乖乖點頭：「哦。」然後不再看他。

向霈在後面追著喊：「喂！我還沒說我叫什麼呢！清歡妹妹，我叫向霈，妳有沒有聽過我的名字啊！我也是學校的風雲人物……」

沒人理會的「風雲人物」向霈非常傷心。

週五下午的第二節課下課時，慣例全校大掃除，不用上課。

蕭雲醒陪陳清歡打著熟悉校園的名義，在學校裡閒晃，兩人有一搭沒一搭地聊天。

她偶爾笑嘻嘻地抬頭看他，眉眼彎起的樣子特別可愛。

蕭雲醒揉了揉她的頭後問道：「怎麼突然想轉學？」

陳清歡歪了歪腦袋：「因為我想和上同一間學校！」

蕭雲醒拉著她躲過地上的坑：「怎麼沒提前告訴我？」

陳清歡一本正經地回答：「我要考察敵情啊！」

蕭雲醒揚了揚眉：「考察的如何？」

陳清歡像模像樣地嘆了口氣：「敵眾我寡啊。」

蕭雲醒笑了笑，逗她：「那該怎麼辦呢？」

陳清歡回憶了一下：「陳老師說，敵眾我寡，當避實擊虛。」

蕭雲醒一愣：「哪個陳老師？」

陳清歡一臉神祕：「陳慕白老師啊。」

蕭雲醒又笑了，陳老師果真是高手啊。

「新環境還適應嗎？」

陳清歡認真想了想：「還可以。」

「同學呢？好相處嗎？」

「目前還不太認識，不過坐我隔壁的女生活潑大方，很好相處。」

「遇到任何事都要跟我說，還有，這邊的教學和妳之前的學校不太一樣，如果跟不上就告訴我，我幫妳補習。」

陳清歡眼睛為之一亮：「來我家？」

蕭雲醒點頭：「都可以。」

陳清歡雙手合十地放在胸前，一臉期待地看著他：「那去遊樂園吧，這週末？」

蕭雲醒有些頭痛：「我指的是無論在哪裡補習都可以，不是去哪裡玩都可以。」

陳清歡洩氣地垂下頭：「哦……」

當天下午有目擊者稱，看見高中部的高冷學霸加顏值破表的蕭雲醒，竟然陪新來的轉學生逛校園，不止話多了不少，笑起來的樣子更是陽光和煦，活脫脫的爽朗美少年。真是「鮮衣怒馬少年時」，還首次在眾人面前使出摸頭殺。

不過只有在面對轉學生時才會這樣，轉學生不在場，他仍舊是不可褻瀆的謫仙。只要被其他女生叫聲名字，就會皺眉的蕭雲醒，竟然允許一個人黏在他身邊「雲醒哥哥、雲醒哥哥」地叫，天空肯定要下紅雨了！

放學的時候，學生們帶著明顯的興奮，但這份興奮在各科老師安排作業後便消失殆盡。

冉碧靈拍了拍一臉呆滯的陳清歡：「趕快把要寫的作業記下來啊，等等就要擦掉了。」

陳清歡一動也不動，有氣無力地抱怨：「假日只有兩天而已，為什麼要寫這麼多作業啊……」

「妳之前的學校沒那麼多作業嗎？」

「沒有啊。」

「那妳可要好好適應，老師們今天算是手下留情了。」

「不寫會有什麼後果啊？」

冉碧靈開始重新審視這位新同學：「陳清歡，妳該不會是為了蕭雲醒才轉到這間學校的吧……」

陳清歡無精打采地盯著黑板：「妳說呢？」

「我……」冉碧靈攤攤手，「我懶得說了。」

整個週末，蕭雲醒都在陳清歡的抱怨聲中度過，他怕耽誤她寫作業，就沒叫她補習。

週日晚上，他特地打電話給她，問她有沒有把作業完成，而陳清歡一邊咬著蘋果，一邊含糊不清地回答：『沒寫啊。』

蕭雲醒頓了幾秒後才重新開口：「那妳這兩天都在幹什麼？」

陳清歡掰著手指開始念叨：『嗯……週六起床的時候就已經中午了，吃完飯後看了一會兒電視，然後吃晚餐，玩了一下電腦，期間還和你在網路上聊天啊，你忘了？然後現在在和你打電話，哪有時間寫作業啊？』

蕭雲醒不知道該說什麼才好：「妳……喜歡週一嗎？」

陳清歡難掩愉悅地說：『喜歡啊！因為可以見到你了啊！』

蕭雲醒沒再說話，半晌，陳清歡似乎聽到他若有若無地嘆了口氣，低聲念了一句：「妳明天大概會過得很艱難。」

週一一大早，蕭雲醒就深刻體會到，陳清歡所謂的「還可以」是什麼意思。

遠遠就看到她被攔在學校門口，站在一群人當中，左顧右盼不知道在找什麼。

他嘆了口氣，走過去指著陳清歡問學生會的同學：「她怎麼了？」

那個男生恰好認識蕭雲醒，叫了聲學長：「今天學校突擊檢查學生證，她沒帶。」

蕭雲醒一臉平靜地胡說八道：「她是轉學生，還沒辦學生證，能不能讓她先進去？」

「哦。」男生不好意思地撓撓腦袋，「我有聽說過最近有個轉學生，原來就是她啊，直接進去吧。」

蕭雲醒朝陳清歡打了個手勢，陳清歡歡快地跟著他走進校園。

他道了謝，拉著陳清歡走了幾步後才問：「妳的學生證呢？」

陳清歡一臉無辜：「我沒帶呀。」

蕭雲醒無奈地交代：「學生會會不定期檢查學生證和校徽，妳固定放在書包裡，不要拿出來。」

陳清歡乖乖點頭：「哦。」

蕭雲醒覺得既然已經提醒過她，她應該不會再出差錯了，沒想到她隔天又被攔下了。

「同學，妳的校徽呢？」

陳清歡一臉無辜，睜大眼睛看著面前的男生：「什麼東西？」

那個男生指指自己左胸的位置，重複一遍：「校徽！」

陳清歡恍然：「我不知道要帶啊！」

那個男生也沒多說什麼，遞給她記錄本和一支筆：「沒帶就在這裡寫上班級和姓名。」

蕭雲醒剛踏進學校就看到這一幕，嘆了口氣，卸下自己的校徽，上前塞到她手裡，轉身在記錄本上寫下自己的班級和名字，然後推著陳清歡進了校門。

陳清歡一臉狀況外的模樣，捏著小小的校徽左看右看，給出評價：「好醜。」

向霈、聞加和姚思天看完全程，從後面追上來，一臉幸災樂禍：「雲哥，你慘了！會被老丁罵死的！」

陳清歡擔憂地看向蕭雲醒：「老丁是誰？很凶嗎？」

蕭雲醒一臉坦然：「沒事，快去上課吧。」

既然蕭雲醒說沒事，那就不會有事。陳清歡笑著擺擺手，往自己的教室走去。

果然早自習還沒結束，老丁就進來了，她在教室裡走了一圈後，停在蕭雲醒的桌前。

蕭雲醒抬頭看向她。

在嘈雜的讀書聲中，老丁和風細雨地問：「忘記帶校徽了？」

向霈、聞加和姚思天立刻正襟危坐，偷偷地往蕭雲醒的方向靠過去，想聽他怎麼回答。

蕭雲醒淡定開口：「不小心弄丟了。」

三人在心裡怒吼：老師，他又說謊！

可惜老丁聽不到。這幫學生正值荷爾蒙爆炸時期，蕭雲醒也招架不住女孩的春心萌動。曾經，他的試卷和作業本常常莫名其妙地消失，不知道被誰私藏起來。校徽大概也被藏起來了，不能怪他。

老丁把新的校徽放在他的桌角：「我這裡還有多餘的，拿去吧。」

蕭雲醒點頭道謝：「謝謝老師。」

老丁一走開，向霈踢了踢姚思天和聞加的椅子，他們一回頭，向霈就指著蕭雲醒：「論胡說八道，我只服雲哥。」

蕭雲醒置若罔聞，低頭看書。

原本週一上午的第三節課是數學課，但數學老師臨時請假，所以改成自習。蕭雲醒一心掛念著沒寫作業的陳清歡，低聲交代向霈：「我出去一下，有老師來……」

向霈一臉「我懂」的表情：「我就說你去泡妞了。」

蕭雲醒看了他一眼，向霈立刻更改答案：「我說你去保健室了。」

蕭雲醒一臉「這麼沒創意的答案，難怪每次蹺課都被抓」的模樣，告訴他正確答案：「有老師來的話，你不要多嘴，老師不會過問的。」說完，堂而皇之地從後門離開教室。

向霈露出受到重創的表情，捂著胸口左看右看，卻找不到可以傾訴的對象，才收起表演欲，低頭翻看體育雜誌。

蕭雲醒到了國中部後，看到陳清歡靠著牆站在教室門口的走廊上，腦袋左點右晃，一點都不安分。

上課時間，走廊上靜悄悄的，他一出現陳清歡就看到他了。

蕭雲醒走近：「妳怎麼站在這裡？」

陳清歡笑嘻嘻地說：「罰站啊。」

蕭雲醒嘆了口氣：「真的一個字都沒寫啊？」

陳清歡乖乖地點了點頭，那乖巧的模樣讓人狠不下心教訓她。

他隨口岔開話題：「這週末有康萬生老師的演出，妳想不想去？」

陳清歡眼睛一亮：「康爺啊！」

他點頭：「嗯，要去嗎？」

陳清歡轉頭看他，水汪汪的眼裡滿是期許：「和你一起嗎？」

其實他對這位大師的表演不感興趣，但陳清歡喜歡。他在遲疑了一下後，還是點點頭：「嗯。」

陳清歡小聲地歡呼道：「好耶！」

陳清歡上一秒還笑著，下一秒，她的小臉就垮了下來，可憐兮兮地看著他：「雲醒哥哥，我累了。」

蕭雲醒無語：「下次還敢不敢不寫作業？」

陳清歡把半個身子靠在他身上偷懶，顧左右而言他：「……雲醒哥哥，你們的作業是不是更多？」

蕭雲醒稍微調整了姿勢，讓她靠得更舒服一點：「嗯。」

陳清歡不解：「你是怎麼寫完的？」

蕭雲醒神色如常地回答：「不寫。」

陳清歡立刻站直，盯著他，臉上寫滿驚訝：「啊？」

蕭雲醒輕咳一聲：「老師不會收我的作業。」

陳清歡像是找到了盟友，堅定她不寫作業的決心，不懷好意地笑著：「嘿嘿，那我也不寫了。」

蕭雲醒低頭看她：「還想罰站啊？」

小女孩一臉苦悶，死撐著不肯鬆口，翻來覆去地重複著一句話：「我累了……」

話音剛落，下課鐘聲響起，老師和同學陸續從教室走出來，恰好撞見陳清歡賴在蕭雲醒的身上耍賴撒嬌。

整條走廊的人都看到了這一幕，紛紛目瞪口呆。

國中部的新晉小校花和高中部的高冷學霸一起罰站，小校花抱著學霸的手臂不放，學霸非但沒有甩開，還低著頭與她竊竊私語，臉上沒有絲毫的冷漠和嫌棄，甚至帶著說不清、道不明的……寵溺？

蕭雲醒這尊大神從來不去別班串門子，他最後一次出現在國中部，大概是他國中畢業的時候，現在卻堂而皇之地站在這裡，馬上就引來眾人圍觀。

他沒有讓人圍觀的嗜好，扶她站好，拍拍她的後背：「好了，下課了，回座位上休息一下吧。」

陳清歡軟著聲音問：「那下節課怎麼辦？」

蕭雲醒無語地看著她，半晌，嘆了口氣：「跟我來。」

怎麼辦？還能怎麼辦？只能由他來辦了。

蕭雲醒拉著她往教師辦公室走，快到了才問：「妳知道妳的班導在哪間辦公室嗎？」

陳清歡指指前面的一間：「那個啊，你要找他？」

蕭雲醒點頭，到了門口又問她：「哪個？」

陳清歡探著身子看了看，指指窗口：「那個胖胖的。」

蕭雲醒敲敲門，拉著她走進辦公室，直奔向窗口旁的那個座位：「老師，您好。」

「胖胖的」楊澤延看著站在面前的兩個學生，其中一個是他班上新來的轉學生，另一個看起來有點眼熟。

他一愣：「啊，你好，有什麼事嗎？」

坐在旁邊的老師頓時笑了，提醒他：「老楊，你不認識他啊？蕭雲醒啊！」

楊澤延恍然大悟：「你就是蕭雲醒啊！知道知道，聽說過，你上國中的時候我在教高中部，所以沒見過，但是聽過你的名字，找我有什麼事嗎？」

蕭雲醒微微頷首，看了陳清歡一眼：「她是我妹妹，因為剛轉來，所以對新環境不太適應，如果她犯錯了，您別罰她，您來找我，我來教，我在二年七班。」

楊澤延的身材微胖，和氣的臉上原本還掛著微笑，聽到「二年七班」幾個字後忽然頓住，半天都沒說話。

蕭雲醒繼續開口：「她沒寫週末的作業，能麻煩您跟其他的科任老師說一聲，別讓她罰站嗎？」

過了半天，楊澤延才如夢初醒，點頭答應：「好好好，沒問題。」

說完又看向陳清歡：「妳被罰站了？」

陳清歡點點頭。

楊澤延聽後，看了看貼在桌上的課表：「我看看啊……噢，是趙老師啊。趙老師是個好人，只是對學生比較嚴厲。罰站也影響聽課啊，沒事，我等等跟其他老師打聲招呼，快回去上課吧。」

蕭雲醒準備道別：「謝謝您，我們先走了。」

楊澤延躊躇了一下，叫住他：「那個……你的班導是丁書盈，對吧？」

蕭雲醒點頭：「是的。」

楊澤延笑了笑，沒再多說什麼，就讓他們走了。

蕭雲醒把陳清歡送回教室後，還不忘交代她好好聽課，認真寫作業。她乖巧地點點頭，也不曉得有沒有把話聽進去。

國中部的放學時間比高中部早半個小時。蕭雲醒在推著自行車走出校門時，看到陳清歡站在不遠處，像是在等人，在看到他之後小跑著過來。

「雲醒哥哥！」

蕭雲醒拉著她往旁邊讓了讓，免得擋住其他人：「怎麼還沒回家？」

「呃……司機突然事情，不能來接我了，你送我到捷運站吧！」

她為了能和蕭雲醒一起回家，好不容易才打發掉家裡的司機。

蕭雲醒也沒懷疑，接過她手裡的書包掛在車把上，歪歪頭：「上來吧。」

在熱鬧的放學期間，不知道有多少人聽到了那聲「雲醒哥哥」，還看見蕭雲醒熟門熟路地載著陳清歡越走越遠，陳清歡的手還親密地放在蕭雲醒的腰上！

冷面大魔王蕭雲醒的後座上終於有人了，真是幾家歡樂幾家愁！

男生紛紛安慰自己，輸給蕭雲醒，不丟臉。

女生紛紛表示，便宜陳清歡了，不過沒辦法，畢竟沒人家好看，也沒個好爸爸。

第二章　叛逆的天才

不知道從什麼時候開始，學校裡漸漸流傳出一個謠言。說陳清歡之所以成為近幾年來唯一的轉學生，是因為她爸爸捐了一棟樓給學校。

談論的人一多，相信的人自然也多，加上陳清歡平時也沒有多認真在讀書，不學無術的富二代形象越發深入人心。

冉碧靈倒是不在意她是富二代還是官二代，她只覺得陳清歡是個很有意思的人。漂亮、不清高、大方，會和她分享任何東西。

有時候也覺得陳清歡挺呆萌的，單純的不得了；有時候又覺得她大智若愚，若有若無地帶了一點腹黑屬性。

下課的休息時間，坐在附近的同學湊在一起聊天，聊著聊著就把話題轉到陳清歡的身上。

「陳清歡，妳爸真的捐了一棟大樓給學校啊？」

陳清歡眨眨眼睛，乾脆地回答：「我不知道。」

「妳爸是做什麼的啊？」

冉碧靈看著這些不懷好意的女生，像趕蒼蠅一樣揮揮手：「喂！幹嘛打聽別人家裡的事情？妳怎麼不先說說妳爸是做什麼的？」

「隨便問問而已，又沒問妳。」

陳清歡攬住冉碧靈的手臂：「我爸爸啊？嗯，不好說，他上班不怎麼努力，有時候快接近中午才去上班，工作做不完就要加班到深夜，而且，收入不太穩定。」

眾人聽完後無言了半天，過了一會兒才繼續問：「……那妳媽媽呢？」

「情況差不多，不過她的收入好像比我爸爸還要少，因為給零用錢的時候，都不像我爸爸一樣爽快。」

「……」

眾人疑惑，這樣的家庭怎麼可能捐得起一棟大樓給學校？

「那妳是怎麼轉進來的？」

她對面前的幾張臉眨眨眼睛，睫毛緩緩扇動：「我也不知道啊。」

面對這樣的陳清歡，他們也不好意思再追問。

站在窗外的蕭雲醒聽得想笑，原來在這丫頭的心裡，她的父母是這副模樣啊……聽起來實在是有點悽慘。

他們不知道，陳清歡之所以能成為近幾年來唯一的轉學生，其實都是憑藉她自己的實力。

陳慕白本來打算捐一棟樓給X大附中，但在校方看到陳清歡之前參加國外數學競賽的成績單後，就不提捐贈的事情，而是直接讓她辦理入學手續。

為此陳慕白還到處炫耀，他的女兒有多了不起，替他省下一棟樓的錢。

想到這裡，蕭雲醒抬手敲敲玻璃。

坐在窗戶旁的陳清歡一看到他，立刻笑了，把窗戶整個拉開，將半個身子探出去：「雲醒哥哥，你找我啊？」

蕭雲醒把一個保溫盒塞給她：「我媽給妳的，中午去食堂用微波爐加熱後再吃。」

蕭雲醒昨天只打算送她到捷運站，沒想到她突然肚子餓，說想吃他媽媽做的飯，最後只好帶她回家。

當晚陳清歡嘴甜得開掛，把隨憶哄得眉開眼笑，不止為她做了滿桌的菜，今天一早還叫他把飯菜送去給陳清歡。

蕭雲醒發現原本正在聊天打鬧的人，都停下了動作來盯著自己跟陳清歡，於是皺了皺眉：「我先走了。」

陳清歡朝他揮揮手：「我們中午一起吃啊？」

「我中午有事，妳和同學吃吧。」

「哦。」陳清歡老老實實地坐回去，小聲嘀咕，「被拒絕了呢……」

蕭雲醒一出現，大家的話題就自動轉移到他身上。

蕭雲醒還沒走遠，就隱約聽見有人詢問陳清歡。

「陳清歡，蕭雲醒家裡是做什麼的啊？」

他漸漸走遠，已經聽不清她的回答。不過他不用聽，大概也能猜到陳清歡的答案。

蕭伯伯一到節假日就很忙，可能是送快遞的吧？

蕭伯母經常提到刀子之類的，大概是殺豬的？

蕭雲醒不自覺地勾起唇角，好心情持續了一陣子。

陳清歡好不容易打發掉那群人，一轉頭就發現冉碧靈雙眼冒著綠光，直盯著桌上的餐盒，嘴裡還念念有詞：「蕭媽媽做的啊……他就是吃這個長大的啊……」

說完，一把握住陳清歡的手：「中午能不能分我一點？」

陳清歡被她嚇了一跳，試探性地問：「沾沾仙氣，下次的考試排名才能往前？」

冉碧靈齜著牙猛點頭。

陳清歡無奈：「……好吧。」

蕭雲醒從後門走進教室，還沒坐下，聞加就對他擠眉弄眼：「雲哥，外面有人找你，等很久了，你沒看見？」

蕭雲醒剛從國中部回來，知道不可能是陳清歡，頭也不抬道：「說我不在。」

「沒問題！」聞加睜眼說瞎話地對著門口喊：「蕭雲醒說他不在！」

教室裡的所有人瞬間大笑。

他中午是真的有事，沒時間理會閒雜人等。

他被學校的數學競賽組通知今天午休要開會，因為有個組員即將畢業，所以想退出，現在需要招募新人加入，希望其他組員可以推薦適合的人選。

下面一片沉默，蕭雲醒遲疑了一下後開口：「我有個適合的人選。」

在座的幾人竟然有幸聽到，一向沉默寡言的蕭雲醒一口氣說了那麼多字。

競賽組的組長吳老師好奇道：「誰？」

蕭雲醒緩緩吐出一個名字：「陳清歡。」

吳老師轉頭看向辦公室的其他老師，問：「陳清歡是誰？」

下面的學生立刻竊竊私語。

「好像是國中部新來的轉學生。」

「聽說家裡很有錢，還捐了一棟大樓給學校。」

「不是吧，後來聽說他們家只是小康家庭。」

底下有個學生陰陽怪氣地開口：「蕭雲醒，別把私人感情摻和進來啊。」

蕭雲醒依舊平淡地開口：「我只是提議，採納與否還是得看競賽組的意見。」

吳組長轉頭跟副組長馮老師商量：「國中部的啊，年紀是不是太小了？」

馮老師想了一下，問蕭雲醒：「水準如何？」

「不在我之下。」

蕭雲醒的回答依舊簡單明了，還帶著著不易察覺的驕傲。

吳組長點點頭：「既然如此，許老師，你是教國中部的吧？你下午去看看，叫她來試試。」

許老師點點頭。

下午第一節課下課，許老師就去陳清歡的班上找她。

在門口等了一會兒後，就看到一個白白淨淨的女孩子走了過來。

他大概說明了一下情況，問她：「妳自己的意見呢？」

陳清歡一臉茫然：「什麼？」

許老師開門見山：「妳願意加入競賽組嗎？」

陳清歡興致缺缺，眨了眨眼睛：「不願意。」

「不願意？」許老師看著眼前嬌小玲瓏的女孩，繼續道，「可是蕭雲醒推薦妳，我以為妳有意願。」

「啊，這樣啊，那我考慮一下。」陳清歡一聽到蕭雲醒的名字，馬上轉變態度，「我需要準備什麼嗎？」

許老師看她仰著頭，露出閃亮亮的眼神，他也說不出什麼重話：「妳下午來參加模擬訓練，先看看結果再說，我會去通知妳的班導。」

陳清歡只對一件事感興趣：「蕭雲醒也會去嗎？」

許老師雖然覺得奇怪，卻還是回答她：「對，他也會參加。」

陳清歡頓時抿著唇笑起，笑盈盈的模樣非常可愛：「那我也要參加。」

下午第二節課下課，蕭雲醒就去競賽組平時訓練的教室等待陳清歡。等了好一會兒才看到她的身影從遠處慢悠悠地晃過來，絲毫不見快遲到的慌亂。

她空手來的，大概是剛睡醒，臉頰上還帶著紅色的壓痕，顯得嬌憨可愛，一走進教室就往蕭雲醒的座位直奔過去。

蕭雲醒給她一支筆，順便揉了揉她臉上的紅痕：「認真一點。」

她一看到蕭雲醒就醒了，笑嘻嘻地點頭：「好。」

蕭雲醒想了一下：「只是一些模擬題，中文的，和之前差不多，難不倒妳。」

陳清歡笑咪咪地說：「那我們提前交卷，交完就出去玩？」

「……」

她看蕭雲醒半天沒說話，點著腦袋念叨：「開玩笑的，我知道不能提前交卷。那你可以坐我旁邊嗎？」

蕭雲醒指指她的位子：「不可以。」

陳清歡無奈地回答：「哦。」

陳清歡依依不捨地走回自己的座位，才剛坐下就看到老師拿著考卷進來了。

馮飛環視了一下教室，就看到蕭雲醒推薦的人選：「有新面孔啊，叫什麼名字？」

陳清歡站起來，規規矩矩地回答：「陳清歡。」

「名字不錯。」馮飛笑了笑，「新同學有什麼問題嗎？」

陳清歡思考了一下，認真地抬頭問：「老師，請問可以提前交卷嗎？」

馮老師不開心了，妳是在侮辱我出的題目嗎？

馮飛嘴角一抽：「這個問題等等再說，時間差不多了，我先發考卷。」

一時間教室裡只剩下書寫考卷的聲音，馮飛坐在前面的講臺上發呆，偶爾低聲和許老師交流幾句。

蕭雲醒剛寫完最後一題，就聽到有人「啪」一聲把筆扔掉。

陳清歡舉起手：「交卷。」

馮飛站起來走過去：「放棄了？」

陳清歡一臉莫名：「放棄什麼？」

馮飛疑惑地看著她，然後低頭看了一下她桌面上的考卷，之後又拿起來看了看，雖然解題方式沒什麼邏輯，不過答案都是正確的。

他遲疑地問了句：「不難嗎？」

陳清歡興致缺缺：「這很難嗎？」

馮老師很受打擊。

「妳……出去吧。」

馮飛覺得詭異，特地走到蕭雲醒身邊，看來這位也提早寫完了，大概是為了顧及其他同學，所以沒有高調地要求交卷。

他愣住，頭一次對自己出題的難度產生懷疑，低頭小聲問：「你也覺得太簡單了？」

蕭雲醒看著他，沒說話。

馮飛受到打擊，有氣無力地趕人：「你也出去吧。」

許老師看著馮飛捏著兩人的考卷回到講臺，接過來看了看，小聲問他：「你是不是洩題了？」

馮飛差點拍桌，壓低聲音怒吼：「你別侮辱我的人格和職業道德！」

許老師小聲嘀咕：「你有那種東西……？」

兩人出了教室，陳清歡一臉神祕地拉著蕭雲醒走到學校的圍牆底下，露出天真無邪的表情，嘴裡卻慫恿他一起做壞事：「雲醒哥哥，我沒翻過牆，正好現在人少，我們試試看吧？」

蕭雲醒的臉上掛著縱容的笑：「妳想出去？」

陳清歡搖搖頭：「不想啊。」

蕭雲醒挑眉：「那為什麼要翻牆？」

她眼底閃著興奮的光芒，躍躍欲試地看著他：「我從來沒翻過，想試試看。」

蕭雲醒沉吟了一下。

陳清歡眨著眼睛賣萌，睫毛又密又翹：「雲醒哥哥，我們就翻一次嘛，好不好？」

蕭雲醒垂眸看著眉眼彎彎的小女孩，甜美得令人心神搖曳，讓人無法拒絕她的要求。

他還能說什麼？除了答應還是答應。

「好。」

所謂「君子不立危牆之下」，古人所言誠然有理。

兩人剛爬上牆頭，就聽到底下有人大喊：「誰在翻牆？下來！哪個班的？」

蕭雲醒嘆了口氣，在跳下去前小聲交代陳清歡：「妳等等就說，妳叫聞加。」

不得不說，蕭大學神的「栽贓陷害」這招，用得真是爐火純青。

說完後俐落地著地，轉身朝陳清歡張開手臂：「跳下來。」

陳清歡絲毫沒有被抓包的驚慌，眉眼飛揚地笑著跳進蕭雲醒的懷裡。

兩人被帶到警衛室問了幾個問題後才離開。

陳清歡被蕭雲醒送回教室門口時，還在小聲抱怨：「差一點就翻出去了……」說完，重新抬頭看向他，「我們下次再去？」

蕭雲醒失笑，揉了揉她的腦袋，有些無奈：「還去？」

陳清歡靈光乍現，雙眼格外清亮，整個人鮮活起來：「你下次再幫我換個名字，我也幫你準備個名字！」

蕭雲醒的眉目間盡是打趣，這個小女孩怎麼這麼傻：「小淘氣。」

等他安撫好陳清歡、回到教室的時候已經下課了，還不知道發生什麼事情的聞加，正和向霈聊得熱火朝天，不知為何，他總覺得蕭雲醒看他的眼神有點奇怪。

過了一會兒就聽到蕭雲醒叫他，還從錢包裡掏出一張卡遞給他：「這張游泳卡的期限到今年年底，不限次數，給你。」

聞加覺得受寵若驚：「給我？雲哥，你怎麼知道我喜歡游泳啊！不過，為什麼啊？」

向霈和姚思天難以置信地睜大眼睛，還來不及說什麼，就看到蕭雲醒竟然用溫和的語氣回答聞加：「不為什麼。」

事出反常必有妖啊！

向霈表達抗議：「雲哥，為什麼只給聞加啊？我也要！」

姚思天猛點頭：「加一！」

蕭雲醒挑眉：「你們也想要？」

兩人猛點頭：「是啊。」

蕭雲醒意味深長地看著他們：「會有機會的。」

依照陳清歡闖禍的頻率，大概不需要等太久。

最後一節自習課快下課的時候，果不其然看到丁書盈走進教室，直往聞加的座位走去，敲敲他的桌子：「你跟我出來！」

聞加一臉茫然地站起來，跟在丁書盈身後往外走。

丁書盈走了兩步後又回頭：「蕭雲醒，你也出來。」

蕭雲醒面色如常地走出教室。

兩人並排站在教室門口的走廊上，丁書盈瞪著聞加：「你是不是吃飽太閒？閒到去翻牆？」

聞加感到莫名其妙：「我沒……」

丁書盈火大：「還敢頂嘴！」

聞加越發覺得無辜：「我真的沒……」

丁書盈沒等他說完，繼續念叨：「你們這群叛逆的學生真的很難教！好的不學，盡學一些壞的！」

聞加聽完後一頭霧水：「丁老師，我……」

丁書盈懶得聽他解釋，大手一揮：「寫一份八百字以上的悔過書，明天一早交給我。」

聞加看丁書盈終於平靜下來，打算解釋一下，沒想到才剛張嘴，就被蕭雲醒不動聲色地按住手腕。他撓撓腦袋，看著旁邊異常沉默的蕭雲醒，想起那張游泳卡。

連傻子都知道發生什麼事，他是替人背鍋了。

他歪歪腦袋：「那他呢？」

丁書盈這才想起蕭雲醒：「哦，你回去吧。對了，你先去辦公室一趟，吳老師找你。」

聞加對這種不公的待遇奮力抵抗：「他為什麼不用寫？」

丁書盈瞪他一眼：「他為什麼要寫？你以後給我注意一點，別把蕭雲醒帶壞了！」

聞加欲哭無淚，到底是誰帶壞誰啊！

蕭雲醒剛到辦公室的時候，吳老師正看著陳清歡的考卷，摘下眼鏡開門見山地問：「蕭雲醒，陳清歡到底是什麼人？」

「她天賦極高，前兩年就破格參加一些頂級比賽，成績完全不比高中生差。」蕭雲醒斟酌片刻，緩緩吐出幾個名詞：「IYMC 一等獎，IMO 金牌，AMC 滿分，HMMT 個人綜合獎、個人單項獎，EMCC 個人賽第一名，AHSME，AIME，USAMO，名副其實的頂級賽事大滿貫。」

吳老師樂了：「你在說她，還是說你自己？」

蕭雲醒緩緩回答：「但凡我拿過的獎項，她基本上都拿過。」

吳老師近幾年對這些競賽小有研究：「我好像沒什麼印象。」

蕭雲醒點頭：「嗯，她後來覺得沒意思，就沒再參加了。」

吳老師也點點頭：「她確實蠻聰明的，不過和你的聰明不太一樣，她……挺獨闢蹊徑的。」

蕭雲醒聽出了吳老師的意思，臨走前躕躕了一下才開口，難得誇人，還挺有自貶抬她的意味：

「我們還有一點不一樣，我擅長運用技巧，她是天賦使然。」

還有些沒說出口的驕傲，假以時日，她在數學方面必會超越他。

他比陳慕白、顧九思夫婦更早就發現，陳清歡在數字方面的敏感和天賦。早在之前，在他訓練自己的同時，就同時培養她的潛力。

他以前鼓勵陳清歡去參加夏令營和各類競賽，一是見見世面，二是讓她知道人外有人，不要停滯不前。

她似乎意識不到自己在數學方面的天賦，覺得那是再尋常不過的事情，也沒有驕傲或是自豪。女孩跟在他身邊，飄洋過海去參加那些比賽，也不覺得辛苦，只是好奇為什麼要一直比賽。

她問他。

——「雲醒哥哥，為什麼不能提前交卷？」

——「雲醒哥哥，為什麼別人在寫這些題目的時候，看起來這麼費力？」

——「雲醒哥哥，為什麼我們不能在家裡寫這些題目？」

他終於意識到那不是天賦，而是本能。對數字的本能，並不會因為那些比賽而改變，只能說老天爺賞你那碗飯吃，真的是攔都攔不住。

她其實不喜歡比賽，或許只是因為他，因為蕭雲醒，所以她願意辛苦地去參加比賽，只要能待在他身邊，無論去哪裡都可以。她給他的感情如此純粹美好，沒有一絲雜質，他，於心不忍。

久而久之，他不再鼓勵她去比賽了。

可是現在不一樣，既然她轉到了這間學校，就要做出一些犧牲來換取東西。

陳清歡身上那股不按牌理出牌的叛逆，和其父如出一轍，以她大大咧咧、隨性坦蕩的性格來看，肯定不願意過著煉獄般的高三生活。

所以讓她多參加幾次全國競賽，或許就能拿到保送名額，也可以省下不少工夫。

除了當時和她一起參加模擬測驗的學生備受打擊，出題老師馮飛也不例外。他邊嘆氣邊看著其他學生的考卷，想要找回一點自信。

其他老師好奇地問：「馮老師，那個陳清歡如何？」

馮飛又嘆了口氣，一言難盡：「嗯……情況有點複雜。」

「什麼等級的？」

「蕭雲醒那個等級的。」

「這麼厲害？」

「何止是厲害。」簡直是個天才，只是這個天才天生叛逆啊。

當年蕭雲醒出現的時候，他覺得像是滿等高手在屠殺新手村，而陳清歡給他的感覺，是一個滿等高手又帶了一個滿等高手來屠殺新手村。

蕭雲醒從辦公室回來的時候，就看到聞加趴在座位上，邊哭邊寫著什麼，看起來不太像悔過書。

他於心不忍，問姚思天：「他怎麼了？」

姚思天笑得幸災樂禍：「清君側，說奸臣當道，誓以死清君側！」

蕭雲醒想了一下，認真地看向聞加：「歷史上發動清君側的人，通常都沒什麼好下場。」

向霈趴過來壞笑地問：「雲哥，你真的和清歡妹妹去翻牆了？夠浪漫的啊。」

蕭雲醒面容平和，抽出一本書來看。

向霈還在那裡打趣他：「您可要好好鍛練身子啊，您家的小朋友這麼古靈精怪，還能折騰，您別太勉強自己了！」

蕭雲醒難得勾了勾唇角，嗯，他家的小朋友，這個說法很不錯。

向霈本來打算調侃蕭雲醒，沒想到他聽了也沒生氣，竟然還笑了，學霸的心真是難以捉摸。

週六晚上，蕭雲醒如約帶他家的小朋友去看康萬生的演出。

陳清歡在玄關換鞋子出門的時候，陳慕白面露不豫，瞇著眸子問：「妳要去哪裡？」

陳清歡絲毫沒覺察到父親大人的不滿：「去看康爺的演出。」

「和誰啊？」

「雲醒哥哥啊。」

「什麼時候回來？」

「陳老師，你好煩啊！怎麼跟個中年老男人一樣！」

陳慕白被「老男人」三個字噎住，恰好顧九思從陽臺進來：「怎麼了？」

陳清歡皺著小臉：「我要和雲醒哥哥出去玩！」

顧九思覺得莫名：「那就去吧。」

陳清歡立刻告狀：「我爸不讓我去！」

「為什麼？」顧九思看向陳慕白。

陳慕白冠冕堂皇地說：「女孩子晚上出去玩，不安全！」

顧九思往窗外看了一眼，蕭雲醒已經到樓下了，便催陳清歡出門：「快去吧！」

一直在看電視的陳清玄貼心地問：「小公主姐姐，零用錢夠嗎？不夠的話我有。」

陳清歡笑著擺手道別：「夠了夠了！」

陳清玄跳下沙發，送她到門口：「路上小心喔。」

關上門後，陳清玄回到沙發上教育陳慕白：「帥哥老爸，你這樣是不行的，對女孩子不能凶，得哄。」

陳慕白氣得直灌水。

顧九思也不明白：「她跟雲醒出去，你有什麼不放心的？」

陳慕白嘆氣：「就是因為是蕭雲醒，我才不放心！」

顧九思不遺餘力地打擊他：「之前不管，現在管也來不及了。」

「我之前哪有不管？我這不是……」陳慕白愣住，聲線低下，有點無奈，「不是沒管住嗎……」

顧九思滿臉揶揄：「你也知道管不住啊。」

陳慕白忽然正經：「九思，我們該不會真的要和蕭子淵當親家吧？」

顧九思故意刺激他：「這還需要懷疑？清歡從小到大吃了人家好幾頓飯，我以為你早就把她讓給他們做媳婦了呢。」

陳慕白一愣，繼而扶額長嘆，他可從來沒有這麼想過！

第三章　護短

蕭雲醒一接到陳清歡便立刻趕往戲院，兩人找到位子坐下後，陳清歡就開始又吃又喝，表演才剛開始沒多久，她就皺著一張臉湊到蕭雲醒耳邊，小聲開口：「雲醒哥哥，我想去洗手間。」

蕭雲醒指了洗手間的方向：「快去吧。」

「不行，我要看完這段！」陳清歡忽然坐回去，握緊拳頭，睜大眼睛看著舞臺，努力忍耐。

他忍不住笑了：「快去！回來接著看，等等更精彩。」

陳清歡歪頭想了想：「好！」說完，彎著腰小跑出去了，還差點在門口撞到人，她堪堪歪了歪身子躲閃過去。

秦靚皺著眉，看著陳清歡跑遠的背影，拉著同伴上了二樓。

本來出門時間就晚，路上又塞車，心情已經夠糟糕了，又差點被陳清歡撞到，便把這份怒火轉移到陳清歡的身上。

好心情被破壞，秦靚覺得今天不宜出門，什麼都不順。沒想到才剛坐下，就被最前排的一道身影吸引住，占據著全場最好的位子，身姿筆挺地坐在一群中老年人中間，尤為顯眼。他的側臉若隱若現，連流影都壓不住那亮眼奪目的精緻容顏。

這個年紀的男生大多沉迷遊戲，有些人熱衷打球，一刻都坐不住，難得看到能靜下來看表演的，把少年的清冷乾淨詮釋得淋漓盡致。

他穿著常見的白色T恤和休閒褲，雖是普通的基本款，但穿在他身上，卻有難以言喻的好看。氣質清俊乾淨，端正地坐在那裡，一手扶著蓋碗茶的茶托，一手搭在桌上輕輕打著拍子，微微瞇起雙眸，似乎很享受，一種別樣的風流在他周身湧動。

她學了多年的京劇，身段和身姿遠比他人漂亮，但這個男生身姿挺拔、舉止文雅，隨性中透著一股從容瀟脫，連正臉都沒看到就能讓她心動。

她沒了看戲的心思，雙眼黏在蕭雲醒的背影上無法自拔。

沒過多久，就看到剛才差點撞到他們的女孩坐到那個男生旁邊。他微微歪頭，兩人交談了幾句後便看向舞臺，認真看戲。

看清他的側臉後，發現兩人的眉眼相似，猜測他們可能是兄妹。

正當她看得出神，旁邊的同伴忽然碰了碰她：「妳看那邊。」

秦靚心虛地收回視線，轉頭看向同伴：「什麼？」

同伴指向那道身影：「那個男生……」

秦靚心頭一跳：「妳認識？」

「我認識他，但他不認識我。」

「和我們同校？」

「不是，X大附中的門面擔當，面容俊逸，眉目如畫。」

「妳怎麼知道？」

「我之前去附中找同學的時候見過一次。對了，還有一次在市立體育館打校際聯賽的時候，他也有上場，叫妳去妳又不去。」

「叫什麼名字？」

「忘記了，不過很有名，名字很特別，稍微打聽一下就知道了。」

「有……女朋友了嗎？」

「沒聽說過。」

蕭雲醒還不知道，此時的他已經被人盯上了。

週一上午，競賽組就通知陳清歡通過測驗，她的心情沒有任何起伏。本來以為加入數學競賽組可以常常見到蕭雲醒，但現實並非如此，每次去參加訓練的時候，她跟蕭雲醒根本說不上幾句話。

冉碧靈一見到她就抱著她的手臂，並驚奇地看著她：「陳清歡！妳加入數學競賽組了？」

陳清歡興致缺缺：「大概吧。」

冉碧靈越發驚嘆：「整個國中部只有學霸方怡在裡面！」

陳清歡單手托腮，敷衍道：「很厲害嗎？」

「當然！」冉碧靈一臉敬仰，「因為蕭雲醒也在裡面啊！他不但在個人賽上吊打對方，還能在團體賽上帶著大家一路過關斬將，拿下第一。」

陳清歡聽到那個名字後，終於打起了精神：「原來如此！」

冉碧靈現在把她當成寶，激動地抱著她：「早知道妳是個學霸，我就抱緊妳的大腿就好了，何必去沾蕭雲醒的仙氣？」

陳清歡看著她興奮的眼神，有些心虛。

下午的數學課上，數學老師一進門就掃了全班一眼：「誰是陳清歡？」

陳清歡站起來。

數學老師笑著看她：「哦，長得挺漂亮的，坐下吧，期中考的數學好好考啊。」

陳清歡一臉莫名地坐下，小聲問冉碧靈：「老師是什麼意思？」

冉碧靈趁老師轉身寫板書時，湊過去和她咬耳朵：「他啊，和方怡他們班的數學老師許老師是死對頭。方怡的數學那麼強，許老師一直占上風，現在看到妳彷彿看到希望，當然開心啦。」

陳清歡感嘆：「老師的世界好複雜啊……」

當天下午，數學競賽組做日常輔導和訓練，但陳清歡沒有出現。

馮飛敲著黑板問道：「陳清歡怎麼又沒來？這都第幾次了？」

坐在下面的同學你看我、我看你，然後看向蕭雲醒。

蕭雲醒置若罔聞，沒有表明態度。

馮飛沒得到回答後轉頭問方怡：「方怡，陳清歡和妳同個年級的，她怎麼沒來？」

「我不知道。」方怡不屑道，「她到底懂不懂規矩啊？那我們以後也有樣學樣，想來就來，不想來就不來了吧。」

眼看馮飛又要發火，蕭雲醒眉眼微抬：「她不需要訓練，她做這些題目，就像是在寫加減乘除一樣簡單，來了也只會打擊大家的信心。」

馮飛氣到快吐血，沒想到平時不愛說話的蕭雲醒，一開口卻這麼毒。

輔導課結束後，蕭雲醒慢悠悠地收拾東西準備離開，才剛出教室就被方怡攔住。

「蕭雲醒，你剛才是什麼意思啊？」

蕭雲醒低頭瞥了攔著他的女生一眼後，便避開她的手繼續往前走。

方怡被他的冷漠刺激，一把抓住他的袖口，尖聲質問道：「你剛才說的那些，到底是什麼意思！」

蕭雲醒扯了扯衣袖，發現被死死拽住，而他也不願去碰陌生人的手，便不自覺地蹙眉，一言不發。

兩人僵持了一會兒，只聽到「啪」一聲，方怡的手被人用力拍掉。陳清歡凶神惡煞地瞪著她，直接宣誓主權：「我的！」

她把蕭雲醒的衣袖拽回來後，露出渴求表揚的表情。

蕭雲醒牽起陳清歡的手，翻過來看了看，指腹果然有點紅。

她是陳三爺千嬌萬寵，護在身邊長大的長公主，身上的皮膚白皙嬌嫩，碰一下就會紅半天，何況剛才打得這麼大力。

陳清歡確實用盡力氣，直到現在指尖還都還在發麻。

蕭雲醒輕輕碰了一下：「痛不痛？」

陳清歡眉眼彎彎：「不痛！」

兩人旁若無人，完全沒把泫然欲泣的方怡放在眼裡。

路人都快要看不下去了，蕭雲醒也太差別對待了吧！難道沒看見另一個女孩的手背都腫起來了嗎？

可惜蕭雲醒已經帶著陳清歡走遠了，兩人都沒把這個插曲當一回事，邊走邊聊。

「今天怎麼缺席了？」

「馮老師太囉嗦了，聽他教課就想睡覺。」

「如果下次沒事的話就來聽課吧。」

「好啊。」

「會太勉強嗎？」

陳清歡笑得開心：「不會啊！」

聞加的清君側終究沒有成功，也漸漸發現蕭雲醒為了陳清歡這個混世小魔女，不止坑自己，還輪流坑了姚思天和向霈。

陳清歡每天都能編出各種理由來找蕭雲醒，甚至在某一天直接拿著水壺跑來找他：「我們班的飲水機沒水了，能不能在你們班裝一點？」

向霈坐在座位上聽得想笑：「千里迢迢地從東土大唐來到西天，就只為了一瓶水，難道不能在沿路上化點緣嗎？」

她言辭懇切，聲音甜美，蕭雲醒還能說什麼？轉身去教室後面幫她裝水。

裝完水後還不走，直接把雙手插進他的外套口袋裡，左搖右擺地撒嬌：「雲醒哥哥，我忘了寫地球日的作文，我們的國文老師很凶，怎麼辦？」

地球日的作文是全校的學生都要寫的，蕭雲醒的第一反應是把自己的作文拿給她，下一秒卻突然想起，他的作文經常被當作範本，老師們肯定會看出來，於是轉頭看向坐在窗邊看熱鬧的向霈。

向霈一臉驚恐地捂住桌子：「不是吧？有異性沒人性啊！老丁也很凶啊！」

蕭雲醒賞臉地給了他兩個字：「拿來。」

向霈顫顫巍巍地把自己的作文遞給他，眼睜睜看著陳清歡拿在手上，高高興興地離開了。

向霈看了時間一眼，距離下節課上課還有三分鐘，即使現在重寫一份也來不及了。

丁書盈帶著課本走進教室：「小組長先把地球日的作文收上來，順便把沒交的人登記下來。」

他們這組的小組長是個瘦瘦小小的男生，戴著眼鏡，看起來很好說話。他走到向霈旁邊，問：「向霈，你沒寫啊？」

向霈惡狠狠地回答：「寫了！」

小組長嚇了一跳，弱弱地開口：「寫了就給我啊。」

向霈氣沖沖地吼道：「不給！」

「你是不是沒寫啊？」

「寫了！」

「寫了就給我啊！」

「不給！」

「……」

兩人的對話進入循環，直到丁書盈開始催促，小組長才把收到的作文交上去。

聞加趁機轉頭，一手拿紙、一手握筆，小聲問：「向帥，你真的不在我的清君側上簽名嗎？」

向霈白他一眼：「把你的作文給我，我就簽。」

聞加立刻轉回去：「那還是算了。」

丁書盈看著沒交作業的名單：「向霈，你的作文呢？」

向霈站起來，意有所指地回答：「被狗啃了！」

丁書盈拍桌子：「你就是那隻狗吧！」

向霈欲哭無淚，委屈得像個小孩，苦著一張臉默默挨罵，幸好這節課的內容多，丁書盈沒訓多久就讓他坐下了，讓他趕緊補交給她。

下課後，向霈趴在座位上，欲哭無淚地重新寫起作文。

丁書盈路過窗臺的時候，又囑咐了向霈一句：「放學前交到我的辦公桌上！」

說完後和顏悅色地看向蕭雲醒，沒話找話說：「你最近是不是太累了？晚上不要熬夜讀書，早點休息。」

向霈埋著頭，直到丁書盈走遠後才摔筆咆哮：「他哪裡累了！睡得比誰都早，起得比誰都晚，睡得比誰都多！」

姚思天小心翼翼地提醒他：「向帥，你少說了一句。」

「哪句？」

「考得比誰都好……」

向霈澈底崩潰：「蒼天啊，我為什麼會和這種人當同學啊！天要亡我！天要亡我啊！」

蕭雲醒默默地把一張游泳卡推到他面前，他瞬間就安靜下來了。

沒過多久，還在幸災樂禍的姚思天也遭殃了。

週一早上，陳清歡才剛起床就不高興，嚇得陳慕白直接把自己的起床氣憋回去，在餐桌上逗了寶貝女兒半天，才終於看到一抹勉強的微笑，最後還親自把她送到學校門口。

遲到是必然的，陳清歡被門衛攔下：「妳，叫什麼名字！」

陳清歡從上次的翻牆事件裡受到啟發，抿著唇想了一會兒，小聲回答：「姚思天。」

門衛看著她，也沒懷疑，遞了一個記錄本給她：「把班級和姓名寫下來！」

早自習結束後，陳清歡悄悄地跑去找蕭雲醒，把這件事情告訴他。

蕭雲醒點點頭，沒有多說什麼，只是要她趕快回去上課。

向霈、聞加都被坑過了，這幾天的姚思天戰戰兢兢，現在看到班導對他怒目，懸著的心才終於放下。他扭頭看向蕭雲醒，看他一臉助紂為虐的微笑，立刻就明白了，安心等著挨罵。

他在心裡安慰自己，還好，只是遲到。

丁書盈覺得要是自己再做這群人的班導，遲早會氣死：「我只不過是一個早上沒來，你就敢遲到？你們三個怎麼回事啊，一直出狀況，別影響到蕭雲醒了！」

戰火開始蔓延，向霈、聞加和姚思天直發抖，心裡有苦說不出，覺得陳清歡真是個禍害，祈求蕭雲醒可以放過他們。

當天下午，丁書盈去開班導會議的時候，在會議上被點名批評，原因是他們班最近頻繁出問題。

楊澤延坐在她旁邊幸災樂禍地哼笑，絲毫不知道自己的班上有顆不定時炸彈，只不過這顆炸彈被蕭雲醒用三張游泳卡壓下了。

丁書盈也不知道自己正在替他背鍋，轉頭瞪了他一眼，暗暗想著回去要好好教訓那幾個小鬼。

在坑完所有人後，陳清歡終於適應了新的校園生活，也會乖乖穿制服，戴校徽，寫作業，只不過多了「混世小魔女」的外號，向霈、聞加和姚思天對她是又恨又怕。

天氣漸漸轉熱，少男少女們躁動的心漸漸復甦，蠢蠢欲動，自從上次發生了那件事以後，方怡已經很久都沒有出現了，對於這個「情敵」，陳清歡壓根兒沒放在眼裡。

雖然陳清歡看起來很好相處，其實什麼都入不了她的眼，她從沒把任何人放在眼裡。她從小跟著陳慕白，看過各種美人美色，雖然方怡頗有幾分姿色，但在她眼裡根本不夠看，完全配不上蕭雲醒。

她本以為方怡這樣的才女還是有幾分傲氣的，畢竟蕭雲醒的態度已經說明了一切，她肯定會偃旗息鼓，沒想到她卻低估了才女的執著。

下課時間，她和冉碧靈才剛從廁所走出來，就被方怡攔下。

陳清歡眨眨眼睛，一臉莫名地看著她。

下課鐘聲一響，向霈從外面跑進來，一臉興奮：「大八卦！有沒有人想聽？」

蕭雲醒面不改色，對八卦絲毫不感興趣；聞加正忙著補作業沒空理他，連頭都沒抬。姚思天怕向霈冷場尷尬，立刻擠出一抹浮誇的微笑：「有有有！我想聽！快說快說！」

向霈白了他一眼，深受打擊，像是洩氣的皮球，聲音裡透著滿滿的低落：「我不想說了……」

他邊說邊偷看蕭雲醒，蕭雲醒只是瞥他一眼，無奈道：「說。」

話音未落，向霈立刻恢復進門時的興奮：「國中部的女學霸方怡跟陳清歡宣戰了！兩個人要比期中考的成績！」

聞加在百忙之中抬頭插話：「分數高者得雲哥嗎？」

向霈搖頭：「不知道，不過肯定是吧？」

蕭雲醒一直沒表態，姚思天主動問他：「雲哥，你不擔心你家小朋友啊？」

蕭雲醒筆尖一頓：「不擔心。」

向霈很不贊同：「我聽說方怡從小到大都沒考過第二名。」

蕭雲醒慢悠悠地吐出一句：「那是因為她沒有遇到陳清歡。」

向霈撇嘴：「……也太護短了吧。」

向霈一直以來都冤枉蕭雲醒了，他並沒有刻意針對任何人，只是單純偏袒陳清歡，坦蕩得不得了，他就是覺得陳清歡最好。

他的想法很簡單，陳清歡是他的唯一，他的眼裡只有陳清歡，心思坦蕩，乾脆俐落，別人的好壞都和他沒什麼關係。因為是陳清歡，所以他不介意別人怎麼想，只關心陳清歡怎麼想。不是不尊重或者看輕別人的心意，只是本能使然。

陳清歡並沒有在蕭雲醒的面前提起下戰帖的事情，而蕭雲醒也假裝不知道。

方怡被上次的事情刺激到後，更加努力地複習，而陳清歡依舊懶散度日，對蕭雲醒撒嬌賣萌，除了上課時比較認真，放學後連課本都不帶回家。

期中考還沒開始，她就開始盤算著考完後要和蕭雲醒去哪裡玩才好。

但蕭雲醒卻在盤算著她的勝率。

數學，她沒問題。跟數學相關的理科問題也不大，至於生物，就看她的興趣了。

國文，她不喜歡抄寫和背書，作文老是不按套路，好不到哪裡去。

英文，她從小上的就是國際學校，也沒問題。

地理，她是個路痴，方向感極差，就看她的造化了。歷史，去年暑假去歐洲玩的時候還幫她梳理過國外歷史，多少有點用吧？希望她還記得。公民？完全不指望了。

綜合下來，頂多只是中等偏上。

週二下午是全校大掃除，蕭雲醒拿著抹布在擦玻璃，而向霈穿著球衣從另一邊的窗臺上跳進來，跑得氣喘吁吁：「雲哥，你趕快去足球場看看，你家的小朋友被足球打到了！」

蕭雲醒一聽，扔下抹布，穿過大掃除的人群跑向足球場。

聞加在旁邊鼓掌：「雲哥的心如止水技能被封印，可喜可賀啊。」

姚思天點頭補充：「封印者，陳清歡。」

足球場在操場的中央，兩邊都是塑膠跑道，蕭雲醒遠遠就看到一群人圍在跑道上，他跑過去撥開人群，然後看見低著頭坐在地板上的女孩。

冉碧靈正怒斥著一個抱著足球的男人：「是踢球還是踢人啊！」

那個男生一臉愧疚，拚命道歉：「對不起對不起……」

蕭雲醒蹲下來，把手搭在陳清歡的肩上。

陳清歡抬頭，淚眼汪汪的，在看見蕭雲醒後，一直含在眼裡的熱淚終於滾落，可憐兮兮地叫了聲：「雲醒哥哥……」

蕭雲醒抬手替她擦掉眼淚，低聲問：「砸到哪裡了？」

她抬起手，小心翼翼地摸著右半邊的腦袋，輕聲啜泣：「這裡……」

他趕緊彎下腰橫抱起她：「我先帶妳去保健室看看。」

抱著足球的男生撓著腦袋：「對不起，我真的不是故意的。」

蕭雲醒看了他一眼：「下次小心一點。」說完後又交代冉碧靈，「麻煩妳幫她請個假。」

冉碧靈被蕭雲醒的「公主抱」震驚，目瞪口呆地看著，聽到他對她說話後才回神，結結巴巴地回答：「好、好的！」

她環視了在場的所有人，被震驚到的人，果然不止有她一個。

陳清歡縮在蕭雲醒的懷裡不停哭泣，鼻涕和眼淚全都抹在了他的身上，他小聲安撫她：「是不是嚇到了？」

陳清歡睜大雙眼看著他點點頭，豆大的淚珠不停滑落，讓人心疼。

他低頭用臉頰蹭了蹭陳清歡的額頭，聲線溫柔：「沒事，別哭了，清歡乖。」

「清歡乖」這三個字，貫穿了陳清歡和蕭雲醒相識的歲月，那是專屬於陳清歡的溫柔，唯有她能獨占。她止住了淚水，往他身上蹭了蹭。

雖然已經在保健室做了及時處理，但蕭雲醒還是不放心，打算帶她去醫院看看。

陳清歡在他懷裡掙扎了一下：「雲醒哥哥，你累了嗎？我可以自己走。」

蕭雲醒托著她軟軟的身體，輕笑道：「不累。」

這麼輕，怎麼會累？

她又掙扎了一下，硬生生從他懷裡跳下來，把手塞進他的手心裡：「我真的可以自己走，你牽著我。」

蕭雲醒牽著她去了醫院，隔一段時間就會問她暈不暈、累不累，陳清歡也緩和不少，很快就露出了微笑。蕭雲醒在確認她沒事後，才放心送她回家。

陳清歡仰著頭問他：「我的書包還在學校，不回去拿了嗎？」

蕭雲醒伸出食指，勾起她的下巴：「何必呢？反正妳回家後也不會讀書。」

陳清歡歪歪頭，變回那副嘰嘰喳喳的模樣：「可是……有人向我宣戰了啊，據說是個超級厲害的女學霸！他們說……」

蕭雲醒牽著她從醫院出來後，夕陽已落在天邊，把兩個靠攏的影子拉得又長又遠。

在蕭雲醒踏進家門的時候，飯菜已經上桌，他把手洗乾淨後，跑去幫忙擺碗筷。

隨憶忽然叫他：「蕭雲醒。」

鮮少被隨憶直呼全名的他頓感殺氣，他抬頭，目光坦蕩地和隨憶對視許久，然後漠然開口：「媽，湯糊了。」

隨憶恍然，轉身走進廚房，再出來的時候，一家四口都坐到了餐桌前。她邊吃邊不經意地問：「聽說你今天帶女孩子到醫院做檢查？」

蕭雲醒簡潔有力地回答：「嗯。」

隨憶放下筷子：「搞出人命了？」

蕭雲醒在聽到這句話後，毫無表情地說：「沒有。」

「沒關係，你告訴媽媽啊，血氣方剛的年紀嘛……」隨憶和蕭子淵對視了一眼，「爸爸媽媽都可以理解。」

蕭雲醒決定反擊：「你們當年也搞出人命過？」

隨憶一臉挫敗，對蕭子淵吐槽：「你兒子就是話太少、太冷靜了，逼急了還咬人，一點都不好玩。」

蕭子淵安撫地笑了笑，然後對小兒子開口：「你開個話題，我們來參與。」

蕭雲亭的個性比爸爸和哥哥還要直爽活潑，整天活蹦亂跳、愛聊八卦，皺著眉苦思冥想半天後才開啟話題：「哥，聽說陳清歡轉到我們學校了？」

蕭雲醒還沒說話，隨憶就問：「真的嗎？她上次來家裡吃飯的時候，你怎麼沒說？」

蕭雲醒繼續低頭吃飯：「沒什麼好說的。」

蕭子淵輕咳，蕭雲醒看向他，給予這位一家之主絕對的尊重：「我參與了。」

「……」

直接把話聊死，其餘三人還是決定專心吃飯。

第二天，陳清歡在和冉碧靈去食堂的路上被一個男生攔下。

那個男生靦腆地看著她：「同學……妳的頭沒事吧？」

陳清歡皺眉瞪他：「你是誰？」

男生撓撓頭，連耳尖都紅了，吞吞吐吐地開口：「你不記得了？昨天……是我不小心……」

冉碧靈看他扭扭捏捏的樣子，忍不住開口：「昨天踢球砸到妳的那個人。」

陳清歡無精打采地瞄他一眼，沒再說話。

男生看看冉碧靈，又看看陳清歡，開始做起自我介紹：「我叫褚嘉許，國中部二年二班，我……」

冉碧靈白他一眼：「你什麼你？到底要幹嘛？有話快說！」

褚嘉許這次開口就順暢了許多：「我想請妳吃飯，跟妳道歉。」

陳清歡看他態度誠懇，擺擺手：「我收下你的道歉，吃飯就算了。」說完後轉了個方向準備繞開他，卻又被他攔下：「陳清歡，我……」

陳清歡不耐煩地看向旁邊，忽然發現一道身影。她迅速把頭轉回來，一改剛才的冷淡並笑咪咪地問：「你怎麼知道我的名字？」

她一笑，褚嘉許的臉又紅了：「我們班有很多男生喜歡妳，我聽他們提過妳，我沒別的意思，就是想請妳吃個飯。」

陳清歡覺得差不多了，笑了笑：「哦，我知道了，那我先去吃飯了，回頭見。」

語畢，她就拉著冉碧靈離開了。

冉碧靈一臉奇怪，盯著陳清歡那狡黠的微笑：「妳到底在幹嘛？」

陳清歡收起笑容，一臉純潔無辜：「沒什麼啊。」

不遠處的向霈「嘖嘖」了兩聲，一臉揶揄地看向蕭雲醒：「喲，清歡妹妹劈腿啦？」

蕭雲醒從剛才看到現在，不曉得那個男生說了什麼，陳清歡忽然對他笑了一下。那個男生似乎被她的笑容電到，木訥地擺手和她道別，半天沒動，一臉痴迷的樣子也讓蕭雲醒的臉色沉下。

向霈幸災樂禍地看著他：「你的小白兔妹妹要被大野狼叼走囉！」

蕭雲醒沉默了半晌後，瞇著眼睛低哼一聲：「她才不是小白兔。」

向霈忽然正經：「說真的，學校裡有好多人都在追她……」

蕭雲醒依舊一言不發。

向霈想再補一刀，沒想到還沒開口，就被蕭雲醒的眼神壓回去了。

放學後，陳清歡又在校門口等蕭雲醒。

蕭雲醒今天沒騎車，兩人便一起走回家。

他好似不經意地問起：「交到新朋友了？」

「啊？」陳清歡想了一下，「哦，你說褚嘉許啊。」

「褚嘉許是誰？」

「昨天踢球傷到我的那個男生啊。」

蕭雲醒點點頭，沒再說話。

陳清歡湊到他面前，睜大雙眼：「怎麼了？」

蕭雲醒笑著回答：「沒什麼。」

走了一會兒後，陳清歡又歪頭看他，蕭雲醒沉住氣，對她笑了一下，沒表現出任何異常。

又走了幾步，陳清歡忽然停下，她環住他的腰並垮著一張小臉，噘嘴撒嬌：「雲醒哥哥，我累了。」

蕭雲醒上前半步，微微俯身：「上來，我背妳。」

她瞬間露出微笑，眼眸燦若星辰，笑嘻嘻地跳到他身上，臉頰也緊緊貼著他的側臉。

女孩的肌膚細嫩滑膩，帶著微微的涼意，這個舉動讓他忍不住勾起唇角。

她趴在他的背上，走了一段後才湊到他耳邊小聲說：「雲醒哥哥，我不喜歡褚嘉許。」

蕭雲醒一頓，沒說話，繼續往前走，她聲音更小了，溫熱的氣息覆上他的耳朵：「我喜歡你……」

說完後，趕緊將身子往後一仰，擺著手大聲唱歌：「我有一隻小毛驢，我從來也不騎……」

陳家的長公主賣萌了那麼久，差點讓人忘記她也是個腹黑的小惡魔了。但在無傷大雅的情況下，蕭雲醒還是縱容的。

褚嘉許後來陸續找過陳清歡幾次，可是他不敢直接找，每次都打著來找冉碧靈的名義。陳清歡後來看出了端倪，只要看到他過來，就會推冉碧靈出去。

冉碧靈也感到厭煩，覺得這個靦腆愛臉紅的男生實在令人頭痛，來過這麼多次，講話都沒有重點，成天和她東拉西扯。她實在看不下去了，向他伸手：「你喜歡陳清歡對吧？情書？禮物？給我，我幫你給她。」

褚嘉許一臉緊張：「不、不是……我不喜歡她……」

冉碧靈順口回：「你一直過來，如果不是喜歡她，難道喜歡我啊？」

褚嘉許的臉忽然漲紅，偷偷看了她一眼後，重重地點了點頭：「嗯！」

冉碧靈愣在原地，轉頭看向窗戶那側的陳清歡，陳清歡憋著笑，眼裡的狡黠透露出她早已洞悉一切。

褚嘉許小心翼翼地看著她，似乎在等待她的回覆。

冉碧靈咽了咽口水，僵硬地掃了他一眼：「少年，容我緩緩。」

因為期中考的關係，陳清歡無暇去理會冉碧靈和褚嘉許這對歡喜冤家。連考了三天之後，她的體力嚴重透支，在家睡了兩天才緩過來。

放假回來後成績也出爐了，真是幾家歡樂幾家愁。

數學考卷最先發下來，陳清歡滿分，年級第一，據說只比第二名的方怡高出一分。

陳清歡對此很是滿意，不多不少的一分正好能氣死她。

數學老師也很高興，在課堂上瘋狂誇讚陳清歡。

冉碧靈差點把她供起來，捧著她的考卷滿眼星星：「妳的數學成績比女學霸還高啊！」

陳清歡正思考著中午該吃什麼口味的冰淇淋才好，明顯心不在焉：「那麼簡單……」

冉碧靈差點翻臉，看著她的滿分考卷譴責她：「哪裡簡單了！」

陳清歡隨口回答：「都很簡單啊。」

「妳到底是怎麼學數學的啊？」

「就……那樣啊，信手拈來。」

冉碧靈決定在午休前都不要和她說話了。

隨著各科考卷一張張發下，冉碧靈看陳清歡的眼神就變了，趁著下課時間全力吐槽她：「大小姐，妳的成績也太詐欺了吧？還能自由切換成學霸或學渣？就妳這樣的成績，哪裡來的自信應戰？」

陳清歡揉揉眼睛，掩唇秀氣地打了個哈欠。

冉碧靈忽然指指窗外：「她來了。」

陳清歡趴在窗臺上，懶洋洋地看著方怡走近。

方怡走到窗前直奔主題，拿著成績單滿臉得意：「看到了嗎？」

陳清歡一臉無所謂，張了張嘴：「沒有。」

方怡也不在乎她的回答：「當初迎戰的那麼痛快，還以為多厲害，我來看看妳的名次……喲，差一點掉出三百名！」

陳清歡依舊懶懶地抬眼看她：「那又如何？妳考了第一，快去找蕭雲醒吧，他要跟妳表白啦。」

方怡忽然反應過來：「妳耍我！妳從一開始就在耍我！」

陳清歡嗤笑一聲：「所以呢？誰叫妳這麼傻。」

大概是沒見識過陳清歡這種路數，方怡被氣得臉色發白：「妳！」

陳清歡揮手趕人，準備關窗戶，還不忘嘲諷她：「妳還有事嗎？沒事的話就去找蕭雲醒吧，看他會不會理妳。」

方怡當然不敢去找蕭雲醒，但八卦天王向霈立刻就把消息傳給他了。

蕭雲醒笑了，果然，只要陳清歡凶起來，連神都擋不住。

別人不了解陳清歡，但蕭雲醒清楚得很。那個小丫頭不曾走過尋常路，不按牌理出牌的個性跟她的父親如出一轍，她才不會為了挑戰而苦了自己呢。

向霈一臉疑惑：「你還笑？」

蕭雲醒抬眸看他一眼：「不然呢？」

向霈一臉孺子不可教也的表情：「唉，雲哥，你一點都不了解女人。」

蕭雲醒哼笑了一聲，難得回應他：「你一點都不了解陳清歡。」

向霈的眼底流露出一抹淡淡的憂傷，繼而又是一聲憐香惜玉的嘆息：「你還不去看看，方怡這次又考了第一，搞不好正在嘲笑你家的小魔女呢。」

蕭雲醒一點也不擔心：「就算陳清歡考了倒數第一，都不會讓任何人在她面前囂張。」

才剛放學，蕭雲醒就看到陳清歡在他的教室門外來回溜達。

他拎起書包走出教室，手一伸，看著陳清歡：「給我看看成績單。」

陳清歡撇撇嘴，從口袋裡掏出一張疊放整齊的紙遞給他。

蕭雲醒很快就找到了她的名字，細細掃過各科成績：「嗯，還可以。數學滿分，物理和化學也只扣了幾分，英語比我預想的還要低，不過國文出乎意料的不錯。」

陳清歡在一旁解釋，眼裡還藏著小小的竊喜：「我的英文作文扣了好多分，老師說太口語化了。國文老師說我的字很好看，有加分，幸好小時候你有逼我好好練字。」

蕭雲醒捏了捏她的臉，把成績單還給她：「嗯，生物一般，社會科慘不忍睹，以後學理科吧？」

她年紀還小，臉上還帶著可愛的嬰兒肥，摸起來又軟又嫩，像頂級的白玉，手感極佳。

陳清歡還沒反應過來，小心翼翼地看著蕭雲醒的臉色：「就這樣？」

蕭雲醒接過她的書包，拉著她往外走，輕笑了一聲：「不然呢？」

陳清歡悶悶地吐了口氣：「我是不是讓你丟臉了？」

「怎麼會。」蕭雲醒莫名地看著她，頓了一下後才重新開口，「其實學這些也沒什麼用。」

陳清歡的情緒依舊低落：「可是你每次都考第一名啊！」

「嗯……」蕭雲醒沉吟片刻，「換個說法好了，我只是想在每次考試中知道我猜題的機率高不高，順便看看我的極限在哪裡。」

陳清歡停下腳步，神色微妙，半天才吐出兩個字：「……變態。」

期中考結束後，陳清歡和方怡的戰爭漸漸被人遺忘，方怡的學霸寶座無人可撼，陳清歡依舊是個長相漂亮、沒心沒肺的小女孩，而變態的蕭雲醒並沒有成為誰的戰利品。

陳清歡漸漸適應了附中的生活，蕭雲醒也開始從很多人口中聽到她的名字。某天中午，他剛打完籃球從球場出來的時候，迎面碰上一群學生，在擦肩而過時忽然聽到陳清歡的名字。

「還沒追到校花啊？」

「沒有，陳清歡那丫頭，完全不給我面子！」

蕭雲醒停下腳步後回頭，那群人也沒注意，邊走邊說。

「要不要幫幫你啊？」

「怎麼幫？」

「怎麼嚇？」

「嚇嚇她啊！」

「簡單啊，我們就……」

「……」

待他們走遠後，蕭雲醒皺起眉頭。他沒有直接回到教室，而是繞去找陳清歡。

遠遠就看到他的陳清歡正趴在窗臺上，彎著眉眼叫他：「雲醒哥哥！」

他走近後摸摸她的頭：「今天等我放學，我送妳回家。」

陳清歡順勢往他的手心裡蹭了蹭：「為什麼？」

蕭雲醒也沒多說：「沒有為什麼。」

陳清歡眨著黑白分明的大眼，得寸進尺地調皮起來：「也會送我去上學嗎？」

蕭雲醒輕快地回答：「嗯。」

得到他肯定的答覆後，陳清歡疑惑道：「以後都這樣嗎？」

「對。」

陳清歡立刻歡呼：「我最喜歡上學了！」

冉碧靈在旁邊看著這個偽學霸，打死也不相信她說的這句話。

蕭雲醒一連幾天都比平時還要晚回家，晚歸已成為常態。

這天他剛進門，就聽到坐在沙發上的父親問：「最近怎麼都這麼晚回家？」

他彎腰從鞋櫃裡拿出拖鞋換上：「有事。」

蕭子淵頗有興趣：「什麼事？」

蕭雲醒面無表情地回答：「送小朋友回家。」

蕭子淵竟然開起了玩笑：「副業嗎？薪水多少？」

蕭雲醒看著蕭子淵，忽然揚起聲音對著書房大喊：「媽，我昨天看到爸爸在社區的中庭抽菸。」

隨憶立刻衝出來問蕭子淵：「你又抽菸了？胃好了？」

蕭子淵努力轉移火力：「這些事情等等再說，妳兒子早戀。」

隨憶瞪他一眼：「我兒子早戀關你什麼事？」

「……」

在日常的無理取鬧中，蕭雲醒成功避開火力，默默走回了房間。

當天晚上臨睡前，他想去客廳倒杯水，才剛把房門開出一條縫，就聽到隨憶溫柔的聲音：「最近在工作上碰到棘手的事情了？」

客廳裡只開了壁燈，蕭子淵一手摟著隨憶，一手握著電視遙控器，有一搭沒一搭地換著頻道，一閃一閃的亮光籠罩著兩人的身影。隨憶整個人都依偎在他懷裡，雙臂緊緊摟著他的脖子，仰頭看著他。

蕭子淵聞言後，把遙控器扔在一旁，將她摟緊，低頭親了一口：「怎麼這麼問？」

「你偷偷抽菸啊……」

蕭雲醒微微一笑。和剛才凶悍質問的模樣大相徑庭，他的母親向來深諳夫妻相處的藝術。

還沒等他誇完，就聽見不太正常的動靜，兩人也壓低了說話聲。

「等一下，你不是說很累嗎……」

「所以才要做點刺激的事情來放鬆一下啊。」

「你……孩子們還在家呢！」

「他們早就睡了。」

「……」說話聲逐漸被別的聲音取代，兩人的身影也陷入了沙發裡。

蕭雲醒面無表情地低頭看著手裡的杯子，算了，還是別喝了。

他才剛躺到床上，手機就響了，一接起來就聽見女孩清脆歡快的聲音。

『雲醒哥哥，你睡了嗎？』

「準備睡了，妳怎麼還不睡？」

『我……』

「怎麼了？」

『我剛才不小心……撞見……』

蕭雲醒忽然明白，陳清歡大概和他遇到相同的事情。

他鬼使神差地問：「在哪裡？」下一秒便抬手遮臉，輕咳一聲，「那個……」

陳清歡似乎沒聽出他的尷尬，立刻回答：「在陽臺，但我什麼都沒看見，覺得不太對勁就退回來了。」

一個陽臺，一個客廳，現在的父母啊……

氣氛瞬間凝固，兩人沉默了半天後，蕭雲醒才打破沉寂：「這也說明……他們還年輕，是好事。」

陳清歡的求知欲強烈：『老了就不能做了嗎？』

「嗯。」

『那我們……』

蕭雲醒的嗓子忽然發乾，揉了揉眉心，喉結艱難地上下動了動，很快打斷她：「該睡覺了，明天還要上課。」

『哦。』陳清歡大概是把腦袋埋進枕頭裡了，聲音有些模糊，『可是我睡不著啊。』

「那怎麼辦？」

『你念物理公式給我聽吧！化學方程式也可以。』

沒過多久，耳邊只剩下均勻綿長的呼吸聲，蕭雲醒臨睡前還在憂慮，現在的父母真是讓人操碎了心……

第四章　寵上天

第二天，蕭子淵一邊吃著早餐，一邊趁蕭雲醒還沒出門，好似不經意地叫住他：「想好了再動，不要隨便傷害別人家的女兒。」

蕭雲醒「嗯」了一聲便出門了。

好在兩家的距離也不遠，陳清歡享受著意外得到的福利，每天都盼望著上學和放學，直到幾天之後，兩人在放學路上被幾個像是痞子的學生堵住去路。

兩人今天比較晚離校，學生都走得差不多了。陳清歡前後看看，發現幾乎沒人路過，緊抓著蕭雲醒的衣袖：「雲醒哥哥……」

蕭雲醒握住她的手指，輕聲安撫：「沒事的。」

陳清歡仰頭看著他，小聲問：「是要收保護費嗎？我今天沒帶呀。」

蕭雲醒回答得模稜兩可：「大概是吧。」

小女孩想了一下，忽然鬆開他的手，蹲下身開始解鞋帶：「那把這個給他們吧，我全身上下最值錢的就是這雙鞋子了，還是限量版呢，他們應該不會嫌棄。」

「……」蕭雲醒無奈地嘆了口氣，「陳清歡，妳又想買新鞋了吧？」

陳清歡仰起頭，瞇著眼睛笑道：「嘿嘿，被你發現了？」

無論陳清歡想要什麼，陳慕白的態度就是買買買，但顧九思從來都不會寵著她，通常在這種情況下，陳慕白的意見就沒那麼重要了，他只能對她拋出個愛莫能助的眼神。

她心想：如果鞋子被搶，就可以買新鞋了！

對面幾個男生沒耐心了，陰陽怪氣地看著蕭雲醒：「學霸，我們今天不找你，讓開。」

陳清歡從他身後探出腦袋，聲音清脆地問：「是找我嗎？」

她眼裡不見慌亂，倒是滿滿的好奇，那群人也笑了，開始起哄。

「對！找妳！」

「我們老大看上妳了，當我們的大嫂吧！」

「是啊，蕭雲醒除了成績好以外也沒什麼優點，跟著我們老大吧，他以後會罩著妳！」

他們越說越流氣，蕭雲醒輕輕皺眉，還來不及開口，一道漫不經心的男聲從兩人的身後傳來。

「你們的老大是誰啊？說來讓我聽聽。」

那群人原本還樂呵呵的，轉頭看了一眼後立刻老實道：「野哥……」

來人個頭很高，留著極短的平頭，襯得五官越發英挺，看起來很有精神，皮膚泛著健康的小麥色，懶洋洋地把制服搭在肩上，手裡抱著顆籃球，滿頭大汗，慢悠悠地走過來，歪頭瞟了一眼：「別叫我！能不能有點出息啊！幹這種事，我都覺得丟人！」

說完，又痞痞地掃了蕭雲醒和陳清歡一眼，吹了聲口哨後才字正腔圓地叫了聲：「喲，蕭雲醒。」

陳清歡沒想到蕭雲醒還認識這種類型的人。

他淡淡地開口：「駱清野。」

「女朋友？學霸也談戀愛？不怕影響成績嗎？哈哈哈……」駱清野擺出一副吊兒郎當的模樣調侃他，卻讓人感受不到惡意。

蕭雲醒一向話少。

駱清野也覺得沒意思，揮揮手：「走吧。」

蕭雲醒牽著陳清歡快步離開。

走了幾步後，陳清歡小聲問：「他是什麼人啊？」

不知道蕭雲醒是怎麼跟她說的，只見陳清歡驚訝到張大嘴巴，過了半天才捂住，但驚奇還是源源不斷地從眼裡冒出。

那群人看著兩人的身影問道：「野哥，你怎麼會認識成績好的人啊？」

駱清野一巴掌打在那人的後腦勺上：「老子交友廣泛，朋友遍天下，怎麼就不能認識成績好的？」

那人捂住腦袋，遞了一根菸給他：「怎麼認識的啊？」

駱清野接過來咬在嘴裡，也沒點：「一起打過幾次籃球，人還挺仗義的。」

有人小聲嘟囔著抗議：「有幾個成績好的會仗義……？」

「他就是其中一個啊。」駱清野忽然想起了什麼，惡狠狠地警告他們，「還有，你們不要再打那個小女孩的主意！」

一群人你看我、我看你，不情不願地點頭：「知道了知道了！」

駱清野轉頭看著蕭雲醒離開的方向，那裡連半個人影都沒有了。

他和蕭雲醒是怎麼認識的？這大概是個學霸和流氓惺惺相惜的故事。

他們一起打過幾次籃球，不過那不是重點，他們打籃球的時候差點發生衝突。和駱清野一起鬼混的那群人都不好惹，抽菸、喝酒、打架，學校也不怎麼管，蕭雲醒制止了同行人，把球場讓給他們。

他以為蕭雲醒怕了，是個只會念書的膽小鬼。

直到後來他見識到蕭雲醒打架的樣子，才知道蕭雲醒不是不打，是懶得打。

他從小打架打到大，招式多，又會打，從蕭雲醒的一招一式來看，絕對是正規訓練出來的真功夫，兩人實力不相上下。

那天傍晚，隔壁學校的人來堵他，他大意了，只有孤身一人，心想今天肯定不好過了，就看到蕭雲醒從學校出來，身上還穿著X大附中的制服。

不知道他為什麼也這麼晚離校，看到駱清野和那幫人後明顯愣了一下，對方卻誤以為兩人是一夥的。

「幫手？一起打！」

在衝突中，若碰到特別冷靜的人，那便是明顯的警訊，千萬不要再得寸進尺，否則後果自負。蕭雲醒打起架來就特別冷靜，動手的時候，表情一向淡漠冷然。

衝突結束後，他的臉部和全身都慘不忍睹，但蕭雲醒只是拍拍制服，拎起旁邊的書包，渾身上下乾淨得好像什麼都沒發生過。就像只是把書包放在旁邊，蹲下來繫鞋帶一樣。

那群人落荒而逃，兩人沒有交談，更沒有交換眼神，直接各走各的。

後來對方學校找上門問起這件事的時候，蕭雲醒絕口不提任何一字，當下也沒有目擊證人，最後不了了之。

從那之後，駱清野開始對蕭雲醒刮目相看。這個人冷靜、自制，沒有這個年紀的血氣方剛，卻有自己的原則和底線。

再次見面的時候，兩人心照不宣的沒有再提起過這件事，只是默默地點頭打招呼。

走了幾步，駱清野覺得在蕭雲醒面前丟了臉，咬著菸開始罵人：「在半路上堵人，真是優秀啊！誰出的餿主意！」

幾根手指齊刷刷地往同個方向指：「他！」

駱清野一巴掌拍過去：「喜歡就自己追啦！」

那人捂著腦袋哀號：「追不到啊！」

駱清野又給他一巴掌：「追不到的話就好好讀書！」

那人不服氣，小聲嘀咕：「野哥也沒有好好讀書啊……」

旁邊的人嗆他：「你能和野哥比嗎？野哥長得比你帥啊！」

駱清野摸摸下巴，一副贊同的樣子：「這倒是……」說完又板著臉瞪過去，「別以為拍拍馬屁就能混過去了，老子不吃這一套！」

臨近黃昏，西沉的夕陽染紅漫天的雲端，校門口的角落裡，淡橘色的陽光從身後照去，一半落在他英挺的側臉，一半投射到地上，將他原本挺拔修長的影子拉得冗長。

一個女生站在陰影裡不知道看了多久，目光落在那個被夕陽拉得又長又遠的背影上，眉目清冷地「切」了一聲：「自戀。」

陳清歡沒把這件校園暴力事件當一回事，反倒因為換不成新鞋，變得鬱鬱寡歡。她和蕭雲醒討論了一路，如果回家告訴顧女士，她的鞋子被搶走了，顧女士是否會相信。

過了五月，天氣很快變得炙熱，學校調整了作息時間，午休時間延長了一個小時。這天中午，當蕭雲醒剛吃完午餐準備回去休息的時候，就看到陳清歡站在教室門口叫他。

她急匆匆地來找他，難得乖乖地套著制服，鬆鬆垮垮地遮到大腿，紅著臉，一副坐立難安的樣子。

蕭雲醒上上下下地打量她：「怎麼了，不舒服嗎？」

聽到他開口，陳清歡的臉更紅了，吞吞吐吐了半天：「雲醒哥哥，我好像……好像……」

蕭雲醒覺得奇怪：「好像什麼？」

陳清歡半天才憋出一句：「好像那個了……」

不知道為什麼，蕭雲醒瞬間就明白了，他有些窘迫，一時語塞：「那個……」

兩人誰也沒看誰，面對面站著，長久的靜默讓氣氛變得尷尬。

蕭雲醒開口打破沉寂：「妳有帶那個嗎？」

說出來後，陳清歡坦然許多，搖搖頭：「沒有。」

蕭雲醒又問：「肚子會痛嗎？」

陳清歡捂著肚子感覺了一下：「有一點。」

「妳等我。」

蕭雲醒回教室拿了錢包，帶陳清歡去學校的福利社。

她似乎明白他想做什麼，看著進進出出的同學後忽然拉住他：「你在這裡等我吧，我自己去買。」說完小跑著衝進去，很快又低著頭衝出來，閉著眼睛把一袋東西塞到蕭雲醒的手裡。蕭雲醒看了一眼，對她搖了搖頭。

她又衝進福利社，爾後迅速衝出來，再次把東西塞給蕭雲醒。

蕭雲醒看著手裡的東西，第一次買了溼紙巾，第二次又買了棉花糖，當她想再衝進福利社的時候，被他攔下：「還是我去吧，妳在這裡等我。」

他嘆了口氣，真被向霈說中了，他真是養了個女兒。

蕭雲醒站在廁所門口等她的時候，手裡端著冒著熱氣的紅糖水出神，他想著等陳清歡出來後，是該自己解釋這件事給她聽呢，還是等她回家後再請她媽媽告訴她。

等陳清歡出來後，蕭雲醒也停止糾結，因為她主動提問，他也只能一一回答。

兩人挑了人少的小路走，他聲音又低，沒人知道這兩人在談論什麼。

陳清歡聽完這些後，又問：「也就是說，只要這個來了，就可以生寶寶了嗎？」

蕭雲醒一頓，這重點抓得挺別出心裁的：「嗯。」

她一把抱住蕭雲醒的手臂：「那我們生個寶寶吧！」

蕭雲醒穩住水杯，把它塞進陳清歡的手裡：「妳自己就是個寶寶。」

陳清歡抱住他不放，仰著頭問：「那我是誰的寶寶？」

蕭雲醒點點她的鼻尖，忽然笑了，又是無奈又是寵溺：「我的，行了吧？」

陳清歡聽到想要的答案後終於開心了，目光狡黠，眼底有笑意漾開：「嘿嘿嘿。」

不知道從什麼時候開始，她也慢慢從純良軟萌的小奶貓變成黏人腹黑的小野貓了。

當真是吾家有女初長成，喜上眉梢處不驚啊。

當天晚上，陳清歡一臉淡定地告訴顧九思今天的插曲，緊接著提到「她的雲醒哥哥」已經幫她解答疑惑了。

顧九思此刻的心情頗為複雜，既覺得愧疚又覺得欣慰，半晌，總結出最重要的一句話：「如果以後爸爸問起這件事，記得把雲醒的那段剪掉，說是我告訴妳的。」

陳清歡心照不宣地點點頭。

「姐姐怎麼了？」

「因為生理期心情不好，你乖一點，不要惹她。」

「生理期？那是什麼？在哪裡？」

顧九思摸著兒子的腦袋嘆氣：「快去寫作業吧。」

有時候蕭雲醒會懷疑，陳清歡是不是上帝故意派來折磨他的。

出現這個念頭的時候，他剛和陳清歡在校門口吃完午餐，正被她努力拖著往冰淇淋店走。

蕭雲醒步伐僵硬，無視她閃亮亮的大眼睛，表情嚴肅地目視前方：「不要用那麼期待的眼神看著我，我是不會買給妳的。」

陳清歡聽到這句話後，眼神更加真切。蕭雲醒在冰淇淋店門口站著不動，依舊不鬆口：「生理期不能吃冰淇淋。」

陳清歡看著櫥窗裡的冰淇淋桶流口水：「我吃一球就好，剩下的給你。」

蕭雲醒皺眉：「我不愛吃。」

陳清歡耍無賴，單方面決定：「你愛吃！你最愛吃香草味口味的！你現在超想吃冰！」

蕭雲醒無奈，只能認命掏錢。

「超想吃冰」的某人慢悠悠地吃了幾口後，把剩下的推給蕭雲醒，笑嘻嘻地瞇起雙眼，也不說話。

蕭雲醒無聲地嘆了口氣，她每次都吵著要吃，才吃了幾口後就推給他，還冠冕堂皇地說「不能浪費」，逼他吃完。可是他真的……無福消受啊。

蕭雲醒將冰淇淋一勺勺塞進嘴裡後艱難地咽下，聽到陳清歡問「好吃嗎」，他表情微妙地點了點頭。

嗯，甜蜜又膩死的折磨。

吞下最後一口後，蕭雲醒喝了口水，下定決心：「在妳生理期結束之前，這是最後一次。」

說話不算話的慣犯陳清歡，並沒有把這句話當一回事，相當痛快地點頭答應。

蕭雲醒一眼就看穿了她的小伎倆，隨後補充一句：「如果做不到，就繼續讓康叔每天接送妳吧！」

陳清歡的小臉立刻垮下，哀怨地看著蕭雲醒：「你是壞人！」

蕭雲醒被逗樂，伸手揉了揉她的腦袋。

待陳清歡回去的時候，教室裡已經趴倒了一片，冉碧靈輕聲調侃：「喲，和妳的雲醒哥哥共進完午餐了？」

陳清歡的眉眼間染著笑意：「嗯！」

冉碧靈「嘖嘖」兩聲：「真是羨慕啊！」

陳清歡睨她一眼：「羨慕什麼？我邀請過妳了，妳又不去。」

冉碧靈反問：「我去？我去幹嘛？當電燈泡嗎？」

陳清歡也睡不著，兩人直接趴在桌上聊天：「妳剛才和誰一起吃午餐？」

冉碧靈的神色有些不自然：「……和一個朋友，別班的。」

陳清歡沒那麼八卦，雖然看出了端倪，卻也沒說破：「哦。」

冉碧靈忽然想起了什麼：「對了，我有件事想和妳說。」

陳清歡隨口問：「什麼事啊？」

冉碧靈一臉神祕：「妳有沒有發現，那個女學霸最近挺安靜的？」

陳清歡想了想：「好像是。」

「她生病了！」

「被我氣的？」

「這不是重點，重點是，她回學校上課的那天，是她爸爸送她來的！」

「她爸爸很帥？」

「這也不是重點！」

「重點是什麼？」

「她爸爸是教育局局長！」

「關我什麼事？」

「只是提醒妳一下，我們學校的上級都蠻那個的，以後妳和女學霸再起什麼衝突，不要太超過了。」

「哦，妳是怎麼知道這些事情的？」

「嗯……我有個認識的人和她同班。」

陳清歡看她神色不太對勁，於是旁敲側擊地問：「男的女的？」

冉碧靈想也沒想就開口：「男的。」

陳清歡「哼哼」了兩聲：「一個大男生怎麼這麼八卦啊？」

冉碧靈不樂意了，氣勢不足地反駁：「那又如何？他只是好心提醒我！」

這話正中陳清歡下懷，她歪著腦袋一臉審視：「妳幹嘛這麼袒護他？」

冉碧靈眼神躲閃著：「我……有嗎？」

「呵呵。」陳清歡輕笑了一聲，也不說話，就這麼靜靜地看著她。

冉碧靈招架不住，嘆了口氣：「哎呀，好了好了，這也沒什麼不好說的，就是那個傻子啦！」

陳清歡故作疑惑：「哪個傻子？」

冉碧靈一副自暴自棄的模樣：「褚嘉許！」

陳清歡貌似恍然大悟：「哦，那個傻子啊，你們剛才一起吃午餐？」

「嗯。」

「是隨機還是常態？」

「介於隨機和常態之間……」

「好事啊！」

「不是妳想的那樣，只是普通朋友。」

陳清歡拖長尾音：「哦……」

氣得冉碧靈想打她。

兩人還在小聲打鬧，就看到班導楊澤延走進教室內拍了拍手：「都別睡了，我宣布一件事情，大家聽一下！馬上就要舉行運動會了，大家踴躍報名啊，體育股長負責統計一下。」

話音剛落，底下一群活力四射、整天無處釋放體力的男孩立刻歡呼，沒有升學壓力，再加上運動會期間不用上課，所以對這種活動特別感興趣。

楊澤延繼續鼓勵：「男同學們好好訓練，比賽當天才能在喜歡的女同學面前表現一下！女同學們能參加最好，實在參加不了，就幫參賽選手們搖旗吶喊。對了，還有進場表演，所有人都要參加，好好想一下隊形和口號，體育股長和班長召集大家訓練一下，到時候別給我丟人。」說完忽然往這邊看過來，「冉碧靈，今年好好加油！」

陳清歡驚訝地看向冉碧靈：「妳也會參加？什麼項目？」

前面的同學轉頭告訴她：「女子三千公尺啊！那可是冉碧靈的拿手項目！」

陳清歡驚呆了，低頭去看冉碧靈的腿：「看不出來，妳這麼能跑啊……」

冉碧靈頗為得意：「小意思，怎麼樣？妳要不要也……」

話還沒說完，就聽到陳清歡的調侃：「妳這麼能跑，褚嘉許那個傻子怎麼追得上啊……」

冉碧靈一噎，猛地劇烈咳嗽起來：「咳咳咳……」

陳清歡拍了拍她的背，繼續道：「別著急別著急，我忽然想到，那個傻子是足球校隊的，應該也挺能跑的，追得上追得上！」

冉碧靈臉一紅，生硬地繼續剛才被打斷的話題：「妳要不要參加比賽？」

陳清歡立刻擺手，明顯沒有興趣：「我就算了，我做個安靜的小美女就好。」

冉碧靈壞笑著看著她：「小美女，妳的雲醒哥哥也會參加喔。」

「真的嗎？」陳清歡瞬間打起精神，「那我負責幫他端茶送水、搖旗吶喊！」

冉碧靈搖頭嘆氣，就知道她會是這種反應。

隨著運動會的臨近，進場表演也漸漸像模像樣。運動會前一天下午不上課，空出時間進行最後的彩排。陳清歡才剛從競賽組回來，就發現教室裡亂哄哄的，她回到座位問冉碧靈：「在做什麼，這麼熱鬧？」

冉碧靈正樂呵呵地捧著一雙鞋，一轉頭看到她的臉後，忽然神色一滯：「完了……」

高中部不用排練進場表演，蕭雲醒一行人打著去練習項目的名義，打籃球打了一整個下午，在路過操場的時候，看見浩浩蕩蕩的國中部學生正在彩排表演，他一眼就看見了躲在人群裡的搗蛋鬼。

向霈指了指：「你看他們的鞋子，哎呀，還是國中部學妹們的少女心滿滿啊，高中部的學姐們就只會讀書。」

蕭雲醒掃了一眼，沒說話。

聞加湊過來問：「鞋子怎麼了？」

向霈一副恨鐵不成鋼的樣子：「你沒看到上面畫著粉紅豹嗎？」

姚思天好奇：「粉紅豹是誰？」

聞加壞笑著胡侃：「中公豹的親戚吧。」

向霈給他一巴掌：「滾！胡說八道什麼呢！」

蕭雲醒忽然問：「陳清歡怎麼沒穿？」

「清歡小朋友在哪裡呢？」向霈瞇著眼找了半天，「真的耶……哦，我想起來了，那雙鞋子是他們提前幾個月訂製的，那時候小魔女還沒轉來，肯定沒有啊。」

蕭雲醒問向霈：「其他女生都有？」

向霈撓著下巴：「基本上吧。」

「在哪裡買的？」

「你要買？」

「嗯。」蕭雲醒點點頭，理所當然地開口，「別的女生都有，我家小朋友也得有。」

向霈被閃得差點眼瞎：「買不到啊，那是訂製的。」

蕭雲醒忽然轉頭看向他。

向霈立刻捂住胸口，一臉警惕地看著他：「你看我幹嘛？我又沒有！我也不會去幫你搶的！」

「清歡也不會想要別人穿過的。」蕭雲醒指了指操場上的人群，「你去幫我拍鞋子的照片，多拍幾張。」

向霈上上下下地打量著他，模樣古怪，神色頗為微妙：「雲哥，你該不會有什麼怪癖吧？」

蕭雲醒收回手：「快去！」

向霈馬上捧著手機小跑著前進：「遵命！」

天氣逐漸轉熱，尤其這幾天的氣溫特別高，太陽一曬就更熱了。

在操場上曬了一下午的陳清歡有些無精打采，休息的時候也是懨懨的，不怎麼想說話，和冉碧靈靠在一起來恢復體力。

班裡的幾個女生忽然走近，看著她問：「陳清歡，妳怎麼沒穿集體訂製的鞋子啊？」

冉碧靈翻了個白眼，低聲和陳清歡嘀咕：「看吧，來了，妳等等別說話，我來說。」說完轉頭看向說話的女生，口氣不善：「明知故問！她又不是故意不穿的，幹嘛特地找碴啊！」

那個女生看了陳清歡一眼：「我也是為了班級榮譽著想，要求服裝鞋子要統一，要不然妳別參加了吧。」

冉碧靈火大，冷笑一聲：「憑什麼不讓她參加，妳算老幾啊？老娘不上了，我把鞋子讓給她！」

體育股長是個人高馬大的漢子，看到女孩吵架就頭痛，慌忙跑過來打圓場：「別別別，我們班人數剛好，都練習這麼久了，缺一不可！大家累了吧？我去跟班長要班費來買水給大家喝，如何？」

體育股長表面上和稀泥，心裡暗自痛罵，說是去買水，實則小跑著去辦公室找班導來救火。

陳清歡眉眼低垂，完全視為無物，卻無意間看到褚嘉許站在二班的隊伍後面扭著脖子，以一種極其扭曲的方式往這邊看，視線直落在冉碧靈身上。

陳清歡碰碰她。

冉碧靈順著她的視線看過去，眉頭一緊，扯著嗓子吼他：「看什麼看！沒看過吵架啊！」

褚嘉許是他們班的體育股長，一看到這邊正在休息，立刻讓他們班解散，小跑著過來，一臉關切地問：「妳怎麼又和別人吵架啊？他們欺負妳？」

冉碧靈翻了個白眼：「什麼叫『又』和別人吵架？我經常和別人吵架嗎？說的好像真的一樣，他們也得有那個本事欺負我才行啊。」

褚嘉許靦腆地笑了一下：「那倒也是。」

冉碧靈瞪他：「你的意思是說……我很凶囉？」

「不是不是……」褚嘉許詞窮，臉憋得通紅，半天才支支吾吾地開口，「那個……我們班要集合了。」說完一溜煙跑了。

陳清歡笑嘻嘻地在旁邊看著兩人，冉碧靈睨她一眼：「妳還笑得出來！」

陳清歡歪歪腦袋：「挺好笑的啊。」

冉碧靈嘆了口氣：「對不起啊。」

陳清歡一臉無所謂：「幹嘛道歉？和妳沒關係。」

冉碧靈的眼底滿是懊惱：「如果提前想起這件事的話，就來得及再去加訂一雙。」

陳清歡擺擺手，一副毫不在乎的樣子：「小事啦。」

冉碧靈靜默一瞬，忽然開口叫她：「大小姐。」

陳清歡抬眉：「幹嘛？」

「說真的，妳這個人一身公主病，驕恣肆意，任性妄為，非常自我，整天仗著自己漂亮就胡搞瞎搞……」冉碧靈念叨了一大堆後才進入重點，「不過在大是大非面前，倒是挺通情達理的。」

陳清歡一樂，眉眼間的倨傲顯得格外可愛：「是嗎？他們都叫我長公主，可能長公主都有這樣的氣質。」

冉碧靈又想了想：「我們兩個的腳差不多大，要不然我們一人穿一隻，另一隻穿普通的白鞋就好。」

陳清歡搖頭：「不用，這也沒什麼大不了，我又不是故意不穿的。再說了，那麼多人呢，誰會注意到我的鞋子？」

體育股長搬了救火隊員回來之後，看到陳清歡安安靜靜地坐在那裡，忽然覺得於心不忍，小女孩剛轉來就被人排擠總歸不太好。

他朝陳清歡走過去：「那個……陳清歡，沒事的，到時候人很多，看不出來的。」

陳清歡仰頭對他一笑，體育股長也靦腆地撓撓頭。

沒過幾分鐘，老楊就不慌不忙地晃了過來，有他坐鎮，女生們果然沒再找碴，體育股長默默鬆了口氣。

陳清歡壓根兒沒把這件事放在心上，自然也沒跟蕭雲醒說什麼。而蕭雲醒也隻字未提，把陳清歡送回家後，立刻轉身去了商店街。

晚餐過後，八卦小王子蕭雲亭溜到書房找隨憶：「媽！您知道哥哥他在幹什麼嗎？」

隨憶頭也沒抬：「在幹什麼？把屋頂拆了？」

蕭雲亭一臉驚悚：「比那個還可怕！他帶了一雙女生的鞋子回來，還在那裡寫寫畫畫的，不知道在幹什麼，可不可怕？」

「一會兒你哥知道你偷窺他才更可怕吧！」隨憶從文獻裡抬起頭來看他一眼，「你啊，這麼八卦到底是像誰，我和你爸都沒這麼大的好奇心。」

蕭雲亭挺了挺腰桿：「我像我外婆！」

隨憶樂了：「喲，還隔代遺傳呢。」

蕭子淵從門外進來：「什麼隔代遺傳？」

隨憶笑道：「在說你的小兒子到底像誰。」

蕭子淵很認真地想了一下，給出結論：「像他舅舅。」

隨憶托著下巴看著蕭雲亭，點頭贊同：「被你這麼一說還挺像的。」

蕭雲亭皺眉抗議：「我才不要像那個不可靠的舅舅呢！」

「我要告訴他。」隨憶作勢要打電話給弟弟，「哎呀，你舅舅聽到會傷心的。」

蕭雲亭憤恨地回房，邊走還邊小聲嘀咕：「哥哥從來都沒有親手做過東西送我呢……」

隨憶扔下手機，興奮地轉頭和蕭子淵說話，那神情和剛才八卦的蕭雲亭如出一轍：「你的大兒子真的長大了，知道討女孩子歡心了。」

蕭子淵順勢坐在椅子的扶手上，攬住隨憶的肩問：「討誰的歡心？陳清歡？」

「當然是清歡，如果是別人我就打斷他的腿！」隨憶說完，忽然覺得不太妥當，又改口，「打孩子不好，還是算了，如果是別人的話，你就去打斷他的腿！」

蕭子淵露出無奈的微笑，他老婆這不按牌理出牌的活法，還真是數年如一日啊。

第二天一早，蕭雲醒比往常提早十分鐘出現在陳清歡家樓下，陳清歡趴在窗邊，遠遠就看見他的身影，她歡快地趕緊跑下樓。

「書包！」顧九思在她身後提醒，「陳清歡！妳忘記帶書包了！」

陳清歡頭也沒回：「今天是運動會，不用帶書包！」

顧九思嘆了口氣，扭頭調侃著陳慕白：「蕭雲醒治好了你女兒多年未癒的起床氣。」

陳慕白放下手機，不情不願地開口：「說不定跟那小子無關，而是不治而癒呢。」

兩人開始互相質疑對方的基因，顧九思別有深意地點點頭，盯著女兒「起床氣」的基因來源：「或許是吧？」

蕭雲醒看著陳清歡跑近，掃了她腳上的鞋子一眼，把手中的鞋盒遞給她：「時間還來得及，先回去把這雙鞋子換上吧。」

陳清歡有些奇怪地接過來，打開一看後發出一聲聲驚嘆。

「啊！」

「和他們的一樣啊！」

「不對！比他們的還要好看！」

「咦，上面的顏料好像還沒乾？這是雲醒哥哥畫的嗎？好厲害！」

「他們穿的都是量產的，只有我這雙是限量版！」

她捧著那雙鞋嘰嘰喳喳地說著，蕭雲醒無奈地摸了摸她的腦袋：「這麼喜歡啊？」

「喜歡啊！」陳清歡抬起頭來看著他，毫無預兆地開口：「喜歡你！」

清晨的陽光溫柔和煦，細細碎碎地落在她的眼裡，微風乍起，吹動她額前的碎髮。小丫頭仰頭看著他，笑得狡黠，水潤清亮的眼裡蘊含淺淺的輕佻，眉眼嬌媚靈動，毫無扭捏地說出那句話，這一切都讓蕭雲醒無從招架。

他頭一次感到不知所措，眼神閃爍地移開視線，催她回去換上。

陳清歡笑了笑，立刻衝回家換鞋，站在門口和陳慕白和顧九思炫耀了半天才走。弄得夫妻倆不知道該說些什麼才好。

陳清歡是個讓人難以捉摸的孩子，說她容易滿足？但平凡的事物卻難以入她的眼；說她挑剔？一雙鞋子就能讓她滿心歡喜地跳起來。

冉碧靈一進教室就發現陳清歡的行為怪異，一直低著頭，不知道該把雙腳放在哪裡才好，只差翹到桌子上了。

冉碧靈湊近看了看，原本寡淡的小白鞋上被畫滿了大小不一的粉紅豹，和他們訂製的相似度高達百分之九十九，看起來是手工畫的，更加精緻逼真，鞋帶是漸變的粉色，被綁成一排小巧的蝴蝶結，用心可見一斑。

她「嘖嘖」了兩聲：「喲，還挺像的，在哪裡買的？」

陳清歡把腳翹到她面前，笑嘻嘻地炫耀：「雲醒哥哥畫的！好不好看？」

冉碧靈生怕她一興奮就直接踢到自己的臉上，躲了躲：「夠了，要被閃瞎了，堪稱放閃的典範啊。」

陳清歡把腳湊到她腳邊比劃了一下：「妳還沒說好不好看？」

冉碧靈無可奈何地點頭：「好看好看。」

陳清歡重點強調：「我這雙可是限量版！」她指了指鞋子內側，「這裡還有我的名字呢！」

陳清歡的名字縮寫被用金色顏料寫在鞋子的內側。

冉碧靈無語：「知道了知道了，蕭雲醒私人訂製限量版！比不了啊！蕭大某人真是把妳寵上天了。」

陳清歡整個早上都喜孜孜的，像中了頭彩一樣，沒完沒了地看著自己的鞋子。

冉碧靈實在受不了了：「陳清歡！妳能把妳的褲管放下嗎？捲得像要去插秧一樣！」

「哦。」陳清歡也意識到這個舉動不妥，小心翼翼地把捲起的褲管放下，生怕碰到鞋子。

集合準備入場的時候，陳清歡還一副心不在焉的樣子，一直低著頭看著自己的雙腳。站在她旁邊的冉碧靈碰碰她，小聲提醒：「大小姐，妳再這樣看下去，鞋子就要著火了。」

陳清歡抬頭傻笑著：「嘿嘿嘿。」

除了冉碧靈，就連班導楊澤延也發現了她的異常。沒有長輩會不喜歡活潑討喜、長得白淨漂亮的女孩子，再加上她古靈精怪，連老楊都忍不住逗她：「陳清歡，妳在看什麼呢？地上有錢啊？」

陳清歡的心情格外好：「我只是特別喜歡今天穿的鞋子。」

老楊不明所以：「這麼容易滿足啊。」

冉碧靈用餘光掃了昨天來挑釁的幾個女生一眼，拉高聲音反駁：「她哪有那麼容易就滿足？也不看看那雙鞋是誰送的！」

楊澤延好奇：「哦？誰送的啊？」

冉碧靈揚眉吐氣地喊出三個字：「蕭雲醒！」

那三個字一出，隨後便是一片女生的哀號聲。

老楊還在逗他們：「喲，吃醋了？」

「啊啊啊——」

哀號聲更大了。號完之後，一票人全都盯著陳清歡的鞋子看。

再一陣子才會輪到他們，冉碧靈趁機對陳清歡小聲念叨：「說真的，妳沒來之前啊，蕭雲醒只不過是個校草學霸而已。怎麼妳一來，他就跟開外掛似的什麼都會？根本是寶藏竹馬。」

陳清歡嘰嘰喳喳：「我家的雲醒哥哥本來就很厲害啊，他一直都是全能型高手！」

在陳清歡眼裡，蕭雲醒什麼都好。

冉碧靈也懶得說了：「今天閃夠了，請明天再閃，謝謝。」

陳清歡繼續傻笑，偶爾低頭欣賞著腳上的鞋。

看臺上，整個高中部的學生都在充當觀眾。

向霈放下手機，歪頭和坐在旁邊的蕭雲醒說話：「雲哥，我聽說有人搶你家的小朋友，還送鞋給她。」

蕭雲醒沉默以對。

「真的！消息來源絕對可靠！整個國中部都知道了！」向霈像是忽然意識到什麼，「等等，我靠，不會是你送的吧？」

蕭雲醒還是沒反應。

向霈湊到他面前繼續問：「你自己畫的？」

蕭雲醒懶得理他，仰頭看天。向霈不肯輕易放過他，在他身邊嘀咕不停。

「雲哥！你這招也太犯規了吧？」

「紅牌！紅牌！能不能給我們這種什麼都不會的人留條活路啊！」

「……」蕭雲醒決定，還是低頭看著地板好了。

第五章　雲雨之情

開幕式結束後，各項比賽開始進行。冉碧靈明天才要比賽，她今天格外放鬆，和陳清歡坐在看臺上的一把遮陽傘下看漫畫，有歡呼聲響起時才抬頭看向操場。

校園廣播穿插放著歌曲、加油稿、比賽項目和名次，陳清歡百無聊賴地聽了一會兒，忽然碰碰冉碧靈：「一百公尺和兩百公尺決賽。」

正醉心漫畫的冉碧靈心不在焉地問：「什麼？」

陳清歡指指廣播臺的方向：「褚嘉許，進決賽了。」

冉碧靈漫不經心地回答：「哦。」

和陳清歡同班的男生在男子一百公尺和兩百公尺的預賽就倒下了。他們就沒打算過去看，依舊坐在座位上看漫畫。

陳清歡忽然抬起頭，看著在他們班前面來來回回走過，時不時拿眼神瞄冉碧靈的某人，笑得格外歡暢。

冉碧靈覺得丟臉，沉著臉叫住那個假裝路過的某人：「那個傻子……」

褚嘉許立刻湊過去，滿臉興奮：「叫我嗎？」

冉碧靈睨他一眼：「你……加油！」

褚嘉許扯著嘴角猛點頭：「好！」說完就紅著臉跑走了。

冉碧靈有些匪夷所思，看著他的背影小聲嘀咕：「幹嘛臉紅……」

陳清歡笑咪咪地看著兩人，不知道在想什麼，嘴角始終掛著一抹清淺的笑意。笑著笑著，她忽然站起來。冉碧靈嚇了一跳，也跟著站起來：「怎麼了怎麼了？」

陳清歡踮腳看向檢錄處：「四百公尺的預賽和決賽要開始了！」

冉碧靈掏出一張名單翻看：「有我們班的人嗎？我怎麼不記得。」

陳清歡哪會在意別人：「不知道。」

冉碧靈奇怪：「那妳幹嘛這麼激動？」

陳清歡一臉興奮：「因為雲醒哥哥有參加這項比賽啊！」

冉碧靈露出一副「我就知道是這樣」的無奈表情，坐回座位。

蕭雲醒標準的倒三角身材非常吸睛，肩勻、腰窄、腿長，一出現在賽道上就吸引了眾多目光。

陳清歡班級的看臺位置，正好在四百公尺競賽的起點附近，一群人圍在附近幫蕭雲醒加油。

陳清歡也混在裡面，趴在看臺的欄杆上大叫他的名字：「蕭雲醒！」

在一堆亂七八糟的加油聲中，蕭雲醒清楚聽見了她的聲音，便對她應了一聲：「嗯。」

「如果你拿到第一名就請我吃冰淇淋，好嗎？」她的臉被太陽曬得紅通通的，側臉上柔軟細小的絨毛都被陽光照得清清楚楚，配上眼底淺淺的笑，有種別樣的柔和。

蕭雲醒點頭：「好。」

陳清歡聽後笑著歪了歪頭，腦後的馬尾跟著搖晃，清純又可愛。

一個男生費力地擠到陳清歡的旁邊自討沒趣地問：「陳清歡，我請妳吃！妳喜歡什麼牌子的冰淇淋？」

陳清歡的視線始終都黏在蕭雲醒身上，心不在焉地回了句：「吃什麼啊？」

那個男生一頭霧水：「冰淇淋啊。」

陳清歡懶洋洋地支著下巴：「冰淇淋是什麼東西？我不喜歡。」

男生有些尷尬：「可是妳剛才還說要吃……」

反正她也無聊，不介意和他繼續鬼打牆：「吃什麼啊？」

「冰淇淋啊！」

「我不喜歡。」

「……」

冉碧靈看不下去了，走過去擠開他：「這位同學，你以為她真的想吃冰淇淋嗎？她想吃的話會自己去買，哪需要你買給她？她是想吃『蕭雲醒買給她』的冰淇淋。」

這個總結甚得陳清歡的歡心，她笑嘻嘻地點頭附和：「就是這樣。」

那個男生面子掛不住，灰溜溜地跑走了。

「這個年頭沒有眼力的人還真多！」冉碧靈瞥了那男生的背影一眼，轉頭湊到陳清歡耳邊小聲開口，「我知道，妳其實也不是想吃蕭雲醒買給妳的冰淇淋，妳啊，是想吃蕭雲醒！」

陳清歡眉眼一抬，緩緩勾起唇角，初現嫵媚的雙眸裡漾起笑意，沒承認也沒否認。

比賽很快開始，一聲槍響，賽道上的選手們衝了出去，加油聲瞬間響起，等一群人跑遠後，有人試探著問陳清歡：「妳和蕭雲醒是不是男女朋友啊？」

陳清歡看著跑過彎道的那個身影，撓撓脖子，有些遺憾地搖頭：「不是啊。」

這個回答勾起眾人的好奇心和僥倖：「那你們……」

陳清歡雙手合十放在胸前，勾唇淺笑：「雲醒哥哥說我太小了，不可以談戀愛。」

眾人提起的一顆心瞬間跌落谷底，這句話背後的意義是什麼？因為年紀小還不能談戀愛，所以提前訂位？虛席以待等她長大？

有些人心底漸漸發涼，這種不是女朋友勝似女朋友的，比正牌女友還可怕。

冉碧靈觀察著周圍神色各異的人，壓低聲音和她耳語：「喂，妳能不能收斂一點啊？到時候羨慕變忌妒，懂不懂？」

陳清歡一臉不贊同，視線依舊黏在那個移動的身影上：「可是我只有一個青春，我就是要過得肆無忌憚，以後才不會後悔。陳老師說，元代有個叫阿里西瑛的人說過，『青春去也，不樂如何』。」

「妳倒是活得通透。」冉碧靈忍不住笑起來，思量後竟覺得她說的有道理，繼而面帶疑惑地問，「不過，陳老師是……？」

陳清歡理所當然地吐出一個名字：「陳慕白啊。」

冉碧靈更是不解：「他是誰？」

陳清歡忽然笑起來，臉上的笑容乾淨清爽又靈動：「我爸呀！」

冉碧靈一愣，跟著笑出來：「哈哈哈……妳還真是……」

等廣播公布四百公尺比賽結果的時候，蕭雲醒已經拿著兩份冰淇淋出現在陳清歡的面前。

他把其中一份遞給冉碧靈，難得話多：「多買了一份，謝謝妳照顧她。」

冉碧靈受寵若驚，用雙手接過來後虔誠地捧著，盯著看了半天都沒吃，也不知道在看什麼。

陳清歡沒打擾她，拉著蕭雲醒坐下。

她用湯匙去挖他手裡的冰淇淋，吃了一勺後滿足地瞇起眼睛，然後又挖了一大勺遞到蕭雲醒嘴邊。

蕭雲醒皺眉。

陳清歡往他嘴邊送過去：「你吃嘛！」

蕭雲醒緩緩地張嘴含進去，整口吞下。甜膩，冰涼，不知道為什麼會有人喜歡吃這種東西。他垂眸看著吃得心滿意足的陳清歡，心裡嘆了口氣。

兩人在一片矚目中你一口、我一口地吃完，蕭雲醒掏出溼紙巾，邊幫她擦手邊問：「有水嗎？」

一個女生忽然遞了優酪乳給他。

蕭雲醒沒有反應，陳清歡笑咪咪地提醒那個女生：「他不喝這種東西，他最喜歡喝水。」她順手擰開自己的水壺，先抿了一口後才遞給蕭雲醒。

蕭雲醒很自然地接過來喝，然後微微皺起眉頭：「女生少喝冰水，天氣熱就喝溫的。」他把水壺裡的水喝光後，就去幫陳大小姐裝溫水了。

眾人看得目瞪口呆，隨後一臉同情地看著遞優酪乳的女生匆匆離開。

蕭雲醒把水壺送還給她後就要走了，陳清歡坐在座位上揪住他的衣角，仰頭看他：「你還有事啊？」

蕭雲醒點頭：「還有一個跳高的比賽，沒人報名，我去湊人數，妳不用來看。」

陳清歡依依不捨地拉著她：「那你早點回來哦。」

蕭雲醒的「摸頭殺」讓陳清歡成功放手，也再次閃瞎眾人。

蕭雲醒走了老半天後，如夢初醒的冉碧靈把冰淇淋放在座位上，然後拍拍陳清歡：「妳幫我看著，我去洗個手。」

陳清歡擺擺手：「它又沒長腳，不會跑。」

「說的也是。」冉碧靈放心地走了。

沒想到她前腳剛走，褚嘉許就悄悄地溜過來，眼疾手快地拿起冰淇淋一口塞進嘴裡。

陳清歡還來不及阻止，只能眼看著他全部塞進嘴裡，一股白色的冷氣立刻從他嘴邊冒出。

沒見過這種殘暴的吃法，她驚訝到下巴都快掉到地板了。

褚嘉許吃完後，連個招呼都沒打就跑了。

冉碧靈洗完手回來，左右看看：「我的冰淇淋呢？」

陳清歡神色複雜地回答：「天氣太熱，離家出走了。」

冉碧靈無法接受這個說法：「它又沒長腳！」

「呃……」陳清歡編不下去了，只能說實話，「被褚嘉許吃掉了。」

冉碧靈氣得跳腳：「被他吃了？他憑什麼啊！那是我的！天啊，我的刀呢？我要去砍他！」她殺氣騰騰地往二班的方向走去。

陳清歡笑咪咪地鼓勵她：「去吧去吧，相愛相殺啊！」

過了一會兒，冉碧靈臉色陰沉地拎著一袋裝有各種口味的冰淇淋回來。

陳清歡數了一下後揶揄道：「妳去冰淇淋店搶劫？」

冉碧靈咬牙切齒，隱忍不發：「一個傻子買的！」

陳清歡扯扯她的臉：「都賠給妳了，妳怎麼還不高興？」

冉碧靈立刻冒火：「誰要這些東西？我要帶有仙氣的！那是我下次考試的希望啊！」

陳清歡笑得東倒西歪：「哈哈哈，那個傻子吃醋了。」

冉碧靈冷笑一聲：「吃冰淇淋的醋？」

「冰淇淋？」陳清歡點點那一堆冰淇淋，「妳那麼看重其他男生送妳的冰淇淋，妳說，他吃誰的醋？」

冉碧靈神色一頓，選擇忽略：「啊！我的冰淇淋！我的考試！妳再叫蕭雲醒買一盒給我好不好？」

陳清歡擺手拒絕：「不好，我怕再這樣下去，某個傻子就要把自己抵押給冰淇淋店了。」

「啊啊啊——」冉碧靈徹底抓狂。

正當冉碧靈捶胸頓足時，班導楊澤延不知道從哪裡冒出來，看著他們搖頭嘆氣：「你們這些人，閒著沒事就多寫寫加油稿啊，二班的方怡都寫了好幾篇了。」

話音剛落，廣播臺應景地傳出「稿件來自國中部二年二班的方怡」的聲音。

楊澤延指著廣播臺：「聽聽！」

冉碧靈不屑地「哼」了一聲，把臉轉到一旁。陳清歡則手撐下巴，垂著眼簾長睫輕掩，微微嘆了口氣。

楊澤延開始催促：「快寫快寫！每個人至少要交一篇，拿出你們的態度和誠意。」

全班一片哀號。

陳清歡最後還是禁不住誘惑，偷偷溜去看蕭雲醒比賽，表示因為沒有靈感也寫不出來，要出去逛逛尋找靈感。

半小時後，去湊人數的蕭雲醒捧著跳高比賽的冠軍回來。而駱清野以微小的差距名列第二。

他和駱清野擦肩而過時，駱清野笑著叫住他：「蕭雲醒，明天賽場上見。」

蕭雲醒腳步未停，微微點了點頭。

陳清歡小跑著撲過去，揪著蕭雲醒的衣服下擺左搖右晃，露出意味深長的微笑，眼神比以往更加明亮。他剛才跳高的時候動作有點大，運動服的下擺隨著動作微微掀起，在露出緊緻腹肌的同時，肌膚也白得發光。

蕭雲醒覺得莫名，眼看陳清歡越笑越猥瑣，他及時打斷她：「怎麼了？」

陳清歡的手指依舊停在他的運動服下擺處，躍躍欲試道：「雲醒哥哥，你的皮膚好白啊！」

「……」蕭雲醒不認為用「白」來形容一個男生是在誇讚。

陳清歡又忽然想到了什麼：「我也很白，你要不要看看？」她邊說邊扯著衣領，露出脖子到鎖骨間大片白皙晶瑩的肌膚。

蕭雲醒眼角一跳，猛地抓住她的指尖把她的手拉下，聲音毫無波瀾：「不看。」

他努力平復呼吸，面前的女孩眨著眼睛，那雙眸子始終乾淨清澈，一臉天真懵懂，應該沒有調戲的意思。

陳清歡開始撒嬌，嗓音又甜又軟：「你一定是怕我比你白！」

「雲醒哥哥，你不止臉長得好看，身體也好看！」

陳清歡快速把手伸到運動服裡，摸了幾下後立刻畏罪潛逃。

回去後果然文思泉湧，看得冉碧靈一愣一愣的。

「又白又好看的大白兔」蕭雲醒在拿完獲獎證書後才回到班上，從遠處就看見向霈對他露出不懷好意的笑容，手裡還抓著一張紙。

「雲哥！這是我去廣播臺交稿子的時候偷來的！你要不要看看？」

蕭雲醒沒興趣。

向霈補了句：「你家小朋友寫的。」

蕭雲醒掃了一眼後神色一滯，又仔細看了一遍，最後嘆了口氣，不知道該說什麼才好。

向霈甩著手中的紙：「說真的，你家小朋友寫的字蠻好看的，但內容不太正經。」

蕭雲醒在心裡回了句，還不都是因為她有個不正經的爸爸，縱使他力挽狂瀾也拉不回來了。

聞加和姚思天也湊過來偷看。

「到底寫了什麼啊，向霈那傢伙都不給我們看，非要等你回來。」

「是啊，我有夠好奇的，小魔女到底寫了什麼？」

蕭雲醒迅速搶走那張稿子，折起來塞進口袋裡。

聞加和姚思天只瞄到角落裡的「魚水」二字，兩人想伸手去搶，但在看到蕭雲醒的臉色後，還是默默地把手收回來。

向霈一臉欠扁地狂笑：「想知道啊？求我啊，求我我就告訴你們。」

聞加和姚思天不屑地「切」了一聲。

向霈也不在意，繼續調侃蕭雲醒：「雲哥，在廣播臺負責審稿的兩人都看到目瞪口呆，要是不小心當著全校師生的面念出，嘖嘖嘖……那場面，肯定轟動。」

在蕭雲醒一向風輕雲淡的臉上，出現了一絲隱忍不發：「閉嘴。」說完直接起身往外走。

向霈看熱鬧也不嫌事大地在身後喊：「雲哥你要去哪裡啊？該不會要去罵小魔女吧？別真的罵啊，她會哭給你看的……女孩子哭起來很恐怖的……」

直到走過轉角後，蕭雲醒才從口袋裡摸出那張紙，攤開來再看一遍。

她的字是他教的，字裡行間淺淺縈繞著他的味道。他從小練字，林林總總臨摹過不少名家的字，諸如二王趙孟頫之類的書法大家，抑或是郗愔、謝安、梁詩正等等的冷門書法家，待她學寫字的時候，他把所有字體拿出來讓她選，卻勾不起她半點興趣，歪理倒是一大堆。

「為什麼要臨摹他們的字？我又沒有暗戀他們。」

「那妳暗戀誰？」

「我暗戀你啊！」

「說出來就不是暗戀了。」

「你可以假裝沒聽到啊！」

她只喜歡他的字，可以規規矩矩地臨摹很久。時間久了，模仿得像模像樣，無論是形似還是神韻都學到了幾分。

半晌，蕭雲醒勾起一抹無可奈何的笑。

清歡啊……

聞加和姚思天好奇地抓耳撓腮，揪著向霈不放：「小魔女到底寫了什麼啊？」

向霈輕咳一聲，忍著笑開口：「大致上是說，雲哥的名字裡有個「雲」字，她的名字裡有個「清」字，清是三點水，他們兩個在一起就是雲雨之情，魚水之歡。」

「噗！」聞加和姚思天愣了幾秒鐘後直接笑噴，「小魔女真敢寫啊！」

陳清歡完全沒意識到不對勁，坐在看臺上嘟起嘴巴，夾住鼻翼下方的筆，正半闔著眼睛苦思冥想著什麼。下一秒她睜開雙眼，開始在紙上奮筆疾書。

旁邊的冉碧靈憋了半天，偌大的紙上只寫了班級和名字，撓著腦袋去看陳清歡的「大作」。她邊搖頭邊嘆氣地摸了摸陳清歡的腦袋，一臉同情地下結論：「嗯，沒救了……」

陳清歡寫好後把稿子舉到半空中，自我陶醉了半天：「喂，他們念到我的稿子了嗎？我都已經寫好第二篇了。」

冉碧靈無奈：「大小姐，妳寫的這種內容會被播出來才有鬼呢！小心訓導主任來找妳談話！」

陳清歡一副懷才不遇地惋惜：「我寫得很有創意啊，既然不念那我就不交了，帶回家裱起來掛在床頭。」

楊澤延在旁邊來回踱步，嘴上還念念有詞：「每個人都要交，沒交的人放學留下來！什麼時候寫出來，就什麼時候再離開！好好寫啊，我等等再過來看。」

冉碧靈頓時沒了調侃陳清歡的心情，揪著頭髮對白紙發呆：「我今天肯定回不了家了，我連八百字的作文都寫不出來，更別說這玩意兒了……」

不知道什麼時候，褚嘉許小心翼翼地挪過來。冉碧靈用餘光看到他就氣不打一處來：「你還敢來？不怕我打死你嗎！」

褚嘉許舉著一張紙：「不是不是，我是來給妳這個的……」說完後也不敢直接給她，輕手輕腳地放在她手邊後直接開溜。

冉碧靈賭氣不去看，陳清歡探頭，打開一看，噗哧一聲笑出來。

「妳看，救星來了，妳可以回家了。」

冉碧靈湊過去看了一眼，是褚嘉許幫她寫的稿子，最後還貼心交代，因為他沒見過她的字所以沒辦法模仿，讓她自己謄一遍，免得被發現。

陳清歡不遺餘力地逗她，拿著那張紙在她面前晃來晃去：「貼心啊。」

冉碧靈從她手裡扯過，把稿子揉成一團後扔到角落。

楊澤延不知道什麼時候站到她身後：「冉碧靈，妳寫好了嗎？」

冉碧靈渾身一僵：「好了好了，草稿都打好了……」她立刻站起來，沒骨氣地跑到角落撿起剛才嫌棄萬分的稿紙，捧回來攤開，一筆一畫地開始謄寫。

楊澤延在看臺上轉了一圈後又轉回來，看著冉碧靈的稿子後給出評價：「嗯，寫得不錯。」說完後轉頭問陳清歡：「陳清歡，妳寫好了嗎，拿給我看看。」

陳清歡露出一臉渴求表揚的模樣，將稿子交出去，卻被冉碧靈一把按住：「她還沒寫好，不過她剛才已經交出一篇了。」

楊澤延點點頭：「好吧。」

等老楊離開後，陳清歡一臉莫名地看著冉碧靈：「我寫好了啊。」

冉碧靈臉都綠了：「妳還真敢給老楊看啊！妳就差把『我要早戀』四個字寫在上面了！妳不怕被叫家長啊？」

「叫家長？」陳清歡歪著腦袋想了想，「我還沒被叫過家長呢，陳老師大概很樂意來吧？」

冉碧靈捂住臉，不再說話。

第二天依舊豔陽高照，上午十點多，一千六百公尺的接力賽是重頭戲，只要蕭雲醒有參加的項目，陳清歡一定在場。這個項目本就不是他們班的強項，四個參賽選手裡有兩個人是被拉來湊人數的，蕭雲醒就是個跑龍套，能進決賽已經不容易了，對於輸贏不怎麼在意。

他和駱清野都是最後一棒，兩人的跑道也剛好在隔壁，不過兩班的前幾棒都很弱，其他跑道的最後一棒都走了，只剩下兩人你看我、我看你。

等第一名跑過第一個彎道後，兩人才先後接過第三棒衝了出去，最後隨著尖叫和歡呼聲，蕭雲醒跟在駱清野身後衝過終點線。

駱清野回頭看了蕭雲醒一眼，喘著粗氣壞笑著，對他點了點頭。

蕭雲醒微微彎腰，雙手撐在膝蓋上，胸膛起起伏伏，調整呼吸。

那是一種純粹的少年意氣，青春飛揚，暢快淋漓，輸贏皆快意。

陳清歡一直站在終點線的位置等蕭雲醒，等他過來後立刻衝過去。擔心他因為沒拿到第一名心情不好，一邊拿紙巾擦著他臉上的汗水，一邊安慰他：「雲醒哥哥，沒拿到第一名就換我請你吃冰淇淋呀！」

她的尾音拖得綿長婉轉，帶著濃濃的撒嬌意味，讓人內心酥麻。

不愛吃冰淇淋的蕭雲醒看著面前帶著笑意的小臉，艱難地點點頭：「嗯。」

陳清歡立刻眉開眼笑：「不過冉碧靈等等要比賽，我要去幫她加油，所以你可能要等一下。」

蕭雲醒點頭：「去吧，別往人群裡面擠，小心被推倒了。」

陳清歡邊走邊回頭應著：「知道了。」

陳清歡一手拿著衣服一手拿著水壺，站在起跑線前和冉碧靈說話，遠遠看到褚嘉許往這邊走，她心領神會地找了藉口離開了。

褚嘉許走近後，揚著一張大大的笑臉，金色的陽光灑在他的眼裡，眸光清澈地看著她：「冉碧靈，加油！」

冉碧靈有點緊張，一心一意地熱身，沒空給他臉色看。

褚嘉許又湊近了些，撓撓腦袋，吞吞吐吐地問：「妳別不說話啊，還在生氣嗎？」

冉碧靈瞪他一眼：「我生氣有用嗎？難道你就能把那個冰淇淋還給我？」

褚嘉許搖搖頭，表示無能為力：「不能。」

冉碧靈想起這件事就生氣：「你的成績已經很好了，不需要吃那種東西！如果有下次，你還會偷吃我的冰淇淋嗎？」

褚嘉許一向好脾氣，對冉碧靈雖稱不上百依百順，但也有求必應，這次卻僵著脖子開口：「會！」

冉碧靈覺得自己快要氣炸：「你再說，我就要祭出青龍偃月刀了！」

褚嘉許如臨大敵，好脾氣的安撫：「妳不要這麼激動，保持和平，別影響等等的比賽！」

冉碧靈懶得理他。兩人安靜地站了一會兒，褚嘉許忽然看到她動了動嘴角說了句什麼，沒聽清楚。

「妳說什麼？」

冉碧靈的眉宇間透出一絲不耐煩，看他一眼，微微提高聲音又說了一遍。

由於旁邊還有其他比賽，加油聲此起彼伏，加上廣播臺的音樂聲非常吵雜，褚嘉許還是沒聽清楚，他又走近了一步，微微低頭看著她：「什麼？」

「我說，我不生氣了！」冉碧靈在吼出來之後，才發現周圍瞬間安靜了下來，全都看向她。她越發窘迫，低頭把臉埋進手心裡。

正當冉碧靈又是懊惱又是羞赧時，忽然感覺到有隻溫熱的手握住她的手腕，微微往下拉。她一抬頭，就看到那個傻子正在傻笑。

「我聽到了。」

她愣愣地看著搭在她手腕上的那隻手。褚嘉許也反應過來，像是被燙到一樣立刻收手。縱使他的手收得再快，也無法打破這尷尬的氣氛。

幸好操場上不止有他們兩個，旁邊也剛好有人在叫他：「褚公子，你在幹嘛呢！」

褚嘉許扭頭打了聲招呼，又指指冉碧靈：「我朋友等等要上場比賽，我來幫她加油！」

「我記得你也是跑三千公尺的，今年怎麼沒報啊？」

冉碧靈忽然轉頭看他。

褚嘉許不自在地笑了：「對這個項目有點膩了，今年報了別的。」

「你體力那麼好還不跑？可惜了。」

冉碧靈忽然想到什麼，剛想開口問他，就聽見不遠處有一群人正在抱怨：「體育股長！我們班也有女生參加這項比賽，你怎麼反倒去幫其他女生加油了？」

褚嘉許好聲好氣地解釋：「我幫她加油了啊，說完之後才過來這裡的。」

「一句『加油』而已？」

「不然要怎麼樣？」同班同學的神色和語氣不善，褚嘉許臉上的笑意也斂了幾分，「都是同學，何必呢？」

「何必？懂不懂競爭關係？還有沒有班級的榮譽感啊？你到底是不是我們班的人？」

眼看著就要吵起來，對方人多勢眾、死纏活纏，這個傻子又不善言辭，冉碧靈不想讓他為難，推推褚嘉許：「你回去吧。」

褚嘉許撚了撚手指，天氣如此炎熱，剛才觸碰到她的時候，手腕上一片冰涼，他知道她因為緊張，臉色都已經發白了。

他張了張嘴，也不知道該說什麼，半天才憋出幾個字：「別緊張……」說完後往班級走去了。

陳清歡正好抱著冉碧靈的水壺走回來，在遞給她之後，狠瞪了那群人一眼，轉頭問冉碧靈：「什麼人啊，比我還倡狂？」

冉碧靈抿著水，含糊不清地解釋：「二班的，從小學開始，跑步就沒贏過我，千年老二，別理她。」

陳清歡一臉明了地點點頭，繼而又看著跑道憂傷發愁：「三千公尺……即便叫我用走的，我可能都沒辦法走完……」

冉碧靈被逗笑：「妳擔心什麼？又不是妳要比賽。」

「對了對了，」陳清歡指指班級的方向，「班裡的同學說怕妳緊張，打算等妳開始比賽後再來幫妳加油。」

冉碧靈點頭：「嗯，快開始了，妳也回去吧。」

陳清歡又指指終點線的地方：「我不回去啊，我去那裡等妳，妳……慢慢跑。」說完又覺得不對，「還是快快跑吧。」

冉碧靈忍俊不禁，真不知道該說什麼才好。

槍聲一響，冉碧靈一馬當先地衝在最前面，陳清歡一圈圈地數著，眼看著冉碧靈的體力漸漸下降。圈數過半的時候，褚嘉許不知道從哪裡冒出來跑在她身邊。

冉碧靈努力調整著呼吸，看他一眼：「你回去找你們班的同學吧，免得他們等等又罵你。」

褚嘉許這次的立場格外堅定：「沒事，我陪妳。」

冉碧靈深深看他一眼，長長吐出一口氣：「最後一圈，我要衝刺了。」

褚嘉許的速度慢下來，不再跟著：「我在終點等妳。」

待他走到終點的位置時，一直站在那裡的陳清歡上上下下地打量著他，說了句意義不明的話：「果然追得上。」

褚嘉許一頭霧水：「什麼？」

陳清歡臉上的笑容越發微妙，搖搖頭：「沒什麼。」

冉碧靈衝過終點線的時候沒有收好力道，不知道褚嘉許是不是故意的，站在那裡也不躲開，她一頭撞進褚嘉許的懷裡。褚嘉許被衝擊力往後帶了一小步，抱著她穩住身體。

她很快站好，不知道是因為累還是害羞，臉紅得嚇人，轉身就要往班裡走。

褚嘉許不知道怎麼了，站在原地半天都沒動。

陳清歡這才慢悠悠地跟上去，幫冉碧靈披上衣服。

冉碧靈急著轉移話題：「第一名，厲害吧？」

陳清歡挑了挑眉，帶著揶揄的意味：「再厲害也比不上褚嘉許的擁抱啊。」

冉碧靈惱羞成怒，咬碎一口銀牙：「我不是故意的！」

陳清歡點點頭：「這沒什麼故意不故意的，情趣嘛，我懂。」

冉碧靈捂著臉往前走。陳清歡則轉身買了冰淇淋去找蕭雲醒。

蕭雲醒坐在他們班看臺的最後一排，臺階有點高，看到她過來後立刻跑過去扶她。

坐在一旁躲太陽的向霈看到她，笑得格外奇怪：「清歡小妹妹，文采不錯啊。」

陳清歡坐下後，一臉莫名地轉頭問：「什麼？」

蕭雲醒把她的臉扭回來：「不用理他。」說完輕飄飄地掃了向霈一眼，目光裡夾帶著隱隱的威脅，叫他閉嘴。

向霈哈哈大笑後繼續閉目養神，忽然又想起了什麼，往陳清歡的腳上瞄了幾眼。

陳清歡注意到他的目光，伸出雙腳：「好看吧？雲醒哥哥幫我畫的。」

向霈微微錯開視線，看了蕭雲醒的表情一眼，那人眉目清冷，神色間透著一絲不加掩飾的寵溺。他忍不住打趣道：「好看好看！雲哥出品，必是精品。以後不知道有多少女孩子要來找雲哥幫忙畫呢。」

陳清歡一聽，小臉立刻垮了：「不能幫別人畫，只能幫我！」她直盯著蕭雲醒，似乎在等他的肯定。

蕭雲醒淡淡掃了向霈一眼，又溫柔地對陳清歡點了點頭。

陳清歡鬆了口氣，歪著腦袋得意地對向霈眨了眨眼睛。

向霈忍俊不禁，真是個魅惑君心的小妖女啊。

為期三天的運動會終於結束，陳清歡把蕭雲醒給她的「私人訂製」版小白鞋擦乾淨，妥善地收進鞋櫃裡。

陳慕白趴在顧九思耳邊稱讚女兒：「清歡長大了啊，都會自己擦鞋了。」

顧九思睨他一眼，一副「你明明就知道原因」的表情，懶得說話了。

陳慕白被老婆嬌嗔的模樣逗笑，猛地抱住她狠親了一口。

運動會結束後便是週末，週一開學時迎來慣例的升旗儀式。

陳清歡對這種活動提不起興致，站在班級的隊伍中間昏昏欲睡，直到旁邊的冉碧靈拽了拽她的衣袖。

她半睇著眼睛看過去，冉碧靈示意她聽八卦。

隔壁班的兩個女生正聊得熱火朝天。

「哎，聽說了嗎，我們學校和隔壁校最近要比賽，二班的方怡被封為啦啦隊隊長的第一人選。」

「這有什麼好奇怪的？她很容易在這種場合出風頭，誰叫人家長得好看。」

「陳清歡長得比她好看啊！為什麼不選陳清歡？」

「她不會參加這種活動吧？再說了，啦啦隊也是要看身材的，總覺得陳清歡少了一點東西，雖然長相好看，皮膚白皙，眼睛又大又亮，但身材……跟沒發育的小朋友一樣。」

兩人完全沒意識到話題的主角正在偷聽，本想繼續說下去，卻被「請各班級按順序離場」的聲音打斷。

陳清歡在聽了這些話後，一邊隨著人群往外走，一邊壓低聲音，不服氣地和冉碧靈吐槽：「方怡哪裡比我好？」

冉碧靈打擊她：「人家比妳高，腿比妳長啊！個子高的叫女神，個子矮的只能叫小公主，妳聽過『太平公主』嗎？」

一招戳中陳清歡的痛處，她皺著眉，低頭看看自己的雙腿，神色忿忿：「我很矮嗎？腿很短嗎？哪裡沒發育了？」

冉碧靈的視線直落在她平平的胸前：「要說實話嗎？」

陳清歡糾結半天：「說來聽聽。」

冉碧靈扯著她的制服，委婉表達：「就拿這件制服來說吧，妳穿上衣就夠了。」

陳清歡鼻尖一皺：「不想聽了！」

冉碧靈噗哧一聲笑出來，攬住她的肩：「逗妳的，妳一點也不矮，至於胸……咳咳，相比之下，長相比較重要。」

陳清歡看著比自己高了半顆頭的冉碧靈，再低頭看著平坦的胸，越想越不高興。

放學後，蕭雲醒來接她一起回家，從一見面就覺察到她的不對勁。

陳清歡難得話少，一直來回看著兩人的腿，不知道在比較什麼。後來在校門口碰到向霈，她的視線就在三人的腿上來回轉，更加奇怪。

蕭雲醒邊走邊問：「怎麼了？」

陳清歡滿臉不高興地仰頭問：「雲醒哥哥，我的腿很短嗎？」

說實話，陳清歡不矮，算是中等身高，大概是還沒發育，所以看起來依舊圓潤，而他在這兩年不停抽高，因此差距越拉越大，如今她也只到他的胸口。

陳慕白和顧九思都不矮，她也不會差到哪裡去，大概是時候未到吧。

蕭雲醒捏捏她的臉：「不短，腿那麼長要幹嘛？」

陳清歡再次向他確認：「你覺得我這兩年有長高嗎？」

蕭雲醒點頭：「有，妳別那麼挑食，多吃點東西就會長高了。」

陳清歡仰著頭對他保證：「我一定會好好吃飯！」

兩人邊走邊聊，向霈在旁邊忍不住摩擦雙臂的雞皮疙瘩，小聲嘀咕：「幸好雲哥就只會逗陳清歡，要是逢人就撩，一定是個花心大蘿蔔！」

當天晚餐時間，顧九思才剛把一盤炒胡蘿蔔放到陳清歡的眼前，就被陳慕白換走：「清歡不愛吃那個，給我給我。」

陳清歡反常地搶回來，塞了滿滿一大口後還不忘教育他：「爸爸，你怎麼這麼幼稚！我現在正處在成長期，不能挑食，會營養不良影響發育的，你到底是怎麼為人父的！」

陳慕白一臉愕然，難以置信地轉頭看向顧九思。

這還是我女兒嗎？我女兒不是最討厭味道奇怪的食物嗎？不！她不是！我女兒不可能這麼乖！

顧九思聳聳肩，表示自己寵出來的女兒，跪著也要聽下去。

晚餐吃得特別多的陳清歡打著飽嗝念叨：「我等等再吃一盤水果，睡前再喝一杯牛奶，很快就會長高的……」

第二天，一大早就起床的陳清歡發現自己沒長高後，起床氣愈加濃郁。她站在全身鏡前開始無限迴圈地穿脫制服。

直到顧九思敲門提醒她蕭雲醒已經等很久了，她才黑著一張臉出門。

蕭雲醒沒想到時隔幾個月，陳清歡竟然又開始抵觸制服。

他遠遠看著她走近：「怎麼沒穿制服？」

陳清歡擰眉：「不想穿，醜。」

沒什麼創意的藍白制服確實不怎麼討人喜歡，蕭雲醒想了一下：「長得醜才駕馭不了，妳長得好看，穿什麼都好看。」

陳清歡終於笑了，雨過天晴，歪著頭和他商量：「那我穿你的？」

蕭雲醒把臂彎裡的制服遞給她：「好。」

陳清歡慢吞吞地穿好，長出的一截衣袖被她推到手肘處，露出細膩白皙的手臂，忽然想起了什麼，猛地拉著他的手覆在自己的胸前，仰著腦袋一臉懵懂純真地問：「我的胸部是不是很小？」

蕭雲醒還沒反應過來，眼睜睜看著自己的手在她的牽引下蓋在某個地方。

手掌下的渾圓確實不大，卻格外綿軟，手心下就是她心臟的位置。

蕭雲醒覺得掌心下的心跳如常，但自己的心跳卻漏了一拍，他急促地吸了口氣後垂眸對上她的雙眼。

她睜著一雙烏黑澄澈的大眼看著自己，認真地等待答案，一臉懵懂無辜，神色坦然，面上一派嬌憨天真，絲毫沒意識到自己做了什麼，依舊是個什麼都不懂的呆萌小女孩。

他的腦子有點亂，不知道該訓斥她某些地方不能隨便亂碰，還是該告訴她她還小，隨著年紀增長，某些地方自然就會發育了，抑或是告訴她，他其實不在意大小？

當務之急還是……

既然她不懂……

為了避免彼此的尷尬，果然還是……

蕭雲醒不動聲色地把手塞回長褲口袋裡，略過她的問題後示意她往前走，硬生生地轉移話題：「我媽昨天還提起妳，今晚要不要去我家吃飯？」

一提到這個，陳清歡立刻丟掉了煩惱，彎起眉眼：「好！」

從未做過虧心事的蕭雲醒，此刻卻格外心虛地轉頭瞄了陳清歡身後的視窗一眼，又看了看自己的雙手，若被陳慕白撞見剛剛那一幕，按照他的行事作風，大概會砍斷他的雙手吧？一隻是本金，一隻是利息，畢竟陳老師從不做虧本生意。

快走到校門口時，陳清歡慢吞吞地從書包裡拿出自己的制服，一臉不情願地把蕭雲醒的制服還回去，並遺憾地開口：「你不穿制服的話，會被罵的……」

蕭雲醒笑著接過制服，幫她把馬尾從衣領裡扯出來：「妳乖一點的話，我就不會挨罵了。」

陳清歡睜著烏黑明亮的大眼，軟軟地反駁：「我很乖的！」

蕭雲醒眉眼微抬：「有多乖？」

陳清歡抱住他的手臂：「超乖！爆乖！無敵乖！我是你最乖的清歡寶寶！」

蕭雲醒捏了捏她柔嫩的臉：「最乖的清歡寶寶，再不走就要遲到了！」

陳清歡看了教學大樓頂端的大鐘一眼，驚呼一聲，抱著書包往教室跑。

她準時踏進教室，冉碧靈看著她坐下後把書包扔在桌上，目視前方雙眼放空，伸出食指戳了戳她的手臂：「怎麼了？」

「唉……」陳清歡一臉惆悵地環臂抱住自己，低頭看著身上的制服嘆氣，「同樣是制服，為什麼雲醒哥哥的比較有安全感呢？」

「呵呵……」冉碧靈把臉擰到另一邊，「陳清歡，我最近眼睛快瞎了！妳要負責！」

陳清歡感慨完後才忽然想起來，雲醒哥哥好像並沒有回答她早上的問題。

接下來一整節早自習，陳清歡和冉碧靈兩人躲在立起的課本後面，激烈討論著吃木瓜豐胸的真實性和實效性。

蕭雲醒以為他僥倖保住雙手後，這件事就過去了。沒想到午休時間一到，他就發現陳清歡從骨科轉移到整形外科，不再糾結腿長腿短，開始操心體態。

「我要一杯木瓜牛奶，一杯木瓜撞奶，要多放一點木瓜哦！對了，還要一個木瓜布丁！」

吃過午餐，陳清歡就拉著蕭雲醒到學校附近的甜點店，她站在點餐口前，恨不得把菜單上的木瓜甜點都點一遍。

「夠了！」蕭雲醒輕咳一聲，「吃不完，浪費。」

陳清歡妥協，轉頭跟老闆娘說：「那就不要布丁了，只要一個木瓜。」

老闆娘一臉為難：「……我們這裡不是水果店。」

陳清歡咬了咬唇：「好吧，那布丁和木瓜都不要了。」她站在那裡盯著老闆娘做，時不時出聲提醒，「多放一點木瓜，再放一點，再放一點……」

眼看老闆娘的臉色越來越難看，陳清歡小聲地問蕭雲醒：「雲醒哥哥，我們下次自己帶木瓜來這裡加工吧？」

蕭雲醒長這麼大，還是頭一次體會到窘迫的滋味。

半個小時後，陳清歡打著木瓜味的飽嗝回到教室，把冉碧靈嚇了一跳：「到底是吃了多少……」

放學後，陳清歡應邀去蕭雲醒家吃飯。

隨憶笑咪咪地問：「小清歡想吃什麼水果啊？」

陳清歡想也沒想就回答：「木瓜！」

隨憶和蕭子淵有生之年能看到自家長子揉著額角，露出頭痛的表情，也是託了陳清歡的福。

隨憶清了清嗓子打圓場：「吃木瓜好！木瓜潤肺止咳，清心健脾。」

陳清歡使勁地搖著腦袋：「不是不是，是豐胸！」

蕭雲醒的耳尖微微泛紅，覺得還是讓陳慕白把他的兩隻手砍走好了。

把陳清歡送回家的時候，蕭雲醒還是想為自己的雙手爭取一下，便囑咐陳清歡：「到家以後，別提木瓜的話題。」

陳清歡眨眨眼睛：「為什麼？」

蕭雲醒面不改色地胡說八道：「陳叔叔不喜歡木瓜。」

「這樣啊。」陳清歡點點頭，忽然又想起了什麼，「可是我爸爸今天出差了，不在家啊。」

蕭雲醒鬆了口氣，明明自己什麼都沒幹，卻有種逃過一劫的感覺。

仿若逃過一劫的蕭雲醒，卻不知道家裡還有人在等著調侃他。

他剛踏進家門，就看見隨憶坐在沙發上笑咪咪地看著他。

「女孩子嘛，有些發育得早，有些發育得晚，你不要著急。」

蕭雲醒一頓，面無表情地看過去：「我哪有著急？我沒有。」

第一次說這麼多話，隨憶越發不捨得結束這個話題。

「食補只是其中一種方法，外部刺激也會促進發育，比如……可以適當地揉一揉。」

蕭雲醒不得不打斷她：「媽！」

蕭夫人妳在瞎說什麼，我還是個孩子！

隨憶笑得溫柔婉約：「不要害羞嘛，媽媽一直都對你很放心，知道你是有分寸的孩子。」

媽，我求妳別對我放心！我沒有分寸！我超級不可靠！我都是裝的！請對我嚴加管教！其實我是個禽獸！

蕭雲醒逃也似地回到房間後關上房門，靠在門板上長長地吐了口氣。

過了半晌，眉眼低垂的他忽然低笑一聲。

第二天起來，他依舊是那個清冷矜持的蕭雲醒，無視父母隱晦的調侃，慢條斯理地吃完早餐後就出門，留下因缺席昨晚晚餐，而一頭霧水的蕭雲亭在餐桌前發呆。

陳清歡惡補了幾天的木瓜，打了幾天木瓜味道的飽嗝後主動放棄，看到木瓜就想吐。

第六章　我就是喜歡她

附中和十三中的足球比賽定在週五下午，天氣越來越熱，陳清歡對這種戶外運動提不起任何興致，儼然忘了某個陽光燦爛的中午，她在籃球場裡又蹦又叫地看某人打籃球。

她懶洋洋地撐著下顎，另一手搭在桌上有一下沒一下地點著，眉眼微垂，一副馬上要睡著的樣子。

正在塗防曬的冉碧靈催她：「妳再這樣磨蹭的話，就占不到好位子了！」

陳清歡被她一碰，順勢趴倒在桌上低聲哀號：「我能不能不去啊？早知道這樣，我還不如去上數學競賽組的輔導課呢！」

「妳別再提那個輔導課了。都已經缺席這麼多次，說不定人家早就把妳除名了。」

陳清歡一副無所謂的模樣：「除名就除名，本來就不是我自願要去的，雲醒哥哥都不去了呢。」

她本來就是為了蕭雲醒去的，可是蕭雲醒因為近兩週有考試所以錯過了，她也懶得出席。

冉碧靈一樂：「完了完了，蕭雲醒都被妳帶壞了！走走走，先去福利社買礦泉水。」

陳清歡打了個哈欠，睡眼惺忪地拒絕：「不去。」

冉碧靈豪放地一揮手：「我請！」

陳清歡不為所動，從口袋裡扯出幾張鈔票丟在桌上：「錢給妳，妳自己去吧。」

冉碧靈當場愣住，怎麼都不按計畫來呢？

陳清歡最後還是被冉碧靈拖去學校的福利社，兩人一進門就看到穿著隊服的褚嘉許和另外一個男生抱著兩箱水正在結帳。

陽光帥氣的男孩子一看到冉碧靈，臉就紅了一半，陳清歡笑著對冉碧靈眨了眨眼後就走去旁邊挑飲料了。

褚嘉許和旁邊的男生說了幾句話後也走了過來。

「妳等等會去看我比賽嗎？」

冉碧靈沒覺得羞澀，只是盯著褚嘉許的臉出神，這個男生到底是吃什麼長大的，怎麼每次見到她都會臉紅？個性這麼靦腆，當初又是怎麼有勇氣跟她表白的？

褚嘉許看她半天都沒反應，伸手扯了扯她的手腕。

冉碧靈瞬間回神：「會啊，畢竟是學校要求的，大家都會去看。」

這個似是而非的答案讓褚嘉許的眼睛為之一亮，傻笑了幾聲後就離開了。

冉碧靈一頭霧水，這個傻子又在開心什麼？她剛剛有說什麼嗎？

陳清歡仰頭看著貨架最上層的優酪乳，踮起腳尖試了一下高度，拿不到。

還想再努力一下的她，突然感覺到一片陰影從身後靠近，接著一手拿起她想要的優酪乳塞到她懷裡。

她一轉身就看到向霈那張玩世不恭的笑臉。

「清歡小妹妹，妳這個海拔有點低啊。」

陳清歡看著對方的大長腿，又低頭看看自己的，抿著唇，有點不開心，連優酪乳都不想喝了！

蕭雲醒瞥了向霈一眼，這個話題好不容易過去了，又提！

向霈感覺後背發涼，覺得蕭雲醒看他的眼神比平時還要可怕。

毫不知情的向霈不曉得自己如此優秀，一句話就踩到了兩個人的雷點，一不小心就會把自己炸飛。

陳清歡凶狠地瞪了向霈一眼，撲向他身後的蕭雲醒：「雲醒哥哥，你等等要去看比賽嗎？」

蕭雲醒搖頭：「不會，等等還有考試。」

陳清歡嘟起嘴巴：「怎麼又有考試啊？」

向霈厚臉皮地強行插入：「就是啊，明明是高三模擬考，為什麼連我們高二的也要一起參加呢？我又沒打算在今年參加升學考！」說完後他看了蕭雲醒一眼，「不過雲哥應該可以的。」

他話音剛落，蕭雲醒就察覺到陳清歡的神色瞬間變得緊張。

「雲醒哥哥，你今年就要參加升學考了？」

蕭雲醒安撫般地摸了摸她的腦袋：「不參加，今年沒準備，肯定考不上。」

陳清歡瞬間鬆了口氣。她怕蕭雲醒提前上大學，把她一個人留在這裡。

向霈默默翻了個白眼，這種理由說出來，那一排優酪乳都不相信呢！它們馬上倒下來砸死你！

雲哥考不上大學只有一種可能，那就是今年沒有招生名額，就算只有一個名額，也會是雲哥的。

忿忿不平的向霈好心提醒：「再不走就要遲到了。」

陳清歡對他吐了吐舌頭，然後揮著小手跟蕭雲醒告別。

等陳清歡和冉碧靈抵達足球場的時候，場面異常火熱，兩人好不容易擠到班級的位置坐好。

冉碧靈看了看在場邊熱身的兩隊隊員，忽然興奮地抓住陳清歡的手臂：「妳看！十三中的那個隊長好帥啊！」

陳清歡揉揉耳朵，歪頭看她：「妳到底是來看誰的？」

冉碧靈一臉茫然：「看誰？不就是來看帥哥的嗎？」

陳清歡抿了抿唇，下結論：「褚嘉許早晚要被妳氣死。」

冉碧靈呵呵一笑：「他哪有這個福氣。」

被陳清歡提醒後，冉碧靈才開始搜尋褚嘉許的身影，看了一下後小聲嘀咕：「我們這邊的隊長也很帥嘛……」

陳清歡也小聲地跟著說：「我家的雲醒哥哥最帥！」

「嘖！」冉碧靈撞了一下她的肩，「蕭雲醒又不在。」

陳清歡半闔著眼睛，搖頭晃腦地回答她：「怎麼不在？他在我心裡啊。」

冉碧靈發出誇張的嘔吐聲：「真是夠了！」

比賽很快開始，進入六月後天氣越來越熱，看著一群人在太陽底下跑步，就更心煩氣躁了。

冉碧靈過了看帥哥的新鮮感後，滿臉煩躁地問：「怎麼還不進球？都過二十幾分鐘了，他們到底會不會踢啊？」

本來最不耐煩的陳清歡，卻老神在在地坐在那裡動也不動，餘光微微掃過她卻沒開口。

賽場上的兩隊水準差不多，戰況進入膠著狀態，看臺上的觀眾也沒那麼專注於比賽了，圍在一起閒聊。

冉碧靈歪頭往旁邊看了一眼，覺得陳清歡真是個奇葩的女子，鬧起來驚天動地，一刻也不安分，卻也靜得下來，就連她都開始躁動不安，但陳清歡的臉上卻沒有一絲的心煩氣躁，神色平和地看著球場，不知道在看什麼。

冉碧靈安靜了一會兒，擦了擦汗後忍不住拉著陳清歡「分析賽況」。

冉碧靈指指場上裁判高舉的手臂：「怎麼又吹哨了？」

陳清歡懶懶地回她一句：「犯規了。」

「裁判的手勢是什麼意思？」

「不知道。」

「越位是什麼？角球又是什麼？」

「不清楚。」

「明明剛才犯規判的是角球，怎麼現在又判十二碼罰球？」

「不了解。」

「既然妳也看不懂，那還在那裡看什麼？」

陳清歡終於看了她一眼：「我看不看得懂都無所謂，妳才要懂。」

冉碧靈很是疑惑：「為什麼？」

「雲醒哥哥又不踢足球。妳就不一樣了，如果妳看不懂足球的話，以後要怎麼和褚嘉許交流啊？」陳清歡指著某個在場上賣力奔跑的身影，「妳知道褚嘉許踢什麼位置嗎？妳知道褚嘉許喜歡哪個俱樂部嗎？妳知道褚嘉許最喜歡的球員是誰嗎？妳知道褚嘉許球衣上的那個數字，代表什麼意思嗎？」

冉碧靈一問三不知：「我為什麼要知道？他也分不清我的乳液和防曬呢！」

陳清歡露出微妙的神色後給出結論：「談論文化，你們也沒辦法交流。經濟呢？你們也沒互相依附。至於政治……也是互不干涉內政。看來，你們兩個只能發動軍事戰爭了。」

冉碧靈才剛想說「我又不怕打架！」，結果就被她堵回來。

「可是妳又打不過人家，只能單方面挨打。」

冉碧靈掐著腰：「他敢打我！我直接把他打哭！」

話音剛落，遠處的看臺立刻傳來歡呼聲。

冉碧靈下意識看向球場，只見對方學校的隊員正圍在一起慶祝，她轉頭去問旁邊的人：「什麼情況？」

一個男生忿忿地回答她：「對方得分了！」

「哎呀！」冉碧靈對母校的熱愛立刻被激發出來，「怎麼被人家得分了！」

她下意識去搜尋褚嘉許的身影，只見他正動作嫻熟地帶球過人，看起來並沒有因為比分暫時落後而受到影響，球衣被汗水打溼，緊緊貼在他的後背上。

陳清歡還不忘刺激她：「妳剛才不是還哭著說想看進球的嗎？」

冉碧靈瞬間安靜了。

陳清歡點到即止：「同學，妳還有很長一段路要走……先說說妳知道的足球員。」

冉碧靈端正態度，苦思冥想了半天：「貝克漢？」

陳清歡噗哧一笑：「貝克漢退出足壇好多年了，現役的呢？」

「……」

「我好歹還知道C羅和梅西呢。」

「……我也知道！我只是剛才沒想到而已！」

沒過幾分鐘，垂頭喪氣的冉碧靈忽然被震天的歡呼聲淹沒。

「又怎麼了？」

「平手了！」

「誰得分的？」

「好像是二班的體育股長！」

冉碧靈順著他的指引看過去，那個傻子在陽光下正笑得開懷，和隊友擊掌慶祝。

剛才回答冉碧靈問題的男生忽然點了點她的肩膀，有些為難地建議：「這位同學，妳有沒有發現，只要妳專心看比賽，他們就不會進球；妳不看，馬上就進球，妳乾脆別看了吧……」

冉碧靈美目一瞪：「胡說八道！我就要看！我才不信邪！」

她的雙眼眨也不眨地盯著足球場，果然直到比賽結束，雙方都沒再進球。

目前一比一，原本還坐在看臺上的人立刻跑過去，圍在場邊看PK大戰。

跑了九十幾分鐘，雙方隊員都呈現出筋疲力盡的模樣。天氣太熱，大汗淋漓，多少有些狼狽。

但褚嘉許還是一副斯文的模樣，喝了一大口水後用毛巾擦了擦臉上和脖子上的汗，喘著粗氣，緊抿著微微發白的嘴唇，看起來很緊張。

稍作休息後，教練集合隊員圍成一圈，商量PK大戰的出戰人員和順序。

冉碧靈也跟著緊張起來，小聲問陳清歡：「我們學校不會輸吧？」

陳清歡笑著看她：「妳這麼在意啊？」

「妳說，萬一我們輸了，那個傻子不會哭吧？」

陳清歡模仿著她的樣子，右手遮在唇邊小聲回答：「他只可能被妳打哭。」

「……」冉碧靈無力反駁。

比賽進行到現在，基本上就到了考驗體力、意志、心理、技術和戰術的時候了，有時候勝負只在一念之間。

褚嘉許和十三中的球隊隊長被裁判叫過去。

冉碧靈全程緊盯著褚嘉許，歪頭問陳清歡：「他們在幹什麼？」

陳清歡多少了解規則：「猜硬幣決定誰先踢啊。」

冉碧靈也不看褚嘉許了，轉頭看向她：「先後有關係嗎？」

陳清歡摸著下巴分析給她聽：「從數學角度來說，先罰比較好。之前有人做過調查，先罰的一方有百分之六十的機率獲勝，後罰的隊伍心理壓力會很大，心理波動大就會影響發揮。某一年的數學競賽裡有個題目，就是根據進球率隨著比分情況和心理壓力變化產生波動，來建立一個數學模型。簡單來說，五輪中進了四球的話，基本上不會輸；若五輪中進不了四球的話，幾乎就算輸了。」

大概是褚嘉許猜硬幣猜輸了，由十三中先踢。

冉碧靈氣得直跺腳：「他怎麼那麼笨！怎麼辦怎麼辦？對方贏的機率是不是比我們還大？都怪褚嘉許！」

陳清歡略顯無奈地看她一眼：「這也要怪他……褚嘉許可真是一點也不冤枉啊！」

PK大戰在萬眾矚目下開始。

第一輪雙方都進了。

第二輪對方進球，附中失分。

緊接著第三輪對方失分，附中頂著壓力罰進。

第四輪，對方的球被門將守住，而附中又進一球，暫時以三比四領先。

最後一輪，對方的隊長上場扳回一球，附中的最後一球恰好是是褚嘉許出戰。

冉碧靈緊張地抱著陳清歡的手臂不放。

陳清歡慢悠悠地嘆了口氣：「褚嘉許壓力大了。」

最後的關鍵球讓褚嘉許備感壓力，只要這球踢進，他們就獲勝了，如果沒進就繼續罰球，他轉頭看了身後的隊友一眼，他們的體力也達到極限了。

他把足球放在發球點上，微微垂著頭，在做簡單的準備。

哨聲響起，他抬起頭來，當所有人都以為他要踢球的時候，他卻忽然往冉碧靈的方向看了一眼，然後很快收回視線，小跑幾步，抬起左腳往前一踢，足球應聲入網，角度刁鑽，動作乾淨俐落，對方的守門員無能為力。

安靜了幾秒後，歡呼雷動。

他咧嘴大笑，第一時間沒和隊友慶祝，卻轉身跑到場邊，毫無預兆地抱住冉碧靈，他的力道很大，帶著一絲絲緊張和謹慎，兩人在抱了幾秒後就快速分開了。

冉碧靈當時正笑著和陳清歡說話，在毫無防備之下直接被一股力量拉進懷裡，等她反應過來的時候已經晚了，瞪他一眼：「你幹嘛抱我！神經病！」說完後立刻抬腿踢他一腳。

褚嘉許沒說什麼，也不敢看她，兩人各自紅著臉跑走。

冉碧靈拽著陳清歡悶頭往前走，沒走幾步，旁觀者陳清歡客觀理智地給出答案：「他可能上癮了。」

冉碧靈一愣：「什麼？」

陳清歡眨著雙眼，認真地解釋：「妳不是問他為什麼要抱妳嗎？正所謂一回生、二回熟，這不就是上癮了嗎？」

「我……」

冉碧靈連脖子都紅了，斷斷續續地持續了整個下午，直到放學都沒緩過來。

放學回家的路上，蕭雲醒問陳清歡下午的比賽好不好看。

陳清歡歪著腦袋想了一下：「褚嘉許抱著冉碧靈的部分蠻好看的。」

蕭雲醒不太明白：「嗯？」

陳清歡忽然停下腳步，張開雙手撲過去，由於身高差距，只堪堪攬住他半個身體：「就這樣。」說完後賴在他身上不起來，腦袋靠在他的胸膛上，在他懷裡蹭了蹭。

蕭雲醒露出無奈的微笑，一手撫著她的後背。

向霈騎著自行車從兩人身邊經過時吹了聲口哨，嬉皮笑臉地叫道：「雲哥，你被熊抱啦！」說完後迅速逃離現場。

陳清歡立刻鬆手站直，不服氣地對著他的身影大喊：「你才是熊！」

蕭雲醒笑了一下，忽然想起這是第二次從她口中聽到那個男生的名字，眉骨微抬：「他喜歡冉碧靈？」

陳清歡使勁地點頭：「嗯，冉碧靈也喜歡他！」

雖然兩人還沒確定關係，冉碧靈也從來沒承認過，但只要有眼睛的人都看得出她喜歡他。

不過蕭雲醒不關心這些，只要知道那個男生不喜歡陳清歡就好。

但陳清歡沒想到，她這些話說得太早了。

幾天後的午休時間，冉碧靈的神色明顯不對，帶著泛紅的眼眶回到教室。

陳清歡剛從洗手間回來，就看到她坐在座位上不說話，不甚清醒地打著哈欠問：「怎麼了？」

冉碧靈低垂著腦袋，聲音悶悶的：「沒事。」

陳清歡費勁地歪著頭，想看清楚她的表情：「沒事的話妳哭什麼？」

冉碧靈猛地抬頭，像是為了證明自己沒哭，睜大雙眼給她看：「沒哭！」

陳清歡終於看清了，確實沒哭，只是臉色比哭還難看：「妳不是去看那個傻子踢球嗎？怎麼這麼快就回來了。」

冉碧靈忽然沉默，重新把腦袋垂到胸前。陳清歡一時無言，過了一會兒就看到淚水從她的下巴滑落。

她心裡一驚，繼而發火，從座位上站起來大吼：「誰欺負她了！」

她剛才不在教室，以為有人惹哭冉碧靈。

平日的冉碧靈凶殘得像個女匪徒，什麼時候紅過眼眶？更何況還哭了！

原本鬧哄哄的教室瞬間安靜下來。

人高馬大的體育股長恰巧從門口進來，他被陳清歡的吼聲嚇了一跳，一臉無辜的趕緊擺手否認：「不是我！我沒有！我不知道！我在樓梯口碰到她的！」說完後立刻溜回座位。

跟在體育股長身後的是班導楊澤延，他沒想到嬌滴滴的小女孩在發火的時候，爆發力這麼強，心情頗好地逗她：「也不是我，我沒有，我不知道，我剛從辦公室過來。」

陳清歡吐了吐舌頭，收起凶神惡煞的表情，回身坐好準備上課。

楊澤延走到講臺上往下看了一眼，笑著問：「怎麼了？是誰欺負我們班的小女孩？」

還是沒人說話。

陳清歡正打算等下課時間再去找褚嘉許問問的時候，耳邊就傳來敲玻璃的聲音，正是抱著球且滿頭大汗的褚嘉許。

陳清歡剛準備開窗就被冉碧靈制止，顯然她也看到了他，只是不往窗外看，一開口就是滿滿的怨氣：「讓他去死！」

陳清歡鄭重地點頭，然後一筆一畫地在紙上寫下幾個字後，貼在玻璃上給褚嘉許看。

『她叫你去死。』

「……」

褚嘉許神色焦灼地等了半天，竟然等到這幾個字，抿抿唇，不知道該說什麼。

上課鐘聲忽然響起，他又看了冉碧靈一眼，然後垂頭喪氣地離開了。

楊澤延帶過無數個學生，一眼就看出兩人的隱情，也不戳破，翻開課本開始往黑板上寫習題，邊寫邊背對著眾人開口：「大家把作業本拿出來，不用抄題目，直接寫答案就行，下課之前交上來。」

說完，轉身往某個地方掃了一眼，頓了一下後開口：「冉碧靈上來寫題目。」

冉碧靈心虛地和陳清歡對視一眼，磨磨蹭蹭地走上講臺。

楊澤延把題幹寫完後拍拍手上的粉筆灰，搬著凳子坐到教室門口，嘴裡還在碎碎念：「你們這幫青春期的小孩啊，沒什麼憂傷是來黑板上寫完題目還解決不了的，實在不行就寫兩題，再不行就做十題！保證會好！」

下面立刻哄堂大笑，冉碧靈對著黑板紅了臉。

她的成績本來就只是中等程度，忽然被叫上去寫題目，腦筋一片空白。在陳清歡的小聲提示下才勉強寫出了答案，對錯都無所謂，能走下臺已經謝天謝地了。

做了好幾題的冉碧靈從講臺上下來後，心情好了許多，頗有逃過一劫的興奮，只覺得打通了任督二脈，渾身神清氣爽，一點憂傷都沒了。

誰在乎褚嘉許是誰？她最愛讀書了！讀書使人快樂！一點煩惱都沒有！人生苦短，讀書使其美好而悠長！

後來楊澤延用冉碧靈的答案講解這道題目，有對有錯，不過他也沒說什麼，只是讓她放學後把做錯的題目再重做一遍。

冉碧靈現在再看楊澤延，眼裡和心裡都充滿了崇敬，再也不見任何嫌棄之意。

第二天，冉碧靈才彆扭地告訴陳清歡詳細。

這件事說大不大，說小也不小。冉碧靈昨天去看褚嘉許比賽的時候，看到他喝了方怡遞給他的水。雖然男生喝了女生遞的水也沒什麼，但總有些說不清、道不明的曖昧之意摻雜在裡面。

說完後，冉碧靈氣憤地問陳清歡：「妳說，我該不該生氣？」

陳清歡毫不猶豫地回答：「當然該生氣！如果雲醒哥哥在打完球後喝了別的女生給的水，我就……」說到這裡，她忽然頓住。

冉碧靈轉頭看她：「妳就？」

陳清歡揉著額角，眼睫低垂，半天沒說話，似乎在思考著什麼。

冉碧靈忽然覺得她好像有變身的徵兆，明明還是同一個人，她卻嗅到一絲詭異的氣息，說不出的陰森感。

陳清歡仍舊是個眉眼靈動的小女孩，但細看之下又覺得她好像有哪裡不同，唇角勾出微笑，眼角和眉梢都掛上一絲淩厲，無端讓人覺得她身體裡散發出的氣勢異常強大，頗有神擋殺神、佛擋殺佛的氣勢。

她咽了一下口水，碰碰陳清歡：「停，別想了，這個命題根本不成立，蕭雲醒壓根兒不會喝其他人遞給他的水，除了妳。」

正當兩人交談時，窗外忽然出現一張幽怨的臉：「冉碧靈。」

「哎！」冉碧靈下意識應了一聲，待抬頭看清楚那張臉後突然變臉，「走開！」說完就起身往外走。

褚嘉許跑到教室門口攔住她：「妳要去哪裡？」

冉碧靈回頭，惡狠狠地瞪他一眼：「廁所！你有本事就跟來！」

褚嘉許又不是變態，當即定在原地，低著頭站在那裡。

自從剛才褚嘉許一開口，陳清歡就皺了皺眉，這時卻鬆開眉頭，遠遠地對他招手：「褚嘉許！」

褚嘉許慢慢地挪回窗邊。

陳清歡盯著他看了半天，忽然開口問：「你平時都怎麼稱呼冉碧靈？」

「就叫全名啊。」褚嘉許被她看得渾身不自在，有些不知所措，「怎、怎麼了？」

陳清歡滿臉不贊同地對他搖頭：「大家都叫她冉碧靈，你也叫她冉碧靈，這樣怎麼能體現出你們關係不普通？」

褚嘉許上道地追問：「那該怎麼叫？」

陳清歡雙手捧著小臉，嘴角忍不住翹起：「我家的雲醒哥哥都叫我『清歡寶寶』。」

褚嘉許立刻露出為難的表情，難以置信地問：「蕭雲醒學長……平時都這樣叫妳……？」

陳清歡瞬間洩氣，肩膀立刻垮了下來：「偶爾才叫一次……還是被我威逼利誘的。」

褚嘉許認真地考慮了一下，先不說他叫不叫得出口，只怕冉碧靈聽到後，會忍不住給他一腳讓他滾。

他踟躕許久，半信半疑地問道：「女生真的都喜歡被人叫寶寶？」

陳清歡毫不猶豫兼萬分肯定地使勁點頭。

褚嘉許深吸一口氣後決定豁出去，等他先回去練習一下，待下次見到冉碧靈，他一定會鼓起勇氣叫她寶寶，就算被踹他也認了！

褚嘉許下定決心後，滿是疑惑地問陳清歡：「還有，冉碧靈她怎麼了？為什麼不理我？」

陳清歡震驚到不知道該說什麼：「你不知道？那你來解釋什麼？」

褚嘉許撓撓頭，有些沮喪：「我也不知道……要不然我還是先回去吧。」

陳清歡服了，輕飄飄地瞄了他一眼，語氣更是無所謂：「回去吧，回去就不用再來了。」

準備轉身離開的褚嘉許硬生生停住，又轉回來，擰著眉頭不知所措。

陳清歡決定幫人幫到底：「你都不知道她怎麼了，那來找她幹嘛？」

褚嘉許誠懇地開口：「我覺得一定是我哪裡沒做好她才生氣的，我傳訊息她也不回，打電話也不接，還把我封鎖了。」

陳清歡看著眼前的男生，雖然有點傻，但幸好態度端正、積極認錯，於是她老神在在地點醒他：

「她啊，PH 值小於七了。」

褚嘉許聽得一愣一愣的：「嗯？」

陳清歡瞪他：「沒學過化學啊？」

褚嘉許撓撓腦袋，半天才反應過來，原來冉碧靈吃醋了。

終於明白事情的來龍去脈的褚嘉許，直到上課鐘聲響起，都沒等到冉碧靈回來。

沒想到到了第三天，兩人的矛盾不但沒有緩解，反而愈演愈烈。

大概是那瓶水的效應，有人開始謠傳方怡和褚嘉許在交往，兩人本來就同班，一個班長、一個體育股長，近水樓臺，越傳越真實。

陳清歡坐在座位上，托腮聽著圍在窗邊的幾個女孩聊八卦，眨眨眼睛，用腿碰碰旁邊的冉碧靈：「他們一定是在褚嘉許或方怡身上安裝了監視器，不然怎麼可能知道得那麼清楚？」

冉碧靈聽出陳清歡話裡的意思，也明白這種八卦都是三分靠猜測、七分靠想像，看圖編故事最不可信，但還是招架不住她的怨氣。

她越是火大，越是有人專程來往槍口上撞。

褚嘉許焦急地跑過來，擠開在窗邊八卦的幾個女生，探頭進來向冉碧靈解釋：「我和她真的沒什麼……」

冉碧靈看到他反倒冷靜了下來，嗤笑一聲：「是嗎？我們也沒什麼啊。」

「妳別這麼說，別生氣……我以為是班級發的水，所以就喝了，也沒多想……」

褚嘉許比賽的時候明明挺果決的，但一著急起來就語無倫次，臉都憋紅了。

冉碧靈剛想回諷幾句，一抬眼就看到楊澤延拎著課本出現在樓梯口。她的神色瞬間大變，推著褚嘉許要他快點消失：「快走快走！我可不想再到講臺上寫一節課的題目了！」

褚嘉許扒著窗沿不肯走：「我還沒說完……」

冉碧靈一邊盯著樓梯口的方向一邊說：「午休時間再說！快點走！別被老楊看見了！」

褚嘉許這才收手：「說好了喔，下課後我來找妳，妳千萬別再跑了。」

眼看楊澤延快要走進教室，冉碧靈立刻關上窗戶：「知道了，快走快走！」

最後一節課的鐘聲才剛響起，褚嘉許就準時出現在教室門口了。

冉碧靈低著頭也沒看他：「去小花園說吧。」說完還拽了陳清歡一把。

陳清歡一臉莫名：「幹嘛？」

冉碧靈有些不自在：「妳陪我去……」

陳清歡使勁搖頭表示拒絕。

冉碧靈死死拉住她：「我們不是最好的朋友嗎！」

「……」

冉碧靈死命拖著陳清歡一起去，但陳清歡不願意當電燈泡，到了小花園後就退了幾步，把頭扭到一邊，一副非禮勿視的模樣。

這個時間大家都去食堂吃飯了，小花園裡只有他們三個，她只能拿著木棍蹲在花壇邊，阻止螞蟻爬來爬去。

冉碧靈自始至終都沒有看他一眼，只是不耐煩地催他：「有話快說！」

褚嘉許撓撓頭：「我和方怡真的什麼都沒有，就是那天比賽的時候她遞水給我而已，我真的以為是班裡發的，至於他們傳的那些都只是謠言！我和她就是最普通的同學關係，平時都不怎麼說話！我說的都是實話，妳一定要相信我！」

冉碧靈垂著頭，無動於衷地把話聽完，連眼皮都沒掀：「說完了嗎？」

「說……說完了。」

褚嘉許看她這副模樣，就知道沒戲了，心都涼了一半。卻無意間瞥到蹲在地上的陳清歡，忽然靈光一閃：「還沒說完！」

冉碧靈格外冷靜，冷靜得像個旁觀者：「那你繼續。」

他努力了半天，還是無法將那兩個字說出口，再看她冷冰冰的臉色，澈底灰心，搖搖頭：「沒有了……」

冉碧靈還是沒看他，轉身拉起地上的陳清歡就走，留下褚嘉許一個人愣在原地，原本想拉住她的手也來不及收回。

忽然被冉碧靈拽走的陳清歡舉著木棍抗議：「我的螞蟻！」

兩人在吃過午餐後回到教室，冉碧靈依舊保持沉默，一言不發，異常冷靜。

陳清歡看了一下她的神色後決定下猛藥，似乎無意地開口：「我仔細看了一下褚嘉許，雖然不是典型的帥哥，但還挺耐看的，性格爽朗，笑起來牙齒也很白，雖然差了雲醒哥哥一點。至於成績，聽說每次都是他們班的前十名，又是足球校隊的，這種男生怎麼可能沒人喜歡嘛！雖然之前沒被發現，但經過這次的足球賽，再加上被方怡一搞，不僅打響了知名度，追他的女孩肯定變多了。妳不要的話有的是人搶……聽說他有個外號叫『黃金左腳』，腳法精準凌厲，人長得也不差，妳說，會不會有大把的女孩喜歡他？」

冉碧靈憋了一路後終於忍不住了，五官瞬間皺成一團，眼眶泛紅：「妳還說！妳到底是站哪邊的啊！」

陳清歡一副義正辭嚴的模樣：「當然是妳這邊的，妳上次說你們是普通朋友，所以我在努力幫你們兩個劃清界限！」

冉碧靈壓低聲音，咬牙切齒地瞪她：「陳清歡！」

「哎！」

陳清歡清脆地應了一聲，卻把冉碧靈氣得吐血，轉頭離開了教室。

此時窗外忽然出現一道女聲，語調輕柔地叫著陳清歡。

陳清歡回頭，看到方怡站在窗外。

她正想著是不是該找張試卷把玻璃擋住，畢竟時不時出現的人臉還是挺嚇人的，就聽到方怡在自言自語：「我確實得不到蕭雲醒，不過其他人……就不好說了。冉碧靈是受妳連累的，真可憐。」

陳清歡向來看不起這種卑鄙的手段，輕飄飄地掃她一眼，語氣裡帶著淡淡的鄙夷：「真不知道妳哪來的自信。」

方怡被氣笑，咬牙切齒地點頭：「好，那就等著瞧吧！」

陳清歡擔心冉碧靈回來會遇見方怡，也不戀戰，隨手翻了張試卷貼在玻璃上，順便關起窗戶。

方怡自覺無趣，轉身走了。

隔天早上，陳清歡一進教室就看到冉碧靈在翻箱倒櫃，不知道在找什麼。

「什麼東西不見了？」

她一看到陳清歡，立刻朝她伸手：「我一直戴著的那條手鏈，妳記得嗎？我外婆給我的，我找不到，妳有看到嗎？」

陳清歡看著她空蕩蕩的手腕，搖了搖頭。

她對那條手鏈沒什麼印象，只知道冉碧靈很喜歡，所以一直戴著：「是不是掉在家裡了？」

冉碧靈把能找的地方都翻了一遍，哭喪著臉趴在桌子上：「昨晚就不見了，我以為放在學校了，今天一大早就來找，結果還是找不到。」

陳清歡仔細回想了一下：「我記得昨天上午最後一節課妳還戴著，會不會掉在小花園了？還是食堂？」

「我都找過了，也去失物招領區看過，都沒有。」

陳清歡忽然想到了什麼：「會不會被……褚嘉許撿走了？」

冉碧靈一愣，猛地彈起來抓著陳清歡的手：「妳去幫我問問他好不好？」

陳清歡面露猶豫，她本來想讓冉碧靈自己去問，畢竟一直冷戰也不是辦法。

她倒不是多相信褚嘉許，只是單純看不上方怡，畢竟她和冉碧靈站在一起，褚嘉許喜歡的是冉碧靈而不是她，現在冒出一個不如她的方怡，褚嘉許連看都懶得看。

從數學角度來說，在褚嘉許眼裡，冉碧靈大於陳清歡，而陳清歡大於方怡，綜合上述，冉碧靈肯定大於方怡，沒理由看上方怡的。

冉碧靈看她半天沒說話，可憐兮兮地看著她：「求求妳了！」

陳清歡無奈地點了點頭，

陳清歡走到二班門口，剛表達了來意，坐在門口的男生就在教室裡大喊：「褚公子，有美女找你！」

教室裡的學生瞬間暴動，眾多的視線立即落到陳清歡的身上，還不斷傳來起哄聲。

「褚公子最近行情很好啊！」

陳清歡一抬眼就看到了方怡，方怡正用複雜的眼神看著她。她懶得理方怡，迅速移開視線。

褚嘉許被打趣的臉都紅了，從教室前門出來：「妳找我有什麼事情啊？」

陳清歡開門見山地問：「冉碧靈有條手鏈，你知道嗎？」

褚嘉許搖搖頭：「不知道。」

陳清歡想翻白眼：「你怎麼什麼都不知道？她天天戴在手腕上，怎麼會不知道？你們沒牽過手嗎？」

褚嘉許好不容易褪下的漲紅再次爬上來：「沒牽過……她好像不讓我牽……」

陳清歡委屈得想咬人，她從沒見過比褚嘉許更老實的男生。

她看了一下時間，早自習快開始了，懶得廢話便直接開口：「她的手鏈不見了。」

褚嘉許立刻擺手否認：「不是我拿的！」

「沒說是你拿的！只是問你有沒有看到！」陳清歡皺眉看著他，這個傻子到底是怎麼考到他們班的前十名的？是情報有誤，還是二班實力不過如此？

褚嘉許想了一下：「會不會掉在小花園了？」

陳清歡也不確定，模稜兩可地回答：「不知道，既然你沒看到就算了，我先走了。」

陳清歡回到教室，對滿臉期待的冉碧靈搖了搖頭。

冉碧靈的神色瞬間黯淡下來。

陳清歡安慰她：「午休時間很長，我們等等把昨天去過的地方都找一遍。」

冉碧靈沮喪地回答：「嗯。」

陳清歡拍拍她給予鼓勵：「我對找東西很在行的，小時候我弟弟找不到的玩具，都是我幫他找到的！所以妳的手鏈一定能找回來！」

冉碧靈勉強地露出微笑。

午休時間一到，兩人連飯都沒吃就跑去了小花園，沒想到竟然有人比他們還早到。

兩人一進去就聽見一道熟悉的女聲。

「做我的男朋友吧！」

陳清歡和冉碧靈對視一眼，下意識躲到花壇後面，兩人從花草間的縫隙看過去，果然看到了方怡的背影。

站在她對面的人正是褚嘉許。

冉碧靈的心頭火瞬間竄起，她拉著陳清歡的手後壓低聲音開口：「走！」

陳清歡拽住她，一副老神在在的模樣：「急什麼？再聽一下。」

別看她一副嬌滴滴的模樣，力氣卻不小，冉碧靈拉不動她，只能擰著眉毛聽下去。

褚嘉許的聲音響起：「不行！我有喜歡的人了。」

「誰？」方怡的聲音裡帶著淡淡的不屑，「冉碧靈？」

褚嘉許重重地點頭：「嗯！」

方怡對他笑了笑，帶著顯而易見的優越感：「她有我好看嗎？」

褚嘉許一點求生欲都沒有：「沒、沒有。」

冉碧靈聽得咬牙切齒，覺得褚嘉許實在是老實得讓人想打他！

陳清歡沒忍住，捂著嘴笑出來，冉碧靈幽怨地看著她，一副「這下子妳滿意了吧」的表情。

那邊的方怡還在比較：「她的成績比我好？」

「也沒有。」

「那……她有什麼優點？」

褚嘉許沒看方怡，只是看著前方的地面想了半天：「她很會跑步！」

冉碧靈氣得快吐血，完全聽不下去，也不管陳清歡，抬腳就要走。

方怡聽到這個答案後又笑了幾聲：「你到底喜歡她什麼？」

「我也不知道，我只知道我喜歡她，非常喜歡她，只要一天不見她我就心慌，她對我生氣我就會難過，她對我笑我就開心，她又活潑又開朗，其實她長得也很好看，凶起來也好看……」

褚嘉許這次回答得很快，一口氣說了一堆，雖然沒什麼邏輯，卻讓方怡再也問不出其他問題。

冉碧靈本來也不指望能聽到什麼好話，但他一開口，她就下意識停住腳步，聽完他的話後直接愣在原地。

陳清歡把她拉回來重新蹲好，還不忘小聲調侃：「哎喲，沒想到這個傻子的口條這麼好，關鍵是真心誠意啊！」

學霸就是學霸，腦子轉得很快，一條路走不通的話很快就換了另一條。

方怡引導性地問：「你不喜歡我就算了，你就沒喜歡過陳清歡？」

褚嘉許想也沒想便直接反問她：「陳清歡？她不是蕭雲醒的嗎？」

這個回答漂亮得讓陳清歡想為他鼓掌，不枉費她這麼看好他。

冉碧靈看著偷偷傻笑的陳清歡，這個人只要一碰到跟蕭雲醒有關的事就冷靜不下來，完全是蕭雲醒的狂粉：「有那麼開心嗎？」

陳清歡正春心蕩漾，眼裡全是粉紅泡泡，猛點頭回答：「有！」

方怡被褚嘉許堵得啞口無言，大概是因為面子過不去，她憤恨地瞪他一眼後直接轉身離開。

褚嘉許不擅長面對這種場合，看到方怡走遠後才澈底鬆了口氣，打算轉身從另一邊離開。沒想到才剛走幾步，就看到蹲在花壇後的兩人，他渾身一僵，陡然呆住，訥訥地看著冉碧靈。

陳清歡和冉碧靈被人逮個正著，三個人你看我、我看你，彼此都有點尷尬。

休想指望那兩人緩解尷尬，最後還是由陳清歡主動開口來打破僵局：「哈哈哈，這麼巧啊，你和方怡也來看螞蟻跑步啊？哈哈哈……」

乾笑後，陳清歡忽然覺得自己好像說錯話，讓氣氛變得更尷尬了。

冉碧靈低著頭，打算把陳清歡直接拉走。

褚嘉許忽然快步上前把她攔住，將捏在指間的東西遞給她：「妳看一下是不是這個？」

冉碧靈沒去看他手裡的東西，視線一直落在他的手上。

十幾歲的男孩手掌消瘦，青筋微微凸起，修長的手指上都是泥，髒兮兮的，不知道剛才幹了什麼事。

聽完他剛才那番「真心誠意」的話後，冉碧靈也不知道該如何面對他，憋在心裡的那股氣也莫名消散了，半晌，訥訥地點頭接過來：「是……」

褚嘉許上午蹺了兩節課過來找，扒到不少亂七八糟的東西，但手鏈只有這一條，還怕找錯了，一聽到她說是，立刻喜笑顏開，小心翼翼地用制服衣角擦掉上面的泥土後才重新遞過去：「給妳。」

手指和掌心輕輕觸碰後很快分開。

冉碧靈捏著那條手鏈，忽然鼻子一酸。

看到她哭，褚嘉許就慌了：「妳別哭啊，不是已經找回來了嗎？我也幫妳擦乾淨了，看起來也沒壞……」

冉碧靈不理他，哭得更傷心了。

褚嘉許不知所措，也不敢幫她擦眼淚，遞過去的紙巾也被她拍掉：「別碰我！」

他只能轉向陳清歡：「麻煩妳……」

在一旁看了半天的陳清歡都快要興奮死了，這個褚嘉許真是個傻子，也太老實了吧？她叫你別碰你就真的不碰啊？當然要抱著她硬擦啊！你的力氣難道會輸給她？你的能量值可以碾壓好幾個冉碧靈啊！

陳清歡搖頭嘆氣地蹲下身綁鞋帶，起來的時候猛地撞了冉碧靈一下，她猝不及防地往前踉蹌兩下，順勢撲進褚嘉許的懷裡。

褚嘉許像是忽然開竅，立刻收緊手臂。

冉碧靈掙扎了幾下後被他強硬地抱在懷裡。

冉碧靈紅著臉吼他：「你別抱我！你去抱方怡啊！」

難得硬氣一回的褚公子，這次打定主意不鬆手，想也沒想就回她一句：「我不喜歡她，我喜歡妳！」

冉碧靈一臉震驚地看著他，說不出任何一句話，也不掙扎了。

褚嘉許深吸了口氣後緩緩開口道：「我……我以後不叫妳的全名了，叫妳寶寶好不好……」說完後也不管冉碧靈會不會踹他，自己先紅了臉。

陳清歡沒想到褚嘉許這麼勇猛，過了片刻後才忍不住噗哧一笑，然後笑咪咪地點著頭走開：「這就對了！」

她不再管兩人的後續，轉身去找蕭雲醒。

第七章　追上你

蕭雲醒剛吃完午餐回來，就在教室門口碰到她。

陳清歡可憐兮兮地對他撒嬌：「雲醒哥哥，我還沒吃午餐呢。」

蕭雲醒腳下方向一轉，拉著她往樓梯口走：「怎麼沒吃飯啊？」

抱著球從教室衝出來的向霈在他身後喊：「哎，雲哥，走啊，和他們約好要去打球的。」

蕭雲醒直接忽略他：「說我腳痛，去不了。」

他敷衍地扔下藉口，頭也不回地扶著陳清歡的肩膀離開。

站在遠處的向霈都還能聽到，他輕聲細語地問陳清歡想吃什麼，相比之下，親疏立竿見影。

向霈瞬間戲精上身，扭動著身體抗議：「明明是我先約的！我就這麼不重要嗎？」

聞加和姚思天在旁邊幸災樂禍地大笑。

「不重要，不重要。」

「答案明明顯而易見，你就非得問出來嗎？」

「啊啊啊——」向霈捶胸頓足地下定決心，「在此宣布，我和蕭雲醒暫時絕交！」

兩人繼續刺激向霈。

「誰在乎啊？」

「就是說啊！」

陳清歡敲詐了蕭雲醒一頓炸雞，在吃飽後心滿意足地和蕭雲醒告別便走回教室。還沒走幾步，她忽然轉身叫住蕭雲醒：「雲醒哥哥，我今天聽到褚嘉許叫冉碧靈寶寶了！」

蕭雲醒一時沒聽清楚：「嗯？」

陳清歡動了動唇角後瞬間洩氣，沮喪地搖搖頭，垂下頭去看著自己的腳尖。

過了幾秒後，頭頂忽然傳來清越低沉的聲音。

「清歡寶寶。」

陳清歡一愣，笑著應了一聲：「哎！」然後仰著小腦袋對他傻笑。

騙到了「清歡寶寶」的陳清歡，這下更加心滿意足，愉快地小跑著回到教室。

直到快到上課時間，冉碧靈才紅著臉回來。

還有幾分鐘才上課，陳清歡抓緊時間問她：「吃飯了沒？」

冉碧靈的臉紅紅的，和平時爽朗的模樣不太一樣，終於有了點小女孩的樣子，小雞啄米般地點頭：「吃了吃了。」

陳清歡的眼底帶著促狹的微笑：「看妳的樣子，應該不只有吃飯而已吧……」

冉碧靈惱羞成怒：「那麼聰明幹什麼！」

陳清歡奸詐地湊過來，壓低聲音問：「到底幹了什麼？」

冉碧靈閃躲著目光，不好意思看她：「也沒幹什麼，只是牽手而已。」

「嘖嘖嘖！」陳清歡一臉惋惜，「多麼單純的小男生啊，就這麼被妳帶壞了。」

「哪是我帶壞他！是他主動牽我的！」冉碧靈抗議完，忽然想起了什麼，也把腦袋湊過去，「陳清歡，妳有沒有和蕭雲醒牽過手？」

陳清歡立刻流露出一副「不是我要說，是妳非要問我」的洋洋得意：「有啊，從小牽到大啊。」

對於這種不經意的炫耀，冉碧靈立刻把腦袋撤回，決定結束這個話題，「……不想和妳說話了。」

過了一會兒，陳清歡難得表現出扭捏的樣子，對著手指小聲問：「哎，你們……親了嗎？」

「當然沒有！」冉碧靈的臉再次漲紅，同時又有點好奇，「妳和蕭雲醒親過嗎？」

陳清歡一臉遺憾地搖頭：「沒有。」

上課鐘聲忽然響起，兩人的話題戛然而止。

才剛上課沒多久，冉碧靈又湊過來，搖了搖昏昏欲睡的陳清歡，不太確定地問：「妳剛剛說的親……親臉算不算啊？」

陳清歡瞬間清醒，先是看了講臺上的老師，接著瞪大眼睛盯著她，壓著聲音表達驚訝：「你們親了？」

冉碧靈紅著臉，規規矩矩地坐好，不再說話。

一直和蕭雲醒中規中矩，沒有任何越界行為的陳清歡無心睡眠了，轉頭看向窗外，心中很是惆悵，她和雲醒哥哥到底什麼時候才能越界啊？

陳清歡哀腸百轉，而蕭雲醒正在被約談。

下課時間，向霈風風火火地從外面跑進教室，張口就吼：「雲哥，你完蛋了！上次和高三一起進行的模擬考，你的分數比高三的年級第一還要高，嚴重打擊一票備考學子的士氣，他們打算組團來揍你！」說完才發現班導老丁正坐在他的座位上。

老丁一看到向霈就火大，長得漂漂亮亮的男孩子怎麼就不愛讀書呢？

「我看你才要完蛋了！向霈，你這次模擬考都在寫什麼東西啊？你先去旁邊罰站，我等等再收拾你。」

向霈立刻洩氣，沮喪地站在一旁等著挨罵。

前排的聞加和姚思天齊齊趴在桌上偷笑，笑到桌椅都在抖。

老丁來找蕭雲醒談話，主要是想委婉地表達他不用參加接下來的模擬考，畢竟現在的高三已經夠緊張了，升學考前再被蕭雲醒這樣打擊的話士氣都沒了，後果不堪設想。

老丁又怕打擊到蕭雲醒的積極性，和藹地笑著跟他開玩笑：「你就放鬆一下，可以在模擬考期間出去玩，反正那些題目對你而言，寫不寫都一樣。」

向霈、聞加和姚思天在一旁聽得直握拳頭，心道：我們也想出去玩！那些題目寫不寫都一樣，反正都不會！

「對了，你回家和父母商量一下，看要不要參加今年的升學考。」

丁書盈覺得以蕭雲醒的水準來說，沒必要再浪費一年的時間。

沒想到蕭雲醒想也沒想就回絕她，依舊是那套說辭：「不參加，我沒準備。」

你需要準備嗎？你就算沒準備，還不是能輕鬆碾壓我們！

等向霈挨罵完後才轉頭問蕭雲醒：「雲哥，你不會是為了等清歡妹妹，才不參加今年的升學考吧？」

蕭雲醒依舊慢條斯理地寫著題目，連眼皮都沒抬，卻收到聞加和姚思天的一句「就你話最多」。

雖然已經做出決定，但蕭雲醒還是打算知會一下父母。

當天晚餐時間，他難得主動開啟話題：「老師今天問我要不要參加升學考。」

平鋪直敘的一句話，不像詢問，倒像是轉達。

隨憶一副恍然的模樣：「原來你今年已經高三了啊，我一直以為你還在讀高一，你今年多大了？這就成年了啊，那今年的生日要好好過。」

蕭子淵也十分配合：「他的生日是什麼時候？」

隨憶捏著筷子很是遲疑：「我想想啊，他出生的時候好像下了一場大雪。」

蕭子淵搖頭，嘴角掛著笑意：「那是雲亭！我帶雲醒去看他弟弟出生，他站在院子裡，忽然說了句『雲滿長空雪滿庭』，爺爺說取『庭』不如取『亭』，亭，人所安定也。就取了『雲亭』這個名字，妳忘了？」

「對對對！」隨憶立刻改口，「不是下雪天。」

因為父母太懶，連名字都要靠哥哥來取的蕭雲亭一向是個小話癆，此刻卻倍受打擊，完全不打算參與這個話題。

他抬頭和哥哥對視一眼，兄弟倆相顧無言，默默低頭吃飯。

蕭雲醒在心裡嘆了口氣，就知道會是這個結果。

隨憶看兩個兒子都沒動靜，笑了一下：「逗你的！知道你今年高二，怎麼會不想參加呢？」

蕭雲醒沒回答，反而去看蕭子淵：「你們覺得呢？」

蕭子淵也不答，只是看著隨憶。

隨憶此刻擔負著重任，在格外謹慎地思考後鄭重開口：「我和你父親都沒跳級過，沒有這方面的經驗能傳授給你。不過我思來想去，覺得還是不要吧？你小學的時候已經跳級了，現在再跳的話不是招人恨嗎？做人還是低調一點比較好，你覺得呢？」

說完後看了看蕭子淵。

蕭子淵點頭：「你媽的意見就是我的意見。」

這個答案正合蕭雲醒的意，他點點頭：「我也是這麼想的。」

一直沒開過口的蕭雲亭轉動著雙眼，把三人輪流看了一圈，默默在心裡下結論，在他們家，他絕對是最要臉的那一個！

晚餐後，蕭子淵和隨憶在廚房洗碗。

隨憶壓低聲音問他：「你說，雲醒不想跳級，是不是為了清歡啊？」

蕭子淵拿著一塊布，慢條斯理地擦著盤子上的水漬：「反正動機不純。」

隨憶把洗好的碗遞給他：「他平時都不和我們商量這些事情的，今天怎麼忽然轉性了？」

蕭子淵瞅她一眼：「妳真的以為那小子是來徵求意見的？不過是怕老師打電話家訪的時候說溜嘴，他不好交代，就提前知會一聲。就算妳鼓勵他參加升學考，他也早就準備好十幾個藉口來讓妳改變心意。」

隨憶洗好最後一個盤子後關上水龍頭，頗為得意地擦著手誇獎自己：「幸好為母我善解人意。」

蕭子淵笑著點頭贊同：「嗯，為父我也不差。」

週末兩天，蕭雲醒去了祖父家一趟。週一早上就直接從祖父家去學校，沒有去接陳清歡上學。早自習一結束，一直沒見到蕭雲醒的陳清歡就跑去找他。

她才剛跑到教室門口，就迎面碰到剛從教室裡走出來的一個男生。

她來得次數一多，那個男生也認出她，友善地對她微笑：「妳找蕭雲醒嗎？他被老師叫過去了。」

陳清歡眼底的雀躍瞬間消失殆盡，扭捏地「哦」了一聲，然後無精打采地站在門口等。

只剩下五分鐘就要上課了，陳清歡依舊抱持著「不等到人就不離開」的念頭，忽然聽到有人語氣不善地叫了她一聲：「喂！」

陳清歡慢悠悠地抬頭看過去。

他們班大概是換了新座位，叫住她的人是一個長相漂亮、坐在門口的女孩。

陳清歡看她一眼：「叫我？」

那個女孩一臉不耐煩：「蕭雲醒是我們班的人，妳以後沒事不要來找他！一天來這麼多趟，煩不煩啊！」

陳清歡的起床氣在沒有見到蕭雲醒的情況下，可以一直持續到中午，這會兒戾氣正重：「哼，不找就不找！」

這個年紀的她已有了少女的敏感和自尊，話一出口就覆水難收，她咬著唇轉身就跑。

聞加從走廊另一端走過來時差點撞上她，見她抱著一個水壺就逗她：「你們班又沒水了啊？雲哥去訓導處了，我幫妳裝吧。」

陳清歡凶狠地瞪他一眼：「不喝！渴死算了！」說完後立刻跑走。

「這又是怎麼了……」聞加一頭霧水地愣在原地。

早操結束後，冉碧靈看看陳清歡，又看看不遠處的蕭雲醒。

這傢伙明明就看見他了，怎麼像沒看到似的？明明每次都滿心歡喜地撲過去，今天是怎麼了？她用手臂碰碰陳清歡，示意她看左前方：「哎，妳的雲醒哥哥。」

陳清歡低著頭，眉眼低垂，看也沒看。

冉碧靈更加覺得不對勁，又碰了碰她，微微提高音量：「妳看，是蕭雲醒！」

陳清歡微微蹙眉，神色難辨地繼續沉默。

冉碧靈百分之百確定他們兩個鬧彆扭了，開始好奇蕭大學霸哄女孩的樣子。

直到放學，陳清歡的情緒依舊低落，一下課也不等蕭雲醒就直接衝出學校。

晚餐時間，陳慕白一看到寶貝女兒冷著一張臉就受不了：「清歡怎麼了？」

陳清歡拿筷子戳著碗裡的米飯，毫無誠意地扯謊：「起床氣。」

陳慕白看著窗外已經黑透的天，決定還是閉嘴好了。

沒想到過了一會兒，陳清歡主動開口：「爸爸，我想換班。」

陳慕白的腦中瞬間閃過各種校園霸凌的畫面，隨即扔下筷子，也不吃飯了，盯著她上上下下地看：「有人欺負妳嗎？」

安靜地坐在一旁吃飯的顧九思無語，還不了解自己的女兒嗎？誰欺負得了她？

陳清歡搖頭：「沒有，就是想換班。」

陳慕白對女兒一向有求必應，覺得不是什麼大事：「想換到哪裡？」

陳清歡看他一眼：「換去二年七班。」

「高二？」陳慕白瞇著雙眼看她，「妳這不止換班……還跳級啊。」

陳清歡有些心虛：「嗯……」

「為什麼想去那裡？」陳慕白剛問出口，就忽然意識到什麼，「等等，蕭家那小子是不是也在那個班？」

陳清歡立刻露出討好的笑容：「是呀！爸爸好聰明啊！最好可以坐在雲醒哥哥的隔壁！可以嗎，爸爸？」

這顯然不是陳慕白樂見的情況，他決定曉之以情、動之以理地勸她放棄：「妳才剛轉學，現在又要跳級，成績也跟不上啊。」

陳清歡睜著澄澈的大眼，滿是疑惑地看著自己的父親：「你怎麼知道我跟不上？你不是常說我最聰明，想做什麼都能做好的嗎？」

「……」

陳慕白被堵得啞口無言，他這輩子從未輸得如此淒慘。

他確實常把這句話掛在嘴邊，而且打從心底覺得自己的女兒無所不能。

若換做別人，他還能用「我就是隨口一說，你隨便聽聽就好，怎麼還當真了呢」來找回場子，但現在坐在他對面的是陳清歡，他無論如何都說不出這種話。

陳清玄在一旁毫無原則地捧場：「姐姐說得對！」

神情微妙的陳慕白轉頭看向顧九思，在這個家裡，能制得住長公主的也只剩下顧女士了。

顧九思置若罔聞：「快吃飯，菜要涼了。」

於是飯桌上開始了長久的沉默。

晚餐過後，顧九思端著水果盤走進陳清歡的房間。

她坐在床邊，看著窩在沙發裡悶悶不樂的陳清歡，忽然開口：「雲醒哥哥好不好啊？」

陳清歡猛地抬起腦袋，毫不猶豫地回答：「當然好！」

「那妳喜不喜歡和他一起玩？」

「喜歡啊。」

「那妳也要努力讓自己變得更優秀，成為一個獨立優秀的個體後才配得上他，讓周圍的人喜歡妳。也不能再亂發脾氣，以後別人看到妳和雲醒哥哥站在一起，才不會閒言閒語。」

陳清歡聽得似懂非懂：「什麼意思？」

顧九思指指著門外：「妳想跳級的話可以靠自己努力，不要依賴爸爸。」

陳清歡從沙發上坐起，看起來已經恢復精神：「怎麼努力？」

顧九思覺得陳清歡也不是非要跳級不可，這種聽了風就是雨的個性得好好磨練：「妳如果好好讀書，成績夠好就可以跳級，別人自然也不會說什麼。」

陳清歡盯著水果盤想了半天，忽然跳起來下定決心：「我會努力讀書的！」

一直站在門外偷聽的陳慕白忍不住推門進來：「我女兒這麼努力讀書要幹嘛……」話還沒說完就被顧九思瞪回去，陳慕白扯了扯嘴角，「我的意思是說，我們的女兒基因太好，再努力一下的話會給別人造成很大的壓力，讓別人覺得無路可走……」

陳清歡忽然接話：「就是要讓別人無路可走！」說完就坐到書桌前，像模像樣地開始自習。

陳慕白跟在顧九思身後走出房間時，有些不甘心地小聲問她：「蕭家那小子真的比我這個爸爸還要好？」

待顧九思關上門後才委婉回答：「從效果上來看，對你女兒來說，你說的話確實沒有蕭雲醒說的話有用。」

陳慕白還是不死心，轉身去找陳清玄，讓他評價自己和蕭雲醒誰比較好。

陳清玄還沒進入正題，只說了幾個字，陳慕白就走開了。

「你說我姐夫啊……」

這個稱呼殺傷力太大，陳慕白實在難以接受。

陳清歡除了開始好好讀書之外，依舊躲著蕭雲醒，「被遷怒」的蕭雲醒對此一無所知。

過幾天後，連向霈都覺得奇怪，下課的時候還時不時探頭往外看：「雲哥，你家的清歡小公主最近怎麼不來找你了？」

蕭雲醒還沒說什麼，就看到聞加一拍腦袋：「哎呀！雲哥，我忘了告訴你，前兩天陳清歡來找你幫忙裝水，但是你不在，我想幫她，結果她不但沒讓我幫忙，還氣沖沖地離開了。」

蕭雲醒終於有了反應：「哪天？」

聞加認真回憶道：「有兩、三天了吧？」

蕭雲醒頓了一下：「沒事，快期末考了，她最近可能在讀書所以比較忙。」

姚思天撓撓頭：「你一說我也想起來了，我好像也看見了。那天她站在教室門口等了很久，也沒等到雲哥。」

蕭雲醒皺了皺眉。

向霈立刻沉著臉替他質問：「你們兩個為什麼不早說！」

聞加一臉茫然：「……我以為只是小事。」

向霈忽然義正辭嚴，邊說邊瞄蕭雲醒的臉色：「和清歡小妹妹有關的事，怎麼會是小事？真是成事不足、敗事有餘的傢伙！」

姚思天和聞加一同看向蕭雲醒：「雲哥……」

蕭雲醒仍皺著眉不說話，像是在默許。

向霈得意洋洋地抖著腳。

兩人戲精上身，一人一句。

「天啊！昏庸無道啊！」

「小人當道！」

「殘害忠良！」

「天要亡我！」

向霈擺著手：「胡說！我明明是權寵。」

這個藉口連蕭雲醒自己都不相信。午休時間，他去國中部找陳清歡。也不知道她跑去哪裡了，直到快上課都沒回來。下午的下課時間他又去找了一次，她還是不在，蕭雲醒意識到事情好像有些棘手。

冉碧靈想了一下後直接叫住他：「你等放學再來吧，她今天是值日生，不會那麼早離開。」

蕭雲醒向她道謝後回到了教室。

最後一節自習課還沒下課，他就收起筆，國中部的放學時間比他們早，他等不到下課了。

他拎起書包準備離開的時候被向霈叫住。

「雲哥！你又蹺課啊？訓導處最近在抓早退的學生，你小心一點！」

「權寵」向霈還有一個屬性，烏鴉嘴。

蕭雲醒剛走出教室，就碰到了正在巡查的訓導處老師。

他神色自然地跟老師打招呼，然後大搖大擺地離開了。關鍵是，老師還笑咪咪地跟他說再見。

透過窗戶觀看全程的向霈，忍不住爆出粗口：「靠！這赤裸裸的差別對待！真是沒天理！」

教室裡只剩下陳清歡和冉碧靈兩個人了。

她正踮著腳擦黑板。跳了好幾次，也沒能把最上排擦乾淨。

冉碧靈拿著掃把站在教室後排，一臉擔憂地問：「大小姐，妳到底行不行啊，不行的話就讓我來吧？」

陳清歡抿著唇，不知道在跟誰較勁，拿著板擦邊跳邊蹭：「誰說我不行！」

蕭雲醒看她越跳越不穩，走過去拿過板擦幫她擦乾淨。

粉筆灰落了她一身，臉上也蹭到一道白色的印跡，看起來像隻小花貓。

陳清歡抬頭看他一眼，有些不自在，不知作何反應。

冉碧靈一看到蕭雲醒就笑了，扔掉掃把後拿起書包：「陳清歡妳幫我掃完吧，下次換我幫妳掃，我還有事，先走了。」也不管她答不答應，立刻小跑著離開了。

陳清歡和蕭雲醒面對面站了半天，她才開口問：「你怎麼來了？」

蕭雲醒看她情緒不太對，不答反問：「這兩天怎麼不來找我了？」

「哦。」陳清歡下意識拿鞋底蹭著地面，低頭道：「不去了，以後都不去了。」

蕭雲醒的目光越發輕柔：「那，以後換我來找妳好不好？」

陳清歡想也沒想就拒絕了：「不好。」

她把頭扭到一邊，視線卻不由自主地往他身上靠。

他一來，別班的女生就會湊過來，她看見就心煩。

蕭雲醒認真看著她，眼神清澈又溫潤：「那我們以後一起吃午餐，如果我有事會提前告訴妳，妳有事的話也提前告訴我？」

陳清歡沒說話，垂下眼簾，細長的睫毛顫了幾下。

半晌，蕭雲醒看到一滴清淚從她小巧的下巴滑落。

他剛想說什麼，陳清歡就直接撞進他懷裡抱著他的腰，抬起頭看著他哽咽道：「我不是生你的氣，雲醒哥哥對不起，嗚嗚嗚……」

那雙清澈的眼眸早已潮溼，淚意氤氳，裡面盛著滿滿的歉意和眷戀。

蕭雲醒揉揉她的腦袋後替她抹掉淚痕，聲音帶著清淺的笑意：「小傻子。」

陳清歡靜靜地看著他。

落日餘暉穿過窗外的枝葉灑進教室後落在他臉上，像是鍍上一層柔和的光，他的眼角和眉梢帶著濃得化不開的溫柔繾綣。他身上好聞的氣息纏繞在她身邊，有種難以言喻的靜謐安好。

陳清歡大概是把顧女士的話聽進去了，週末也不出去玩，老實地待在家做作業。

雖說兩人已經和好，但她對蕭雲醒的態度卻罕見的冷淡，再也不見之前的黏膩。

週日上午，蕭雲醒帶著她最喜歡的蛋糕來家裡找她，也不見她歡歡喜喜地出來迎接，而是趴在書桌前心無旁騖地寫題目。

陳清歡低著頭，生怕自己忍不住撲過去，所以從頭到尾都沒去看蕭雲醒。

她一邊寫題目，一邊默念「我要成為一個優秀的人，不能總黏著雲醒哥哥」，所以無論蕭雲醒說了什麼，她都沒聽到。看起來沉著穩重，像是換了個人。

直到蕭雲醒離開的時候她才抬頭看他一眼，簡單地跟他道別。

等蕭雲醒走出門，她猛地跳起，趴在窗戶上看著那越走越遠的身影：「怎麼走了呢……再多待一下的話，我就會理你了啊……」

長公主的禮貌和高冷才持續了一個週末就夭折了。週一一大早，元氣少女陳清歡就站在蕭雲醒的教室門口「嘿嘿嘿」地笑。

蕭雲醒看著面前笑靨如花的小女孩，一如往常地摸摸她的腦袋。

兩人心照不宣地恢復邦交。

陳清歡拽著蕭雲醒的制服衣角，一口一個「雲醒哥哥」地叫著，坐在門口的那個女生的臉色越發難看。

等陳清歡走後，那個女生猶豫半天，最後鼓起勇氣走到蕭雲醒面前，模仿陳清歡叫了他一聲「雲醒哥哥」。

蕭雲醒皺眉不語。

正喝著礦泉水的向霈一聽到這個稱呼後，立刻噴出一口水，咳了半天才緩過來：「這位大姐，妳別在人家喝水的時候嚇人好嗎？」

本來有些尷尬的氛圍被向霈攪和後，周圍的人也跟著笑出聲。

那個女生訕訕的，臉漲得通紅，一直蔓延到脖子，跺腳轉身跑回了座位。

隨著兩人恢復邦交後也迎來了月考，連考幾天下來，考得眾人怨聲載道。

「這次出題的老師是誰啊？也太難了吧，出這種題目不怕被天打雷劈嗎？」

「沒錯！數學科的老師最沒良心！那種題目誰寫得出來啊？」

「理科也不遑多讓啊，怎麼這麼難！後面幾大題，我一題都沒做出來！」

「……」

冉碧靈和同學一起抱怨完後，一轉身就看到陳清歡捧著臉，呆呆地坐在旁邊沉默不語。

冉碧靈碰碰她：「怎麼了？考傻了？」

「不是。」陳清歡僵硬地搖搖腦袋，「歷史考試的選擇題錯了一題。」

冉碧靈不以為意：「反正妳的歷史成績本來就慘不忍睹。」

陳清歡卻頗為失落：「可是這樣就拿不到滿分了啊。」

冉碧靈愣了一瞬，繼而放聲大笑，「我看妳是真的考傻了！」

陳清歡瞥她一眼後，一語不發地收拾書包回家了，留下冉碧靈坐在座位上不勝唏噓，應試教育害死人，好端端的小女孩就這麼考傻了。

等週一再回來上課時，陳清歡就沒再提起考不到滿分的話題了。

午休的時候，楊澤延進到教室來問：「今天又輪到我們班當糾察隊了，有沒有人要自願？」

大概是怕這群孩子們嫌麻煩，又補了一句：「只要下課的時候去各班檢查，有沒有認真做視力保健操就好，不會耽誤太多時間。」

話音剛落，原本趴著睡覺的陳清歡忽然坐起來，高舉雙手，嚇了冉碧靈一跳。

「我！我要檢查高二的！」

楊澤延也嚇了一跳，這個小女孩平常懶洋洋的，對什麼都不在乎，難得這次這麼積極，立刻決定：「好，不過要兩人一組。冉碧靈，不如妳和她一起吧！」

冉碧靈不太情願地點點頭後立刻轉過身，壓著聲音對陳清歡抗議：「妳這麼積極幹嘛？我完全不想去！」

陳清歡老神在在地閉目養神：「當然是去看雲醒哥哥啊。」

冉碧靈恨不得把她敲醒：「陳清歡，妳也太司馬昭之心了吧？」

陳清歡半瞇著眼睛看她：「妳管我！」

冉碧靈模仿她的樣子：「我也想檢查國二的，我要去看那個傻子！」

陳清歡不幹了：「我們兩班在同一個樓層，抬頭不見低頭也見得了，有什麼好看的！」

冉碧靈被她說得耳尖泛紅，及時打斷這個話題：「好啦，我陪妳去！」

別人去各班「掃蕩」檢查都是走個過場，只有陳清歡表現出一副摩拳擦掌、要去領獎的模樣，眼底的躍躍欲試呼之欲出，眼睛亮得嚇人。

等他們終於檢查到二年七班的時候，陳清歡的興奮值達到了巔峰。

冉碧靈打算好人做到底，往教室門口一靠：「妳自己去吧，我在這裡等妳。」

伴隨著保健操的音樂聲，她高高興興地走進教室。

時間有限，陳清歡也沒逗留太久，站在講臺上快速掃了一圈後，朝蕭雲醒的座位奔去。

從他身邊走過時，她刻意放緩腳步，趁蕭雲醒閉著眼睛做操，偷偷地摸了一下他的臉，似乎不太過癮，停下腳步，又摸了一下，這次在他臉上停留的時間明顯變長。

突然被觸碰的蕭雲醒驚愣地睜眼，只見陳清歡眉眼彎彎，對他吐了吐舌頭後跑出教室。人起風動，她的頭髮在空中飄起，從他的臉頰和脖頸處輕輕拂過，只留下空氣中的一絲清甜。

蕭雲醒環顧四周，教室裡其他人都正閉著眼睛，安安靜靜地做操，沒有人注意到這一幕。

冉碧靈看到陳清歡臉紅地跑出來，笑嘻嘻地揶揄道：「妳笑得像隻偷腥的貓。」

陳清歡害羞地捂住臉，卻阻止不了不斷翹起的嘴角。

保健操的音樂停止後，向霈睜開眼睛，無意識地往旁邊看了一下：「雲哥，你的臉怎麼這麼紅？」

被「調戲」的蕭雲醒揉了揉臉，沒搭腔，可是臉卻越來越紅了。

向霈更在意了，叫聞加和姚思天來看：「脖子好像也紅了。」

「過敏了吧？」

「……」蕭雲醒被三個男人討論著，實在不自在，把臉轉到另一邊看向窗外。

真是個調皮的小丫頭！

月考成績很快就出爐了，向霈對成績單長嘆了半天，看起來萎靡不振，沒想到才剛出了教室一趟後就活蹦亂跳的，坐在座位上看看四周，一臉神祕地開口：「聽說……」

結果沒人理他。

他一臉尷尬，輕咳一聲：「沒人對八卦感興趣嗎？」

聞加和姚思天坐在前面，連頭也沒回，齊聲回答：「沒有！」

蕭雲醒正在研究這次的月考題目，沒空理他。

向霈覺得沒意思，默默地開口：「國中部那個女學霸，方怡，這次月考被陳清歡輾壓，頭一次在人生中拿了第二名。」

聞加和姚思天同時轉過頭，嚇了向霈一跳：「你們兩個是連體嬰嗎？」

聞加和姚思天絲毫不掩飾自己的八卦屬性：「清歡小妹妹原來這麼厲害？」

「上次方怡想激怒她，她都沒放在心上，這次是怎麼了？」

「是啊，雲哥。」向霈壞笑著看向蕭雲醒，「她怎麼了？」

蕭雲醒不驚也不喜。

他也不知道她怎麼了，只知道陳清歡開始去做不喜歡的事情，去記那些答題的技巧，那些地圖，那些年份和人物事件……

蕭雲醒不動如山，慢吞吞地掀開眼簾：「陳清歡想要碾壓誰，連招呼都不會打。」

向霈、聞加和姚思天三個人嘖嘖稱奇，小魔女果然不是普通人物。

與此同時，陳清歡正被冉碧靈頂禮膜拜著。

冉碧靈盯著成績單，來來回回看了無數遍：「陳清歡！妳開外掛了？」

陳清歡慵懶地打了個哈欠：「雲醒哥哥就是我的外掛啊。」

冉碧靈覺得不可思議：「妳到底是吃了什麼才能考這麼高的？快告訴我！」

聽到她問，陳清歡把手中的零食遞過去：「吃了小饅頭，妳要嗎？」

冉碧靈接過後塞進嘴裡，咬了兩口後含糊不清地問：「上次方怡跟妳宣戰，妳幹嘛不好好考？妳明明可以考第一名的。」

自從褚嘉許的事情結束後，陳清歡就非常看不起方怡的人品，偶然提起，話裡話外都充滿著嘲諷。

陳清歡輕嗤一聲：「別人宣戰我就要考好？我可沒那種閒工夫呢。」

冉碧靈好奇：「那妳現在怎麼有這個閒工夫了？」

陳清歡的眼睛為之一亮，也不吃零食了，拍拍手一本正經地問：「從今以後，我是不是就成為國中部的女學霸了？別人是不是就會把我和雲醒哥哥的名字放在一起了？」

冉碧靈皮笑肉不笑地說：「……原來是這樣，蕭雲醒這種毒，我看妳是解不了了。」

陳清歡不以為意：「妳還沒回答我呢。」

冉碧靈搖搖頭：「只有這一次還不夠，以後每次考試，妳都考第一名才行！」

陳清歡聽後，摸著下巴若有所思。

午休時間，冉碧靈從外面回到教室，對陳清歡開始八卦：「聽說成績出來後，方怡看到自己考了第二名，直接趴在桌子上哭了，哭了一整個上午。」

陳清歡睡眼惺忪地打著哈欠：「這有什麼好哭的？」

冉碧靈剛想跟她解釋方怡的輝煌歷史，就聽到她嘟囔了一句：「那她可能要哭到畢業了。」

她睜大雙眼，不可思議地看著趴在那裡的某人，心想：她應該是在說夢話吧？

第八章　藏都藏不住，叫喜歡

方怡似乎哭了很久，雙眼紅腫得像顆桃子，一見面就問：「妳是不是作弊了？」

陳清歡懶得理她。

倡狂！

擦著她的肩膀走過，嘴裡還慢悠悠地唱著：「無敵是多麼，多麼寂寞……」

拋下一句揚長而去，囂張得一塌糊塗。

沒想到下午第一節課下課，就有人叫她去訓導處一趟。

陳清歡剛準備進門的時候，方怡剛好從裡面走出來，兩人的視線一觸即離，誰都沒有開口說話。

只是方怡的眼底明顯帶著得意。

陳清歡也納悶，她有什麼好得意的？

進了門，訓導主任笑呵呵地讓她坐下後，便開門見山地問：「真的沒作弊？」

陳清歡眨著雙眼，一臉無辜地看著他。

訓導主任改變策略，從桌上拿出一疊考卷：「老師也不是不相信妳，這樣吧，由我來監考，妳現在當著我的面再把這次的考卷做一遍。」

陳清歡噗哧一笑：「不如這樣，我不監考，讓你作弊，你把這些考卷做一遍，看看能得多少分。」

訓導主任斂起笑容：「有人向學校反映妳的成績有問題，方怡的爸爸是教育局局長，學校也不好包庇妳……」

「哦，靠爸啊？」陳清歡看向一旁的年級主任，好心提醒一句，「您這個樣子，我們家老陳會很不開心的。」

年級主任也不和她廢話，現在的孩子嬌貴得很，打不得罵不得，只能讓家長自己教育。他板著臉指指桌上的電話：「打電話叫妳家長來一趟！」

陳清歡站起身來，不慌不忙地走過去打給陳慕白。

陳慕白看到是陌生來電根本不想接，沒想到在鬼使神差之下還是接了。他還沒開口，就聽到陳清歡迫不及待地問：「爸爸，你和教育局局長誰比較厲害？」

陳慕白一愣：『是寶貝女兒啊，怎麼這麼問？』

陳清歡理所當然地甩出答案：「靠爸取勝啊！」

陳慕白忽然異常興奮，露出摩拳擦掌且躍躍欲試的模樣，讓身旁彙報工作的下屬格外驚訝。

他等了十幾年終於等到了這一刻，直接取消會議，拿著手機往外走：『我馬上到學校。』

楊澤延也收到了消息，急匆匆地跑到年級主任的辦公室找她，沒想到卻看到陳清歡老實地站在門口：「妳怎麼站在這裡？」

陳清歡仰頭看他：「訓導主任叫我在這裡等我爸爸，順便罰站。」

平時看起來極好說話的人卻非常護短。我都還沒懲罰過自己的學生，你憑什麼？

他擼起袖子走進訓導處，前腳才剛踏進去，後腳蕭雲醒也到了。

陳清歡一看到他就沒了骨頭，軟趴趴地靠在他身上耍懶，也不見委屈，只是問他：「雲醒哥哥，你怎麼來了？」

蕭雲醒任由她靠著，也沒問她被罰站的原因，只是回答她的疑問：「妳同學來找我，說妳被訓導主任叫去一節課都還沒回去，我就來看看妳。」

一個不問，一個也沒說，兩人只是靜靜地靠在一起，聽著訓導處傳來的吵架聲。

沒想到楊澤延這麼硬氣，罵起人來毫不留情。

年級主任拍著他的肩膀：「只是了解一下情況而已，等事情解決後就讓她回去上課。」

楊澤延指指門口：「了解情況就了解情況，為什麼要讓她罰站？」

年級主任的年紀也不小了，被他質問後有些下不了臺：「她不說實話，我當然要罰她！」

楊澤延也急了：「你為什麼一口咬定她作弊？我的班就不能出個年級第一？你是不是針對我？看我不順眼你就直說！」

「你這是什麼態度？完全沒有班導的樣子！」

「我什麼態度？都老大不小了，還為難人家一個小女孩，你難道就有年級主任的樣子？」

當兩人還在爭吵時，陳慕白不知道什麼時候來的，也沒說話，靜靜地坐在旁邊的沙發上聽著。只是臉上的表情似笑非笑，著實有些微妙。

正當兩人吵得如火如荼，陳慕白聽得如痴如醉時，校長也匆匆趕來了。從遠處就看到走廊上一高一矮的兩道身影，走近了才看清。

他認識蕭雲醒，至於那個女孩……大概就是陳家的孩子吧？

兩個孩子看到他，規規矩矩地問好。

他嘆了口氣：「都回去上課吧。」

陳清歡搖搖頭：「不行。大叔，年級主任要我站在這裡等他。」

校長想著辦公室裡的那尊大佛，還不知道該怎麼送走他，都快哭了：「那個大叔……我等等會教訓他，蕭雲醒，你快帶她離開吧。」

校長說完後，硬著頭皮走進訓導處。

陳慕白終於看到熟人，笑著打招呼：「李校長啊，來來來，看看我家小朋友的考試成績。」說完後把一張成績單遞給他。

李校長早已了解情況，還是裝模作樣地看了一眼：「考了第一名啊，厲害厲害，不愧是陳家的孩子。」

「確實不錯。」陳慕白的笑意驟然褪去，眼底漸漸浮現出一抹陰鬱，似笑非笑地開口，「可是有人說她作弊。你說，我陳慕白的女兒，用得著作弊嗎？」

李校長瞥了訓導主任一眼，恨不得掐死他，又賠笑著解釋：「他們搞錯了。」

陳慕白擺擺手：「這不是重點，重點是，別人竟然以為我女兒靠爸會拚不過別人，這不是瞧不起我嗎？」

校長真的要哭出來了，誰敢看不起你啊……

他倒了杯茶給陳慕白：「他們不知道陳清歡同學是您女兒，如果知道，肯定不敢這麼幹。」

陳慕白聽得直皺眉：「如果是別人的女兒，就敢這麼幹？」

「……」校長決定還是閉嘴好了，說一句回一句，閉嘴大概就不會錯了吧？

自從陳慕白當了父親後，在處理子女的問題時，手段柔和了許多。眼看校長的臉色實在難看，他露出一抹「看似一切都好商量」的微笑：「我也沒什麼要求，只希望校長一視同仁就好。別人考第一就可以，怎麼我女兒考第一就是作弊呢？您說是吧。我女兒從小到大還沒受過這種委屈呢，這還是頭一次啊！我女兒還小，這得給她造成多大的心理創傷？」

校長被他訓得無地自容，聽到最後立刻心領神會，抽著眼角對訓導主任使眼色。訓導主任也隱約察覺到自己捅了大簍子，不敢多話，和顏悅色地順著他的話接下去：「是是是，都是學校失職。」

後來這場「作弊風波」，在訓導主任單方面向陳清歡賠禮道歉後落幕。

直到送走了那尊大佛，李校長才鬆了口氣，癱坐在一旁的沙發上。

訓導主任這才湊過去問：「校長，他是誰啊？」

「他？」李校長若有所思。

當年那個慕少，如今是陳家的掌門人陳三爺，是個神……經病一樣的人物，總之不要招惹就對了。

兩人離開後，誰也沒提回去上課的事情，就在校園裡面閒晃。走著走著，剛好走到了教學大樓下的成績公布欄前。

所有年級的成績單皆用紅底黑字謄寫，貼了整整一面牆。

陳清歡仰頭看著密密麻麻的名字，各科分數，總成績，以及第一排的人名，她和蕭雲醒之間隔著兩個名字，國三和高一的年級第一。

如果她再努力一下，是不是就可以和他並列了？

她知道蕭雲醒為了等她，所以過去沒有選擇跳級，因此這次換她努力跟上他的腳步。

蕭雲醒在她身後站了許久，覺得她難得也有這麼安靜的時候。

陳清歡忽然轉過身，歪著頭一臉得意地問他：「我很棒嗎？」

蕭雲醒勾唇點頭：「棒。」

下一秒，陳清歡換上一副哀怨的表情：「那你怎麼都不誇獎我呢？」

後來他主動上前摸摸她的腦袋，笑著誇她：「小丫頭挺厲害的啊。」

小女孩的神色瞬間眉飛色舞，她撲進他懷裡摟住他的腰，埋在他的胸口信誓旦旦道：「為了你，我以後會好好讀書，變得和你一樣厲害！」

蕭雲醒垂眸看著她。

她的個性和陳慕白一樣隨性散漫，有些事情她不是做不到，是不想要。陳清歡的世界格外簡單，只有想要或者不想要。

他把雙手搭在她的肩膀上緩聲開口：「不要為了別人，而是要為了以後的自己。妳還小，不知道以後會變成什麼樣子。所以當妳看到了一個影子，妳會覺得他很好，想成為像他一樣的人，但那個影子終歸只是激勵妳的目標，所有成功的軌跡和模樣都是不可複製的，妳追的時間越久，越會發現你們無法完美貼合，慢慢的妳有了主見，知道自己到底想成為什麼樣的人，當年的那個影子只是一個正向的引導，在前方不斷提醒妳可以去努力變成更好的人，而妳最終會成為自己最理想的樣子。」

那時候的陳清歡或許還不明白，不過再過幾年，當她站在某個研究所的門口等待蕭雲醒時，想著她為了追隨蕭雲醒的腳步，學了不少華麗又實用的技能後回頭一看，才發現已經走了這麼遠。不是為了誰，是為了她自己，為了能成為足以與蕭雲醒並肩的人。

人格健全，精神富足，一顆善良又積極的心，做想做的事，成為想成為的人，而不是變成別人期望下的產物，要由內而外散發出光芒萬丈的氣勢。

這些都是蕭雲醒教她的。

陳清歡趴在他胸前，仰著頭略帶迷惑地看著他。

蕭雲醒沒再多說什麼，拍拍她：「走了，回去上課了。」說完後鬆開她轉身往前走。

走了幾步後卻發現她沒跟上來，於是轉頭叫她一聲。

陳清歡回神後小跑著跟上去，努力把手塞到他的手心裡，這才覺得安心，眉眼微彎地對他笑。

他一直走在她的身前，牽著她一路走來，從未放手。

我在妳身前等妳，或許這就是蕭雲醒對她的承諾。雖然從未說出口卻一直堅持著。

不多不少，他一直領先她半步，時而刻意放慢腳步等她，不會領先太多、離她太遠。她追隨了這麼多年，一轉身才發現已經走了這麼遠。

待蕭雲醒回去的時候，自習課已經快要結束了。向霈靠過來壓低聲音跟他彙報：「剛剛下課的時候，那個方怡來找你，我猜她等等還會過來。」

蕭雲醒的記性不太好，面帶疑惑地問道：「方怡是誰？」

向霈澈底服氣了，憐香惜玉的心思又起，可以預測到方大美女等等的下場肯定很慘。

下課後，方怡果然又來了。她站在教室門口，和坐在門口的同學說了幾句話。

那個男生立刻轉頭看向蕭雲醒的位子：「雲哥，有美女找你！」

蕭雲醒漫不經心地抬眸看她一眼，回答那個男生：「我不認識她，找錯人了。」

沒想到方怡不肯善罷干休，還罕見地厚著臉皮，用清揚的聲音叫了蕭雲醒的全名，看起來只要蕭雲醒不出來，她就不離開。

蕭雲醒蹙眉，快速走出教室，面無表情地站在方怡面前看都沒看她：「什麼事？」

方怡不介意他的冷淡：「你可以不喜歡我，但我也要讓你知道陳清歡是什麼樣的人。」

蕭雲醒覺得無比好笑，陳清歡是什麼樣的人，需要別人來告訴他？

他倒想看看方怡能說出什麼，於是問她：「她是什麼樣的人？」

方怡一副胸有成竹的模樣：「你知道她這次月考作弊的事情嗎？我們學校的考試風氣一向很好，她這種人到底怎麼轉進來的，學校也不怕被她壞了名聲！」

「妳怎麼知道她作弊？」

「她不作弊能考第一？」

方怡的自信讓她自己覺得，如果論天賦和努力的話，沒人可以比她厲害！

自信得不可理喻。

蕭雲醒忽然沉默了，深深地看了她一眼，目光裡帶著微微涼意，然後頭也不回地回到教室。

「蕭雲醒！」方怡攔住他，「這樣的人值得你喜歡？」

蕭雲醒側身避開她，懶得再多看她一眼：「難道我要喜歡妳這種人？」

方怡看著他的側臉後愣住了。

她仰慕蕭雲醒這麼久，從未和他有過這麼長的對話，但他的臉上、眼底，還有語氣裡都帶著淡淡的鄙夷。

她不懂，她到底哪裡做錯了？

蕭雲醒澈底無視她，剛想踏進教室，餘光就看到一個熟悉的身影，腳尖一轉，換了方向走過去。

陳清歡很是疑惑，今天到底是什麼日子，怎麼老是看到方怡。

等蕭雲醒走到她面前，她才不高興地問：「她來幹什麼？」

蕭雲醒捏住她微微鼓起的臉頰：「不知道，盡說一些莫名其妙的話。」

陳清歡一聽就急了，拉住他捏著自己的手：「你跟她說話了？」

蕭雲醒順勢捏了捏她的手：「嗯，就說了兩句。」

陳清歡眼底的霸道和忌妒絲毫不加掩飾：「下次不准理她！一句都不能說！」

蕭雲醒笑著點頭：「好。」

偷聽完整場的向霈、聞加和姚思天紛紛感嘆。

「家教真嚴啊……」

「雲哥怎麼都不反抗啊……」

「真沒想到雲哥竟然是個抖M啊……」

陳清歡看他這麼好說話，反倒有些懊惱，拉著他的手小心翼翼地問：「你是不是覺得我很幼稚，還很小心眼，是個不折不扣的討厭鬼？」

偷聽三人組不約而同地點頭：「嗯嗯！」

蕭雲醒只是輕笑了一聲：「妳每天漂漂亮亮、開開心心的就好，別想太多，會很累的。」

陳清歡紅著臉笑了出來。

哄好了小醋桶後，蕭雲醒才問：「找我有事嗎？」

陳清歡這才想起正事：「我來跟你說一聲，我爸爸說我們今天放學一起回家，他可以順路送你。」

蕭雲醒大概猜到陳慕白的用意，自知他一出手向來奢華浮誇，委婉地拒絕：「我還有事，會晚點離開學校，不用等我沒關係。」

陳清歡也沒多說什麼，趕在上課前回到了教室，也沒管方怡是什麼時候離開的。

放學時間是人流量最大的時候。陳慕白給足女兒面子，黑色轎車堵在學校門口最好的位置，幾個黑衣保鏢一字排開，看到陳清歡的身影後立刻彎腰行禮：「大小姐！」

陳清歡嚇了一跳，看到後座上的陳慕白時，露出了無奈的表情，捂住臉想假裝不認識他。

和陳清歡結伴走出學校的冉碧靈一臉驚奇：「喲，有錢人啊！」

陳清歡瞥了圍觀的人群一眼，無言以對。

冉碧靈比她還興奮，拉著她興高采烈地說：「妳爸還蠻合我胃口的嘛。這樣看來，方怡的爸爸根本不算什麼，看他們還敢不敢欺負妳！」

陳清歡一臉奇怪地盯著她看：「幹嘛，妳想做我的小媽啊？我跟妳說，千萬別想啊，正宮娘娘顧女士很厲害的！妳絕對鬥不過她。」

「討厭！」冉碧靈被她氣笑，「我就說嘛，就妳這身氣度，家裡沒礦的話是養不出來的。快走吧，明天見！」

陳清歡不情不願地爬上車，嘴裡還在嘀咕：「但我家真的沒有礦啊……」

陳慕白此等「撐腰」方式簡單粗暴，雖然有點浮誇，但最大的好處就是再也沒人敢算計陳清歡了。

或許是天氣太熱了，進入六月後，陳清歡明顯暴躁許多。

前段時間還致力於多吃多長的女兒忽然食欲不振，陳慕白在餐桌上逗她：「長公主，最近在學校有沒有發生好玩的事情啊？」

陳清歡拿著筷子，無精打采地戳著碗裡的米飯，一開口破壞力就極強：「你沒上過學嗎？上學能發生什麼好玩的事情，你以為是去遊樂園玩啊？」

「……」陳慕白瞬間被炸飛，轉頭跟顧九思小聲交流，「妳女兒最近火氣比較大。」

陳清歡聽到後更不悅了：「怎麼了？只不過是青春期的躁動而已。」

「國際數學奧林匹亞比賽下個月就開始了，蕭雲醒去參加集訓，這個月大概都不會回來。到時候又要去參加比賽，也不知道什麼時候會回來，你說，你女兒暴不暴躁？」

陳慕白頻頻點頭：「怪不得……」

在盛夏最炎熱的時候，學校迎來了期末考。

沒想到本該在集訓的蕭雲醒，竟然特地請假回來參加考試。

連一向大大咧咧的冉碧靈，都分秒必爭地抱著課本複習，時不時還會抱著陳清歡的大腿，美其名曰蹭一蹭仙氣，畢竟這次期末考的成績攸關她今年暑假時的家庭地位。

隨著期末考臨近，陳清歡倒是有些悶悶不樂。

冉碧靈觀察她好幾天了：「怎麼了？蕭雲醒都請假回來看妳了，妳還不高興？」

「他是回來考試的，又不是為了來看我的。」

「大小姐，他考這個期末考有何意義啊？還不是為了回來看妳！」

「應該吧。」

「因為期末考，所以緊張？」

陳清歡搖搖頭：「考完試就要放暑假了，放暑假的話我就不能天天見到雲醒哥哥了。」

冉碧靈實在無法理解她。

陳清歡趴在桌子上歪頭問她：「如果讓妳在『放暑假』和『天天和褚嘉許見面』做選擇，妳選哪個？」

冉碧靈毫不猶豫地給出答案：「當然選放暑假啊！這有什麼好猶豫的？吃吃喝喝的日子最爽了！」

陳清歡嘆了口氣：「褚嘉許好可憐……」

即便陳清歡再不情願，期末考還是如期舉行了。

最後一節課考物理，考試才剛開始沒多久，天空就開始閃電打雷，滾了好幾個轟隆隆的響雷後瞬間下起傾盆大雨。

考生們一副愁眉苦臉的模樣，肯定是物理考試太難，連老天爺都看不下去了！

唯獨陳清歡握著筆笑得頗為欣慰。真不枉費她連三天都帶著一把巨大無比的雨傘啊！天氣預報說最近有暴雨，果然是真的！

學校不允許提前交卷，她好不容易等到鐘聲響起，第一個上前交卷。

監考老師一邊收卷一邊問她：「題目很簡單嗎？心情這麼好，看妳寫題目的時候一直在笑。」

陳清歡摸了摸嘴角後又笑了一下，惡意滿滿：「簡單啊，超級簡單。」

排在她身後的考生們紛紛表示：陳清歡妳是魔鬼嗎？這些題目哪裡簡單了？

交卷後，一群人堵在教學大樓門口出不去，本來豔陽高照的天氣，沒想到突降暴雨，眾人瞬間措手不及。

蕭雲醒站在角落抬頭望天，這場雨大概還會再下一陣子。

忽然有個女生擠過來，紅著臉將一把雨傘遞給他後小聲說：「學長，我和同學一起走，你用我的傘吧……」

蕭雲醒往旁邊退了幾步，禮貌地回絕：「不用，謝謝。」

女孩被拒絕後臉就更紅了，但周圍人擠人她也沒辦法離開，只能尷尬地站在原地。

陳清歡踮著腳在人群裡跳來跳去，好不容易看到蕭雲醒的身影，她趕緊抱著那把大傘，從反方向千辛萬苦地擠過來：「雲醒哥哥，我有帶傘，我們一起撐吧！」

蕭雲醒聽到她的聲音後轉身，神色自然地往她的方向伸出手。

陳清歡還在人群中掙扎，努力伸手抓住他，讓他把自己拉到身邊。

她這才鬆了口氣，差點要被擠扁了。

她的頭髮在人群中被擠亂了，腦後的馬尾鬆散歪斜，她索性拽下髮圈，低頭看了看左右後，直接套到蕭雲醒的手腕上。

蕭雲醒看著手腕上的小黃鴨髮圈，依舊面無波瀾，抬手替她梳理了頭髮後才接過雨傘：「走吧。」

他面色平靜，神情如常，但圍觀群眾都快炸開了！

蕭大學霸拎著粉色水壺就算了，那小黃鴨髮圈又是怎麼回事？

只見他一手撐傘，一手牽著陳清歡的手走下臺階，在雨中走了幾步後又虛摟著她的肩膀，雨水順著傘脊滑下，滴滴落在他乾淨漂亮的手背上，留下不少水痕，但陳清歡卻連髮絲都被保護得嚴嚴實實。

兩人漸漸消失在雨簾中，圍觀群眾想感慨卻只能無言以對。

陳慕白想到女兒今天剛結束期末考，特地提早買了她最喜歡的甜點回家。

他坐在沙發上看著陳清歡披頭散髮地進門，微微皺眉。

從以前就喜歡幫女兒綁最好看的小辮子的他，在女兒能自力更生後就「失業」了，內心很是失落。於是他調整好心態，轉而致力於買最好看的髮圈給女兒。

但他最近發現，陳清歡的髮圈以肉眼可見的速度在消失。

陳清歡的潔癖比陳慕白還嚴重，看到褲管上的泥濘就忍不了，想要馬上回房間洗澡換衣服，但陳慕白卻叫住她：「妳的髮圈怎麼都不見了？」

陳清歡一臉理所當然：「給雲醒哥哥了啊。」

陳慕白冷哼一聲：「他把頭髮留長了？想要的話不會叫蕭子淵買給他啊？」

陳清歡認真地伸伸手腕解釋：「他可以戴在手腕上啊。」

陳慕白非常嘴賤：「怎麼？要是別的女生忘記帶髮圈，他就可以借給他們用了？」

陳清歡越說越生氣：「當然不是！那是我的！只能給我用！他戴著我的髮圈就是我的人了，髮圈是我的，他也是我的！」

坐在一旁看雜誌的顧九思恍然大悟，現在的小朋友都是這樣宣示主權的嗎？挺別出心裁的。

陳慕白毒舌起來簡直誅心，慢條斯理地插刀：「無所謂，反正他明年就要上大學了，妳又不能天天看著他，誰知道他會不會給別的女生用。」

陳清歡真的火大了，皺著眉瞪他：「爸爸！」

顧九思趕緊讓她去洗澡，轉頭勸陳慕白：「不要老是拿這件事逗她，你又不是不知道她很在意這些，真的會翻臉。」

陳慕白「哼」了一聲，一語不發。

在一旁啃水果的陳清玄還在狀況外，看著姐姐氣勢洶洶地要回房間，立刻表達決心：「小公主姐姐，沒關係的，我有好多零用錢，妳喜歡什麼樣的髮圈我都買給妳！」

陳慕白聽後，惡狠狠地瞪了他一眼，和剛才的陳清歡如出一轍。

結果陳小公子被無情扣了兩個月的零用錢。

期末考結束後暑假即將開始。蕭雲醒也回去繼續參加集訓來為競賽做準備，各科老師則頂著炎炎烈日到學校來批改考卷。

大概是因為學期末，老師也都放鬆下來，一邊改著考卷一邊聊天，聊著聊著，又聊到了學生身上。

雨天的那一幕被太多人看到了，包括監考老師，最後也傳到兩個當事人的班導耳中。

這件事不是祕密，只不過沒人會這麼無聊去告訴老師，丁書盈還是頭一次聽說這個消息，瞬間惱火。

但楊澤延倒是挺平靜的。

他剛端著茶杯走進辦公室，就有人和他八卦。

一班的班導伸著脖子問：「老楊，聽說了嗎，你們班那個長得特別漂亮的小女孩早戀呢！」

楊澤延慢悠悠地坐下，攤開考卷開始批改：「哪個？我們班的小女孩都長得很漂亮。」

整間辦公室的老師大笑起來，笑完後才告訴他：「那個轉學生啊。」

楊澤延筆下一頓，抬頭問：「陳清歡？她和誰早戀啊？」

眾人的八卦之心全被勾起，紛紛參與話題。

「那個小女孩我還見過幾次，眼睛大大亮亮的，跟個洋娃娃似的，非常漂亮！」

「對對對！」

「她早戀的對象到底是誰啊？」

一班的班導馬上回答：「蕭雲醒啊！在高中部特別出名，好多小女孩都喜歡他。」

「我之前在國中部教書的時候還教過他，長得很帥，他們兩個還蠻登對的。」

一群老師在辦公室裡原形畢露，毫無為人師表形象地八卦學生談戀愛。

楊澤延慢悠悠地啜了口茶，這才放下心來：「蕭雲醒啊，還行！起碼說出去有面子！」

其他老師對他翻白眼：「又不是你的小孩，你有什麼面子？」

眾人又笑了，紛紛感慨青春真好。爾後開始討論哪個班的學生長得好看。

話題還沒結束，「親家」就找上門了。

丁書盈連門都沒敲，直接衝進辦公室。

楊澤延抬頭看她一眼，似笑非笑：「稀客啊，怎麼了，來借紅筆嗎？」說完從抽屜裡拿出一支鋼筆放在她面前。

丁書盈看到那支明顯舊了的鋼筆，神色有些不自然，一把推開：「你知不知道蕭雲醒和陳清歡的事？」

丁書盈深吸了口氣後才繼續說：「我聽說他們在早戀。」

楊澤延站起來，邊幫她倒水邊裝傻：「不知道啊，怎麼了？期末考交白卷了？」

楊澤延一副可有可無的樣子：「哦，是嗎？」

丁書盈被他的態度氣到，字正腔圓地回答：「是！」

楊澤延看著她，忽然耍起無賴：「那又如何？丁老師，現在時代不一樣了，別一朝被蛇咬，十年怕草繩。況且，哪條法律規定不準早戀了？」

丁書盈決定好好跟他講道理：「確實不犯法，但會影響成績啊。」

楊澤延不樂意了：「誰影響誰啊？我們班的小女孩可是年級第一，哪裡影響了？」

丁書盈瞪他一眼：「你怎麼這麼多歪理，哪有老師會說這種話啊？」

楊澤延忽然正經起來：「要是我當年遇到像我一樣開明的老師，就不會單身到現在了。」

不曉得這句話背後的涵義是什麼，丁書盈忽然紅了臉：「你……」

楊澤延的歪理一大堆：「再說了，我們班那麼多好孩子，她都沒看上，結果被你們班的小夥子拐走了，我還生氣呢。」說完也不等丁書盈反應，嘰哩呱啦地繼續，「還有，這種事通常都是女孩子較容易受影響，我都還沒去找妳，妳急什麼？」

丁書盈氣急敗壞：「誰說這種事都是女孩比較容易受影響？你當年……」

她忽然頓住，臉上的怒色瞬間消失殆盡，氣勢矮了一大截，眼神閃爍，連看都不敢看他。

楊澤延倒是一副無所謂的樣子：「什麼？」

整間辦公室的老師同時看過來，眼裡的八卦之光熠熠生輝，老師們八卦起來也不比那些學生差。

丁書盈被盯得不自在，一跺腳：「出去說！」

楊澤延跟在丁書盈身後慢悠悠地走出辦公室，留下一群八卦的老師一頭霧水。

「哎，老楊和丁老師是什麼情況啊？」

「誰知道啊，有其他人知道嗎？」

「我之前倒是聽過一個八卦，不過你們聽聽就好，千萬別當著他們兩人的面提起啊！」

「知道了，快說快說。」

「聽說老楊和丁老師以前就是我們學校的，一起從這所學校畢業，還一起上了同一間大學。上了大學後，兩人就看對眼了。不過那個年代比較封閉，兩人的地下戀情很快就被老師發現，最後分手了。老楊很有擔當，一人攬下全責，結果被記過處分。別看老楊現在這副德行，當年也算是個才子，聽說他因為這件事連出國的機會都沒了。學校還把雙方家長叫來，老楊的父母氣到不行，丁老師他們家也是老實人，當面打了丁老師一巴掌。那時候能出國念書也不簡單，丁老師大概一直過意不去，兩人分開後，原本還蠻活潑開朗的她，經過這件事後個性也改變了。畢業後，她到我們學校當老師，而老楊他父母也幫他找了份很好的工作，但他沒去，反而來我們學校。不過兩人跟不認識似的，也沒什麼交流。聽說當年的老楊是個悶葫蘆，反倒老丁有著風風火火的個性。但現在老丁變得文靜了，他倒是跟個老流氓一樣。」

眾人一陣唏噓。

丁書盈走到走廊盡頭，看附近沒人經過，才拍著欄杆質問他：「蕭雲醒馬上就高三了，正是關鍵時期！寒窗苦讀十幾年就為了明年的升學考，要是出問題的話你能負責嗎？」

「負責？對誰負責？」楊澤延上上下下地打量她，「妳嗎？可以啊！帶身分證和戶口名簿了嗎？」

丁書盈一時間沒反應過來：「幹什麼？」

楊澤延笑著開口：「對妳負責啊！不知道戶政事務所今天有沒有營業。」

「你……」

丁老師最後被楊老師成功氣走，接下來的幾天也一直沒出現。

這種平靜一直持續到學生返校領取期末考成績的那天。

一大早，楊澤延還沒進校門，就被丁書盈堵在門口。

她眼底一片青黑，明顯沒有好好休息，說話也有氣無力的：「我還得再和你談談那件事。」

楊澤延無語：「何必為了這件事情失眠？再說了，根本只是捕風捉影的事情，妳親眼看到了？他們幹什麼了？牽手？親嘴？」

丁書盈覺得他不理解自己培養一個天才的心情：「你都一大把年紀了，怎麼還跟流氓一樣耍無賴！」

她話音剛落，就看到蕭雲醒和陳清歡手牽手走進校門。

其實蕭雲醒和陳清歡也不是故意的，事出有因。

蕭雲醒前一天才從國外回來，晚上和陳清歡通電話的時候，她還興高采烈地恭喜他，沒想到今天早上去接她的時候，她竟然還沒起床，而且脾氣特別大。

大概是因為放了假所以生理時鐘亂了。被顧九思強行拉起後，起床氣卻連蕭雲醒都壓制不住。

她苦著一張小臉站在蕭雲醒面前，一副沒睡醒的樣子，還說不想去上學。

蕭雲醒無計可施，眼看快要遲到了，沒辦法好好講理，只能犧牲色相、速戰速決，拉著她的手說：「這麼多天沒見了，我很想妳。」

他從未說過這種話，陳清歡一聽立刻恢復精神，牽著他的手不放，高高興興地去上學了。一直牽到教室門口也捨不得放開。

兩位班導無言地看了半天。

丁書盈一臉冷漠地瞪了楊澤延一眼：「還說不是早戀？這下抓到了吧！」

被現場打臉的楊澤延立刻改口：「早戀怎麼了？我就喜歡看這群小鬼手牽手談戀愛！再說了，牽手又沒什麼大不了的，不過只是牽手而已，難道會懷孕啊？」說完毫無預兆地牽起丁書盈的手，「妳看，我們也牽手了，以後孩子叫我爸爸啊。」

「你……」丁書盈滿臉通紅，想立刻離開現場。

楊澤延拉住她，臉上竟然還掛著笑容：「陳清歡生氣的樣子和年輕時的妳挺像的，像個小砲彈，輕易就把人炸飛。」

丁書盈甩開他的手：「滾！我還是第一次見到像你這樣的老師！不制止就算了，還鼓勵學生早戀！」

楊澤延懶洋洋地晃著手裡的豆漿調侃她：「談戀愛就談戀愛，說什麼早戀。妳這個年紀已經不算早戀了，但有人和妳談戀愛嗎？丁老師，上個月相親又失敗了吧？」

丁書盈氣得想把豆漿潑在他臉上：「你……」

「我怎麼了？」

「我在和你說學生的事情，你幹嘛扯到我身上，這兩者沒關係吧？」

「怎麼會？」楊澤延往她身上一靠，「這樣就有關係了啊。」

一向端莊冷靜的丁書盈仗著沒有學生經過的時候，把高跟鞋跟用力踩到楊澤延的腳背上，然後肇事逃逸。

楊澤延一邊忍痛，一邊豔羨地對著某人的背影喊：「年輕真好啊！我的青春一去不復返了！」

怕氣不死丁書盈，又補了一句，「就算蕭雲醒和陳清歡真的有什麼，也沒做出逾矩的行為啊，只是彼此眼神裡的那種小曖昧，看得讓人心癢癢的。」

丁書盈狠狠地回頭白他一眼，然後怒氣沖沖地走了。

楊澤延也沒去追，背著手哼著歌地走進學校。

楊澤延想了一整個上午，覺得作為班導還是得和陳清歡談談。他趁各科小老師發試卷的時間，把陳清歡叫到教室外的走廊上。

他也沒迂迴，直接問：「聽說妳喜歡蕭雲醒？」

陳清歡非常坦蕩，笑咪咪地點頭承認：「是啊。」

楊澤延一看到這副模樣就知道沒戲了。於是擺出老父親的姿態語重心長地囑咐：「妳要擦亮眼睛啊，好好觀察，不要因為那個臭小子送妳幾朵花就被他騙走了。」

陳清歡有些莫名：「他沒送過花啊。」

「連花都不送？社會真的變了……」楊澤延念叨半天，還是不死心地問了一句，「妳真的看不上我們班的其他男生啊？」

陳清歡一時搞不清狀況，眨了眨眼：「……」

楊澤延嘆了口氣，很是惋惜：「好吧，這件事也不能勉強，回去吧。」

等回到班上後，楊澤延看著那群鬧騰的小鬼們，越想越生氣，使勁罵男生們不爭氣，還說等發完成績單後，讓他們去跑操場。

男生們一頭霧水，誰要在這麼熱的天氣去跑操場啊！

楊澤延之後又問了一句：「我們班還有沒有人在談戀愛的啊？」

敏感話題一出，下面就安靜了，紛紛搖頭。

沒想到楊澤延竟然一臉失望，又確認了一遍：「真的沒有？怎麼會沒有呢？我們班的男生不夠帥嗎？女生不夠漂亮嗎？明明看起來都不錯啊。算了，下次做早操的時候，我再好好觀察一下。」

整個班級澈底安靜，互看彼此，完全搞不懂楊澤延受到什麼刺激。

楊澤延拍拍手：「好了，不說這個了，我等等會把成績單和排名發給你們，你們自己看一下，等下午家長會開始時，我會和你們的父母討論成績，你們現在把教室內外打掃一遍，由衛生股長分工，我等等會來檢查，如果沒問題，等爸媽們到教室後你們就可以離開了。最重要的是，一定要記得把作業完成！」

領完成績單後，長達兩個月的暑假正式開始，眾人一陣歡呼，開始各忙各的。

只有陳清歡還是一副昏昏欲睡的樣子，她把各科考卷當作枕頭，壓在手臂下睡覺。

冉碧靈費力地拉出她的考卷幫她算分：「手臂抬起來，妳把這張考卷的成績遮住了。」

陳清歡不情願地挪動：「妳為什麼這麼積極？」

冉碧靈一臉義憤填膺：「我幫妳算妳的總分啊，千萬不能比方怡低！我跟妳說，我剛才去廁所的時候，看到方怡和他們班的女生當著我的面得意地笑著，妳要狠狠打臉他們！」

陳清歡懶懶地打了個哈欠：「別算了，成績單等等就會公布了。」

冉碧靈等不了了，算完陳清歡的總成績後又跑去打聽方怡的總分，對此非常上心。

當楊澤延正坐在辦公室裡看成績單時，丁書盈又來找他。

楊澤延瞄她一眼：「幹什麼？又來吵架啊？」

丁書盈有些不耐煩：「不是，我只是來問陳清歡這次考了第幾名而已。」

楊澤延晃了晃手裡的成績單：「第一！」

丁書盈被晃得頭昏眼花，抬手揮開：「我是問年級排名！」

楊澤延頗為驕傲：「也是第一！比二班的方怡多了整整五分！」

丁書盈本來以為陳清歡會退步，都已經想好了措辭，沒想到事與願違，有些自暴自棄：「才五分，你的學生也沒有很厲害嘛。」

楊澤延護短：「妳的學生有比較厲害嗎？連花都不送，就把我們班的小女孩拐走了！」

丁書盈不小心被他帶入坑裡，幸好現在辦公室沒有別人，她索性放開和他吵：「談戀愛必須送花嗎？你當年也沒有送過我花啊！」

楊澤延回嘴：「我……我今天就送！妳給我等著！」

兩人直接偏離主題，由學生矛盾吵到私人恩怨，最後不歡而散。

丁書盈走後，楊澤延直奔教室，囑咐班長等等打掃完教室後讓班上學生別亂跑，召集他們到教室自習，而他卻徑直走出校門，不知道要去哪裡。

班長一邊發著成績單，一邊聽同學抱怨。

「班長，期末考都結束了，為什麼還要自習啊？」

「就是說啊！」

「……」班長也搞不清楚狀況，只能苦著臉安撫他們：「你們就坐在座位上玩，不要亂跑也不要講話。」

有人抗議：「還不允許講話？那我們要幹什麼啊？」

班長也覺得不合理，小聲改口：「那你們說話小聲一點。」

冉碧靈拿到成績單後，先略過自己的成績，盯著排名最前端的兩個名字，雙眼放光，嘴裡還念念有詞：「長公主，妳可真爭氣啊！」

陳清歡被埋在一堆試卷底下，正睡得昏天黑地，直到被教室裡的吵鬧聲吵醒才揉著眼睛接過成績單。她看了幾眼之後，心不在焉地誇冉碧靈：「妳比上次進步這麼多，妳媽媽應該不會罵妳了。」

「是嗎？我都沒注意。」冉碧靈看了自己的成績一眼，繼而歡呼，「真的耶，我終於可以過個清淨的暑假了！」

陳清歡指著堆滿桌的空白試卷問：「這是什麼東西？」

冉碧靈的興奮感退散：「暑假作業！整整五十五張！平均一天要寫一張！妳說，這是不是太過份了？」

陳清歡撐著額頭，一臉無所謂：「反正我也不會寫。」

冉碧靈沒那麼大膽，和她商量著：「這樣好了，我們各寫一半，之後再互相抄一下，怎麼樣？」

陳清歡搖頭：「不要。」

「那我吃虧一點！」冉碧靈咬牙，「我寫三十張，妳寫二十五張，如何？」

陳清歡幫她出主意：「妳去找褚嘉許，把這些話跟他說一遍，他絕對會同意。即便妳叫他把全部寫完再借妳抄，他也會同意。」

冉碧靈思忖著：「對耶！還是妳聰明！等我抄完之後再拿來給妳抄！」

陳清歡還是搖頭：「我不抄。」

「妳會被罰站的！」

「那就罰站吧！」

此時的楊老師正帶著一束花，雄糾糾氣昂昂地去了高中部。

那模樣不像是要去送花，倒像是去幹架。

站在講臺上的丁書盈，從遠遠的地方就看到一道身影朝她直衝而來，下一秒，懷裡瞬間多出一束花。

教室裡安靜了幾秒後，坐在底下的學生就開始起哄，口哨聲此起彼伏。

丁書盈看看花，又看看那人，然後看看底下的學生，心裡卻想著：幸好家長們還沒來，不然她真不知道該如何面對這樣的場合。

楊澤延臉皮也厚，絲毫沒被起哄聲影響，字正腔圓地開口：「我說到做到了，這下妳沒話說了吧？」說完也不等她回答，直接轉身離開。

丁書盈像抱了個炸彈一樣，被楊澤延這麼一鬧，形象一落千丈，也不好意思再多說什麼，紅著臉提前下課，讓學生們去吃飯。

她抱著花剛走出教室，就碰到來找蕭雲醒的陳清歡。

陳清歡乖巧地問好：「老師好！」

丁書盈看著她一時無言，照她以往的脾氣，無論如何都得拉住陳清歡說教一番。如今卻在她身上看到了曾經的自己。

陳清歡大概沒有意識到，但丁書盈看見了，她的臉上帶著雀躍的微笑，眼底滿是細碎的光芒。

丁書盈曾經也有過。

那藏都藏不住，名為「喜歡」的光芒。

半晌，她才回過神看了陳清歡一眼，和她打了聲招呼後快步離開了。

第九章　夏日的怦然心動

陳清歡和蕭雲醒剛吃完午餐，就在校門口碰到來開家長會的陳慕白。

他提早了好幾個小時到學校，還美其名曰：「這是從妳轉學之後，爸爸第一次參加的家長會，當然要重視，不能遲到！」

陳清歡無可奈何地跟蕭雲醒道別，帶陳慕白去了教室。

教室裡的楊澤延還在做準備工作，看到陳清歡的家長後直接避開陳清歡，隱晦地跟陳慕白提及早戀的事情。

陳慕白不用多想就知道對方是誰，當即掏出手機對蕭子淵下戰帖。

『家長會結束後別走！操場見！』

另一邊，蕭子淵聽到兒子早戀的消息時頗為平靜，靜靜地坐在座位上看著丁書盈，等待她的下文。

丁書盈越發覺得蕭雲醒的父親氣勢迫人，尷尬地笑著解釋：「其實雲醒挺讓人放心的，也沒影響成績，聽說他還是 IMO 滿分金牌得主，我只是知會您一聲，早戀什麼的……」

丁書盈本想說「早戀對蕭雲醒來說，也沒什麼大不了的」，沒想到蕭子淵竟然問道：「和誰？」

丁書盈一愣，也不管蕭子淵知不知道陳清歡，便供出她的名字：「陳清歡。」

「和陳清歡啊。」蕭子淵聽到這個名字後，竟然有種鬆了口氣的感覺，繼而又補充一句，「和陳清歡的話，不算早戀。」

他只怕聽到的不是陳清歡的名字，否則他的夫人肯定會要他打斷蕭雲醒的腿。

待蕭子淵看到陳慕白的簡訊，就澈底放心了。

家長會結束後，蕭子淵如約到了學校操場，等了一會兒才看到陳慕白來勢洶洶的身影。

陳慕白冷哼一聲：「都是你兒子！城府那麼深，近墨者黑，帶壞我女兒！」

蕭子淵實在不敢苟同這點。不是他護短，只因陳慕白的強勢在基因上體現得淋漓盡致，陳清歡無論是容貌還是脾氣，都酷似其父，哪需要他兒子來帶壞？

但陳慕白還不自知：「我女兒又乖又聽話，清純可愛、溫柔善良，人美心善的小寶貝，跟我一樣可靠，怎麼會早戀！」

蕭子淵懶得說他，瞅他一眼：「也不看看自己年輕時的那副德行，當年那個風流邪惡的慕少，難道被時間沖走了嗎？」

陳慕白年輕的時候確實荒唐過，所以在面對目睹那段歲月的蕭子淵時，還是有些心虛的。

陳慕白輕咳一聲，聲音不自覺低下去：「那也不能早戀……」

蕭子淵一臉雲淡風輕：「你只是沒早戀，所以忌妒吧？」

陳慕白直接被制伏。

所謂秒殺，當即如此。

當天下午，所有人都知道國中部新晉學霸的父親，和高中部學神的父親，在家長會後在操場幹架。

原因不詳，過程不詳，結果不詳。

諸位目擊者對兩位父親的顏值給予高度肯定，果然歲月從不敗美人，這種道行的男人是沒有歲數的。

學校規定家長會開始後，學生們就可以回去了。

陳清歡不想回家，拉著蕭雲醒陪她去逛街。

走進一家店的時候，陳清歡看中一組情侶款的奶黃色抱枕，雖然她想買，但知道蕭雲醒肯定不會用，於是開始猶豫。

要離開的時候，貨架上的抱枕忽然掉到地上，陳清歡依依不捨地看著那個抱枕：「雲醒哥哥你看！好可愛啊，它掉在我面前肯定是想叫我買它！要不然……我們就買了吧？」

蕭雲醒聽到她這個藉口後無奈地笑了。

只要她的髮絲一顫，他就知道她在想什麼，索性如她所願地說下去。

他輕輕點頭：「買吧，挺好看的。」

陳清歡的眼底滿是驚喜：「真的嗎！」

「嗯。」

「但這是一對的，我們不可以拆散它們，兩個都要買！」

「好。」

「可是兩個太多了，我們一人一個吧？」

「可以。」

「真的？」

「真的。」

陳清歡擔心蕭雲醒反悔，火速抱起兩個抱枕衝向收銀檯。

蕭雲醒把陳清歡送回去後，抱著一個奶黃色的可愛抱枕回家，和他高冷疏離的氣質產生強烈對比。

一聽到進門聲，坐在沙發上的隨憶和蕭子淵同時回頭，看到這一幕後迅速對視一眼，卻假裝什麼都沒看到，把視線重新放回電視上。

蕭雲醒也沒解釋，回到房間後直接撲到床上，把整張臉埋進抱枕裡。

他笑嘻嘻地抱了一路，上面還殘存她留下的清甜氣息。

過了許久，他才長長地嘆了口氣，笑著喟嘆道：「陳清歡啊……」

漫長的暑假正式開始，每天都豔陽高照，天氣也越來越熱，陳清歡躲在家裡懶得出門。即便冉碧靈叫她出去玩，她也幾乎回絕。

某天，陳慕白看著宅在家裡的女兒晝夜顛倒、精神不振，便建議她：「妳弟弟跟著夏令營隊去歐洲玩了，妳想不想去？」

陳清歡張了張嘴，本想說邀請蕭雲醒一起去，卻忽然想起他開學就要升上高三了，暑假有輔導課，便興致缺缺地搖搖頭：「天氣太熱了，不想去，會曬黑的。況且我之前和雲醒哥哥都去過了，沒什麼意思。」

陳慕白聽她張口閉口都是雲醒哥哥，瞬間火大。他不懂蕭子淵的大兒子到底哪裡好了？他開始說氣話：「妳乾脆搬去他們家住好了！」

此話一出，原本百無聊賴地趴在沙發上的陳清歡猛地跳起身，眼睛發亮：「可以嗎？」

以前每逢長假，她就會去蕭家住幾天，但不知道從什麼時候開始就沒再去了，大概是她和蕭雲醒都長大了，需要避嫌。

沒想到陳清歡居然會把陳慕白的氣話當真，他愣在原地，看著女兒滿眼期待地盯著他，忽然騎虎難下。

坐在一旁看書的顧九思完全沒有要解圍的意思，彷彿不存在，好似想讓陳慕白自生自滅。陳慕白深吸一口氣後決定自力更生，對陳清歡肯定地點點頭，於是打了通電話給蕭子淵。

在表達他和顧九思都要出差，不放心讓陳清歡一個人待在家後，蕭氏夫婦隨即表示可以幫忙照顧陳清歡。

這個主意正中陳慕白下懷，他毫不客氣地表示會盡快把陳清歡送過去。

掛斷電話，陳慕白對雙眸冒光的陳清歡點了點頭，陳清歡立刻雀躍地去收拾行李了。

陳慕白忽然覺得，一句話就秒殺他的蕭子淵似乎也沒那麼差勁。能讓陳清歡早起的唯一動力，大概就是去蕭家玩了。要不是顧九思攔著她，她昨晚就想連夜投奔蕭雲醒了。

好不容易等到天亮，她一大早就已經收拾好行李出門了。

陳慕白和顧九思起床後，只看到她留在桌上的字條。

陳慕白怕顧九思又嫌棄女兒沒規矩，一大早就去打擾別人，笑著幫自己的女兒貼金：「孩子真的長大了，都知道要跟父母交代自己去哪裡了。」

顧九思看他一眼，像是在看一個傻子。

陳清歡抵達蕭家的時候，蕭子淵和隨憶都去上班了。

蕭雲醒才剛起床，穿著T恤和沙灘褲出現在她面前，頭髮扁塌，有種頹然的帥氣，和平時的模樣大相徑庭，陳清歡看著很是新鮮。

蕭雲醒收起打到一半的哈欠，有些錯愕她的出現：「怎麼這麼早來？」

他以為陳清歡要睡到日上三竿才會起床。

陳清歡拉著行李箱進門，眉眼間神采奕奕，絲毫不見起床氣的陰霾，眨著又大又可愛的雙眼：「早點來才能早點玩啊！」

想起陳慕白參加家長會時的情景，不禁感嘆真是有其父必有其女。

陳清歡仰著頭笑咪咪地看著蕭雲醒，一副求撫摸的模樣。

蕭雲醒不自覺地翹起唇角，揉揉她的腦袋：「吃過早餐了嗎？」

陳清歡搖搖頭：「還沒，我一起床就過來了。」

蕭雲醒邊說邊往浴室走，隨口問：「那妳先自己玩一下，我洗完澡就做早餐，妳想吃什麼？」

陳清歡歡呼一聲：「只要是你做的都好！」

一大清早，還未進食的蕭雲醒就感覺自己的血糖正在飆升。

蕭雲醒看著大快朵頤的陳清歡：「別吃撐了。」

陳清歡把嘴塞得滿滿的，還不忘對他笑，鼓著雙頰含糊不清地回答：「沒關係，只要是雲醒哥哥做的我都能吃光！」

蕭雲醒不好意思提醒她，其實她吃的那份是蕭雲亭的。

等陳清歡咽下最後一口後，蕭雲亭才打著哈欠走到餐桌前，然後一頭霧水地看著空盤，不是叫我吃早餐嗎，飯呢？舔盤子？

他帶著疑惑的眼神看向自己的哥哥。

蕭雲醒把頭撇開，假裝沒看見。

陳清歡今天起得太早，吃飽後就有點睏了，沒過多久就趴在蕭雲醒的床上睡著了，還差點打呼。

蕭雲醒坐在書桌前翻著新學期的課本，等他把所有的新書都翻完，陳清歡依舊抱著涼被睡得正香甜，於是他又打開電腦開始上網。

當他再次抬起頭時，陳清歡已經醒了，卻也沒打擾他，安安靜靜地趴在那裡看書。

他出聲叫她：「無聊嗎？要不要出去玩？」

吹著空調，啃著西瓜，躺在床上追劇、看漫畫，再加上旁邊坐著蕭雲醒，簡直就是神仙般的日子，陳清歡滿足到不行，怎麼會無聊？

外面？外面哪有雲醒哥哥的床上好玩？

她搖了搖睡得亂糟糟的小腦袋：「不要，外面不好玩。」

蕭雲醒從善如流：「那妳想玩什麼？」

陳清歡轉著大眼睛：「要不然……你教我打遊戲吧！」

她從床上爬起後走到桌前，左看看右看看，沒有多餘的椅子，於是直接坐到蕭雲醒的腿上。

夏天本就穿得少，布料輕薄，她的身體又熱又軟，還帶著暖香，只是貼過來幾秒而已，蕭雲醒就覺得熱得發躁。

但她卻沒有自覺，坐在他懷裡扭來扭去地問：「這是什麼遊戲，好不好玩啊？」

蕭雲醒不動聲色地拿起遙控器，調降空調的溫度：「妳先站起來，我再去搬一張椅子。」

「不用搬，這樣就好。」陳清歡不甚在意地往他懷裡擠，「你小時候還抱過我呢！」

兩人正相顧無言時，房門忽然被推開。

「哥，天氣太熱了，我們要不要出去吃個剉冰？」

熱愛甜食的蕭雲亭在推門進來後，看見這一幕也沒有表現出絲毫驚愕，似乎覺得這是理所當然的事情。即便最後被無情拒絕，仍舊淡定地關門離場。

全程冷靜，一氣呵成，頗有大家風範。

反倒只有蕭雲醒像個異類，覺得一切都不太對勁。

蕭雲醒忽然後悔剛才拒絕了蕭雲亭，以他目前的狀態，確實需要吃剉冰來降火。

陳清歡有些莫名，只是不停催促他：「怎麼還不開始？」

蕭雲醒無計可施，只能抱著個不定時炸彈，開始講解遊戲玩法。

這是個古老的卡牌競技遊戲，主要考驗邏輯思維和心算能力，他以為陳清歡沒什麼興趣，沒想到等她熟悉規則後就玩上癮了。她霸占著他的電腦，都快要把他擠到旁邊了。

蕭雲醒歪頭看著她。

此時的陳清歡大概想著：誰要雲醒哥哥？雲醒哥哥哪有遊戲好玩！

陳清歡玩得太入迷，就連蕭雲醒走出房間她都沒發現。

正蹲在冰箱旁翻找冰棒的蕭雲亭起身走了幾步，就從門縫中看到聚精會神地坐在電腦前玩遊戲的陳清歡，接著看向端著水杯坐在沙發上看電視的孤寂背影，躊躇一下後還是問道：「哥，你是不是失寵了？」

失寵的蕭雲醒心情有些複雜。

他剛才應該答應蕭雲亭的提議，這樣不止能避開尷尬，還不用教陳清歡打遊戲；不教她打遊戲，她就不會上癮；她不上癮，他就不會失寵。所以造成這一切的根源就是：蕭雲亭當時沒有堅持。如果他堅持要去，他和陳清歡斷然不會拒絕，就不會有這些後續了。

深思熟慮後，他面無表情地掃了蕭雲亭一眼。

收到死亡凝視的蕭雲亭也不覺得熱了，叼著冰棒迅速逃竄回房間，鎖上房門。

玩了一整天遊戲的陳清歡在新鮮感消散後，還是覺得雲醒哥哥比遊戲好，於是又黏在蕭雲醒身後跟進跟出，像隻跟屁蟲。

陳清歡一連幾天都宅在蕭家吃吃喝喝，眼看都被空調吹傻了，恰好向霈叫蕭雲醒去打籃球，蕭雲醒就拖著她出門逛逛。

自從放假後，向霈還沒見過陳清歡，十幾天不見，他覺得小魔女又變漂亮了，忍不住逗她：「清歡小妹妹，妳怎麼一天到晚都跟著雲哥啊？在學校就算了，都已經放暑假了還這樣，不怕雲哥覺得煩啊？」

陳清歡當真了，凶神惡煞地瞪他：「才不會！雲醒哥哥才不會覺得我煩，只會覺得你煩！」

一旁的蕭雲醒淡笑了一下，助紂為虐的樣子真是討厭。

向霈性格豪放，認識不少別校的人，這次一起打球的就有幾個十三中的學生。

他們在籃球場門口碰到聞加和姚思天，五個人剛說了幾句話，就看到向霈的朋友拍著籃球走過來，身後還跟著兩個女孩，其中一個長得特別漂亮。

向霈吹了聲口哨：「哦？十三中的校花也來啦！」

聞加和姚思天兩人立刻八卦道：「誰啊？」

向霈的神色間盡顯八卦：「秦靚啊，你們不知道嗎？當年一入校，就憑一身極有氣質的京劇扮相和韻味十足的唱腔驚豔全校，一躍成為全校男生的女神，聽說成績不錯，為人也還可以，有顏值、有身段，更兼具情商和智商，追她的人都排到法國了。」

聞加興奮道：「聽你這樣說，你該不會也是其中一員吧？」

「不不不，」向霈趕緊澄清，「她真的不是我的菜，據我分析，她多少占了國粹的光環吧？畢竟京劇這種才藝不常見，而且她從小就開始學，很有兩把刷子。況且這條路不好走，但她都能堅持，可見心性異於常人。」

姚思天推推眼鏡：「清歡小妹妹好像也喜歡京劇。」

向霈點點頭：「同樣都是長得好看的人，志同道合在所難免嘛。」

被蕭雲醒若無其事地看了一眼後，向霈立刻意識到說錯話了，趕緊補救：「雖然大家都長得很好看，但好看的程度不同，清歡小妹妹比她漂亮多了！」

聞加和姚思天捂嘴偷笑。

蕭雲醒似乎對這個補救還算滿意，沒再看他，而陳清歡壓根兒對他們的聊天內容不感興趣。

秦靚這次來，本來只是想碰碰運氣，沒想到真的遇見了蕭雲醒。

距離上次看到他的時候，已經過去好幾個月了，不遠處的男生越發眉目明秀，初次見到他的時候，心底便泛起漣漪，如今再見，更是難以忘懷。

向霈過去和他們打招呼，遠遠就看到一群男生跟蒼蠅似地圍著秦靚。

蕭雲醒神色淡然，並沒有湊過去，反而去幫陳清歡買了礦泉水，擦了擦陰涼處的座位，讓她乖乖坐著看。

秦靚不好意思自己開口，讓身旁的孟如曼幫忙詢問，她站在一旁聽著。

孟如曼看到兩校的學生交談熱絡，便趁機跟向霈打聽：「同學，那邊那個男生是不是叫蕭雲醒啊？他旁邊那個女孩跟他是什麼關係？」

穿著白色百褶裙的女孩安安靜靜地坐在那裡，乾淨清純，驚豔一票人，大家也跟著起哄：「對啊，那個小美女是誰啊？」

向霈一眼就看穿她的心思，用餘光掃了秦靚一眼，一本正經地使壞：「陳清歡啊？她是雲哥的妹妹。」

孟如曼想了一下：「陳清歡？蕭雲醒的妹妹怎麼會姓陳？」

向霈胡說八道起來，連眼睛都不眨：「表妹啊。」

孟如曼略帶欣喜地看了秦靚一眼：「這樣啊。」

向霈繼續唬爛：「他們是不是長得很像？」

孟如曼笑著點頭：「像、像。」

一群男生做了簡單的熱身後，很快就上場了。

秦靚拉著孟如曼走到陳清歡旁邊的位子坐下，剛想跟她打招呼，沒想到陳清歡只是一直盯著球場，完全無視忽然出現的兩人。

陳清歡這才歪頭看了兩人一眼，也僅僅是看了一眼而已。

秦靚被眾星捧月慣了，那種高人一等的優越感直接在陳清歡面前消失殆盡。陳清歡明明什麼都沒做，卻只用一個眼神就讓她氣勢消失，甚至從心底冒出一絲自卑。

這種微妙的感覺讓她無精打采，接下來他們一句話都沒說。

向霈在回去的路上得意洋洋地邀功：「雲哥，我今天幫你擋掉了一朵大桃花，你要怎麼謝我？」

蕭雲醒壓根兒不知道他在說什麼。向霈懶得跟他解釋，他相信陳清歡作為女孩，肯定會對情敵感到敏感，絕對知道他在說什麼。

於是轉頭和陳清歡商量：「清歡小妹妹，我幫妳無聲無息地ＫＯ掉一個實力相當強大的情敵，妳到時候要坑人的話，能不能不要考慮我，多考慮聞加和姚思天？」

陳清歡古靈精怪地笑了笑，也沒回應他。

在聽完他這番話後，聞加和姚思天開始追著他打。

過幾天後，陳慕白和顧九思特地帶禮物到蕭家接陳清歡。陳清歡一看到他們，一點也不開心，噘著嘴去收拾行李。

陳慕白看到她捨不得離開的樣子就火大，卻狠不下心對她發火，只能跟顧九思抱怨：「她一天到晚待在蕭家，也不知道要回家，她到底是誰的女兒啊？到底姓陳還是姓蕭？」

陳清歡拖著行李箱出來的時候正好聽到這句，自然地接著說：「當然姓陳啊，我才不要姓蕭。」

陳慕白還來不及高興，她就繼續往下說。

「姓蕭的話，和雲醒哥哥在一起就是亂倫，不行不行。」

看到陳慕白火冒三丈、顧九思不動如山的樣子，蕭家夫妻倆忍俊不禁。

自從蕭雲醒升上高三後，暑假就有輔導課，再過幾天他就要回學校了，陳清歡瞬間討厭起漫長的暑假。

冉碧靈約她出門，兩人挑了一家咖啡廳。

冉碧靈從包包裡掏出一疊試卷給她：「趕快帶回去抄，還有很多人都在排隊等著呢。」

陳清歡單手撐著下巴，興致缺缺地掃了一眼：「不要。」

「為什麼！」

「不想。」

冉碧靈新奇地盯著她看了半天：「妳怎麼看起來這麼憔悴？和蕭雲醒吵架了？說真的，我蠻好奇蕭大神仙會怎麼哄女朋友的……」

陳清歡長嘆口氣：「哪有空吵架啊？他要去學校上輔導課。」

「對耶，高三早就開學了，怪不得妳這麼無精打采的。」

陳清歡趴在桌上哀號：「怎麼還不開學啊！」

冉碧靈瞪她：「再說這話就絕交！我還沒過夠呢！」

冉碧靈悄悄地湊過來：「我等等要和那個傻子去吃火鍋，要不要一起去？」

陳清歡斜她一眼：「約會？你們經常見面嗎？」

「不是！」冉碧靈指著試卷，「我要跟他拿其他的試卷回家抄。」她越說越小聲，「我們也沒有常常見面，放假後也只見了三四五六次吧……」

陳清歡「嘖嘖」了兩聲，揶揄般地看著她。

冉碧靈惱羞成怒：「到底要不要去？」

陳清歡搖頭：「雲醒哥哥今天不用上晚自習，我要去接他。」

冉碧靈繼續說服她：「接到他之後還不是要吃飯，一起吧？」

陳清歡聞到了陰謀的味道：「妳想幹嘛？」

冉碧靈老實交代：「不是我！是那個傻子！他是蕭雲醒的小粉絲，超級無敵崇拜他！」

陳清歡想了一下：「好吧！不過我要先回家換件衣服。」

冉碧靈打量著她：「為什麼要換衣服？現在穿的這件就不錯啊。」

一提到蕭雲醒，陳清歡滿面春風、眉飛色舞地回答：「約會嘛，就是要穿美美的小裙子才能去見喜歡的人啊！」

冉碧靈瞥她一眼：「何必？就妳這張臉，套個麻袋都好看。」

被誇讚的陳清歡喜孜孜地對她拋媚眼：「都要和褚嘉許見面了，不考慮換件衣服嗎？」

冉碧靈低頭看看自己的T恤和短褲，一臉莫名：「為什麼？」

「平時在學校都穿制服，現在好不容易放假，當然要抓住機會來穿最好看的衣服見他啊！」

「沒必要吧？」

「反正還有時間，我們去買吧？」

「啊？」

冉碧靈被陳清歡糊弄得頭昏腦脹，迷迷糊糊地跟著她去大賣場。

大概是冉碧靈那大大咧咧的形象太深入人心，當她穿上漂亮的裙子出現在褚嘉許面前時，褚嘉許先是愣住，隨後開始臉紅，覺察到冉碧靈一直盯著他後才後知後覺地開口：「那個……人有點多，我還在排隊，前面還有五組。」

冉碧靈滿不在乎地坐在火鍋店前的長椅上：「哦，沒關係，反正陳清歡和蕭雲醒等等才會到。」

褚嘉許忽然沉默，過了老半天才悶悶地開口：「妳今天穿這麼漂亮……是因為蕭雲醒要來嗎？」說完還偷偷瞥她一眼。

冉碧靈一頭霧水：「嗯？」

褚嘉許再次低下頭，聲音越發低沉沮喪：「沒、沒什麼……我什麼也沒說……」

冉碧靈一臉莫名其妙：「跟蕭雲醒有什麼關係？」

她開始反思是不是自己太霸道，讓褚嘉許寫了太多試卷，人都寫傻了。

或許是因為穿了裙子，冉碧靈今天異常溫柔，也沒有罵他，讓他鼓起勇氣：「妳不喜歡他嗎？女生不是都喜歡他嗎？」

冉碧靈嘆了口氣，終於明白他的意思：「我為什麼要喜歡他？再說了，我如果喜歡他，陳清歡肯定會咬死我！」

褚嘉許忽然笑了：「那就好。」

冉碧靈發現男生的心也像海底針，情緒老是大起大落，她小聲問：「你大姨媽來了？」

「……」

褚嘉許渾身一滯，臉又紅了，手忙腳亂地從書包裡掏出一疊試卷：「題目有點難，我做得比較慢，妳先抄，過幾天再把剩下的給妳。」

冉碧靈一看到寫滿的試卷，雙眼立刻發光，相當虔誠地雙手接過：「辛苦了辛苦了！」

蕭雲醒進入高三之後，課業壓力更加沉重，白天上課，晚上還有晚自習，陳清歡很久沒見到他了，她站在校門口的最佳等人位置，一看到他的身影就飛奔過去，圍著他轉圈。

蕭雲醒一手扶著車把，一手揉揉她的腦袋：「妳在幹什麼？」

陳清歡笑嘻嘻地用手指繞了個圈：「甜甜圈啊！」

蕭雲醒忍俊不禁。

陳清歡仰起頭，眨著大眼睛認真地問：「甜嗎？」

「甜。」蕭雲醒拽著她的小辮子，「妳怎麼這麼可愛。」

陳清歡雙手抓著他腰間的布料撒嬌：「只對你可愛。」說完又特地站到路燈下面，興高采烈地扯了扯裙擺，「好不好看？今年最流行的顏色，酪梨綠！」

橘黃燈光下的小女孩皮膚白皙，綠色的裙子襯托出她的清新和氣質，為悶熱的夏季傍晚帶來一絲清涼。

他笑著看她：「好看。」

陳清歡滿臉期待地又問：「看到綠色之後，是不是覺得比較涼快？」

「嗯！」

陳清歡笑著跳到自行車的後座上：「冉碧靈說要請我們吃火鍋，我們快去吧！」

蕭雲醒也沒多問，在得知用餐地點後直接出發。

蕭雲醒和陳清歡一起進來坐下後，褚嘉許明顯緊張了起來，把鉛筆和菜單遞給他：「學長，你想吃什麼，隨便點。」

蕭雲醒表示自己沒有忌口之後，褚嘉許依舊不停地詢問。

「學長能不能吃辣，我們要不要點鴛鴦鍋？」

「學長喜歡吃牛肉還是羊肉？」

「學長喜歡吃什麼青菜？」

「學長要喝點什麼嗎？」

諸如此類。

陳清歡心裡感嘆，果真是粉絲啊！

冉碧靈看不下去，轉頭跟陳清歡炫耀起剛拿到的試卷，然後去了趟洗手間。

陳清歡翻了翻寫滿的試卷後，意味深長地看著褚嘉許，把褚嘉許看得心裡發毛。

「怎麼了？我又做錯了什麼嗎？」

陳清歡搖頭嘆氣，語重心長：「褚嘉許，你這樣是不行的。你整天悶在家裡埋頭寫試卷有什麼意義？你怎麼不直接約她出來和你一起寫呢？你做一題、她抄一題，你做一張、她抄一張，這樣不是更好嗎？還是說……你不喜歡和她待在一起？」

褚嘉許恍然大悟，手足無措地解釋：「沒有沒有！我只是怕……怕她覺得煩。」

陳清歡一副恨鐵不成鋼的樣子，忍不住搖頭嘆氣。

蕭雲醒勾起唇角，也不發表意見。

正當褚嘉許還在糾結要不要聽取陳清歡的意見時，就看到冉碧靈突然衝回座位。

「你們看！那個人是不是老楊？」

三人一聽，同時想要扭頭去看，立刻被冉碧靈阻止：「別回頭啊！」

陳清歡看她：「不回頭怎麼看？」

冉碧靈掏出手機調整了鏡頭方向，頗有當狗仔的資質：「用手機鏡頭！」

陳清歡湊過去看了一眼，肯定地點頭：「真的耶。」

冉碧靈體內的八卦因子開始燃燒：「老楊在約會嗎？坐在他對面的那個女生是誰啊？好眼熟喔。」

陳清歡雖然沒那麼八卦，不過也很好奇：「他還沒結婚嗎？我還以為他早就有孩子了。」

「沒有！」冉碧靈的消息一向靈通，「單身一百年！那個女生我一定見過，怎麼這麼眼熟啊，讓我好好想想……」

一直沉默著的蕭雲醒忽然開口：「是我們班導。」

冉碧靈一拍桌子：「哦，我知道了！聽說我們放假那天，老楊蹺班去買花，然後當眾去跟高二的某個班導表白！原來那個人是你的班導！」

那天坐在教室裡的蕭雲醒目睹全程，慢慢點了點頭。

得到肯定答案的冉碧靈越發興奮：「天啊，沒想到老楊一大把年紀，竟然還做這種事情！他們在一起了？不過看這氣氛……也不太像啊。」

四個人又打開手機鏡頭看了一會兒，確實不像，一個滿面嘲諷，一個氣急敗壞，不像是來吃飯，倒像是來幹架的。

褚嘉許覺得不厚道，率先出聲阻止：「好了，妳怎麼那麼八卦？」

冉碧靈嗆回去：「這不是八卦！是關心師長！不行，你們掩護我，我要拍下來！」

阻止無效，冉碧靈偷偷摸摸地拍了兩張後，終於心滿意足地繼續吃飯。

吃完飯後，四個人兵分兩路各自回家。

陳清歡坐在蕭雲醒的自行車後座上哼著歌，晚風拂過，帶著微微的熱氣。她攬著蕭雲醒的腰，把臉緊緊貼在他的後背上，嗅著他身上乾淨清冽的氣息，搭在他腰間的兩隻小手不安分地輕打著節拍，卻被他一把扣住。

陳清歡開始掙扎，卻受到他更用力地壓制：「不要鬧。」

她探出腦袋想看他的表情：「怎麼了？」

蕭雲醒動了動微微僵硬的身體，聲音有些古怪：「男人身上有些地方是不能碰的。」

陳清歡咬著唇想了半天，看看他的腰，又看看自己的手，然後摸了摸自己的腰，很是納悶，為什麼不能碰腰？

她苦思冥想了老半天，忽然靈光一閃：「我知道了！雲醒哥哥，你怕癢對不對？」

背對著她的蕭雲醒有些無奈：「就當作是這樣吧。」

陳清歡笑嘻嘻地幫自己鼓掌，一轉頭就看到熟悉的街道，壓下嘴角幽幽開口：「雲醒哥哥，我不想回家。」

蕭雲醒歪頭應了一句：「那妳想去哪裡？」

「去哪裡都行，我只想和你待在一起。」陳清歡想了一下，「要不……我們去開房間吧！」

一向自認為車技還不錯的蕭雲醒，差點栽進路邊的草叢裡。

蕭雲醒最後騎著自行車帶她在家裡附近繞繞，之後她才依依不捨地下車回家。

陳清歡沒走幾步就回頭，像隻被無情拋棄的小貓，非常可憐。

蕭雲醒忍著笑對她揮了揮手，她才進了家門。

第十章　我很甜，你嘗嘗看？

終於迎來暑假的尾聲。

開學後，學校為了照顧畢業班，把國三和高三的教室遷移到最幽靜、環境最好的大樓，兩個年級各占一側，陳清歡所在的班級和蕭雲醒的班級隔空相望，站在教室門前的欄杆上就可以看到對面。

陳清歡對於這個改變非常滿意，每天乖乖地上學和放學。

本以為她不會再捅簍子，沒想到她才剛開學沒多久，馬上就學會和人打架了。

駱清野也沒想到，自己不過是來福利社買瓶礦泉水，竟然能看到這麼精彩的畫面。

一個女生挑釁起兩個人高馬大的男生，竟然毫不遜色，真是巾幗不讓鬚眉啊！

他看了一眼後就不想走了，彈了彈指間的菸灰，站在旁邊靜靜地看著陳清歡撒野，嘴邊還掛著一抹微笑。

嘴裡的菸燃盡後，那邊隱約有了反擊的跡象。他再次叼起一根菸，半瞇著眼睛，吊兒郎當地開口：「嗨，哥兒們，幹嘛呢，打女人？太難看了吧。」

那兩個男生大概也不好意思對女生動手，挨揍了好幾下後才忍無可忍：「是她先打我們的。」

駱清野嗤笑一聲：「被女人打？還是不是男人啊。」

兩個男生氣得滿臉通紅：「你！」

駱清野把香菸弄熄後捲起袖子：「怎麼？想打架啊？」

駱清野最後也沒有加入戰局，因為陳清歡非要自己動手「收拾壞人」，又開始新一番毫無章法的拳打腳踢。

後來三個當事人和目擊證人駱清野，都被正巧路過的訓導主任帶走了。

蕭雲醒在收到消息後立刻趕到訓導處，只見陳清歡還站在走廊上和那兩個男生怒目相向，揚聲逼他們道歉，而通知他的駱清野則站在旁邊看熱鬧。

蕭雲醒走過去叫了她一聲：「清歡。」

陳清歡立刻止住聲音看過去，剛才還張牙舞爪、囂張到不行的小女孩一看到他，什麼也不想了，變得又乖又聽話，委屈地朝他伸手。

蕭雲醒握住她的手安撫她，柔聲開口問：「怎麼回事？」

與此同時，訓導主任剛好出來：「吵什麼吵！還沒打夠嗎？好好站著反省，等你們班導過來後再收拾你們！」他指了指那兩個男生：「你們兩個，去那邊站著！」

說完，「砰」的一聲關上門。

陳慕白忽然接到學校的電話，竟然有些興奮。

這次訓導主任不敢再叫他來學校，只是按照流程來打電話通知雙方父母。

「清歡爸爸，陳清歡在學校打架。」

陳慕白一頓：『打架？打贏了嗎？』

「不好說……」

陳慕白一副恨鐵不成鋼的樣子：『那就是沒贏？老師你放心，回家後我一定會好好教育她，竟然輸了，簡直是在污辱陳家。』

訓導主任愣了一下，過了半天才僵硬地回答：「嗯，您能理解就好。」

陳慕白繼續說：『這丫頭在之前的學校都是逢打必贏的，這次是怎麼了？請你放心，我到時候會好好訓練她，下次一定打贏！』

「……」

陳慕白掛了電話後收起臉上的笑意，歪頭吩咐陳靜康：「去問問吧，看是誰那麼大膽敢動我女兒？」

此話一出，似乎又看見當年那個正中帶著三分邪的慕少。

陳靜康趕緊去了解情況。

此時的蕭雲醒正拿著溼紙巾幫陳清歡擦手：「怎麼又打架？不是跟妳說過女孩子打架不好看，可以讓別人替妳動手，不要自己打，更何況還是跟男生打，武力懸殊。」

陳清歡怒氣沖沖地嘅嘴：「他們說你壞話！非常難聽！是他們不對！」

駱清野在旁邊笑著打岔：「蕭雲醒，你女朋友很勇猛啊！身手還挺矯健的，就是沒什麼章法，一看就知道不是你教的。」

陳清歡小聲反駁：「什麼勇猛！我明明文武雙全……」

蕭雲醒沒有接話，只是跟駱清野道謝：「今天謝謝你。」

駱清野也沒多話：「太客氣了，沒事的話我就先走了。」

蕭雲醒看著她生氣的模樣，竟然覺得有點可愛：「他們說了什麼？」

陳清歡皺著眉，咬牙切齒地撇開頭：「我不想說！」說完直接蹲下，仰著頭，用委屈的眼神看著蕭雲醒，看得他心都融化了。

蕭雲醒摸摸她的頭頂：「好了，別生氣了。」

陳清歡揮舞著小拳頭，一臉凶神惡煞地瞪著不遠處的兩個男生：「誰都不能欺負你，誰欺負你我就打他！」

蕭雲醒心裡軟得一塌糊塗：「嗯，清歡最厲害了。」

陳清歡仰頭看著他，本以為他還會再念叨她幾句，沒想到他不止沒說教，竟然還對她笑，不自覺地開口道：「你這麼好，他們不能這樣說你。」

陳清歡的容貌繼承其父陳慕白的那份妖孽，小小年紀就隱約可見五官的精緻和傾城之色，氣質源自其母顧九思，乾淨卓然，一雙水靈透亮的大眼直盯著蕭雲醒，裡面的袒護和氣憤不加掩飾地呈現出來，讓他沒辦法再說下去：「好。」

陳清歡很是訝異：「好？」

蕭雲醒彎腰蹲在她面前，掌心撫在她的腦後：「我說，妳做得很好。」

陳清歡靜靜地看著他，忽然覺得這世上沒有比蕭雲醒更好的男孩了。

她本來就感動到不行，偏偏蕭雲醒還一臉關切地問：「有沒有受傷？」

他邊說邊揉捏著她的手臂和肩膀。

陳清歡眼眶一熱，一頭栽進他的懷裡，半天沒說話。

蕭雲醒輕輕摸了摸她的腦袋：「怎麼了？」

她開始嗚咽：「雲醒哥哥，你怎麼這麼好……」

他愣住了，開始反思自己有這麼好嗎？

大概沒有她好吧。

好到可以不顧一切地去維護他，女友力MAX啊！

雖然在蕭雲醒面前大義凜然，但她心裡還是會害怕的，無法無天的長公主不怕陳三爺，怕顧女士。

她心裡又怕又委屈，把臉埋進他懷裡蹭來蹭去，就是不肯回家。

蕭雲醒沒辦法，只好親自把她送回家，不知道和顧九思說了什麼。顧九思看了陳清歡一眼後也沒提這件事，這種待遇就連陳慕白都不敢奢望。

蕭雲醒很快告辭離開，陳清歡心有餘悸地躲回房間。

陳清玄大概看出顧九思的心情不好，像隻跟屁蟲一樣跟在她身後走進廚房，乖乖蹲在她腳邊幫忙做飯，還仰著頭和她商量：「漂亮的媽媽，妳等等不要罵姐姐好不好？她還小，什麼都不懂。」

顧九思被氣笑。

陳家小公子的性格跟陳清歡比起來，真是好得沒話說，人乖嘴甜，簡直是夏天裡的冰棒、冬天裡的暖暖包，三天兩頭就會撩一下媽媽和姐姐，那種與生俱來的哄人技能，看得陳慕白一愣一愣的，自嘆不如。

顧九思自知她和陳慕白都不是良善之人，不曉得為什麼會生出如此乖巧可愛的孩子來。

陳清歡從小就是個貪心鬼，老愛提出一堆要求。但陳清玄好像從未主動要求過什麼，偶爾問他，他都笑咪咪地回答：「媽媽，我沒什麼想要的，姐姐想要那件裙子，妳買給她好嗎？」

白嫩清秀的男孩繼承了陳慕白的桃花眼，卻看起來純潔無害，忽閃的大眼總能讓人心融化。

她也算是見多識廣，但從未見過這麼寵姐姐的弟弟。

陳清歡上輩子一定有燒香拜佛，這輩子才會有這樣的弟弟。

陳清歡這輩子被陳慕白、顧九思、蕭雲醒和陳清玄寵著，簡直就像在開外掛，不能再更幸福了。

顧九思準備好晚餐後，轉身去敲陳清歡的房門。一走進房間，還沒開口，就聽到陳清歡「哇」的一聲哭了。

見慣了長公主張牙舞爪的樣子，此刻的她卻在自己面前哭得一塌糊塗，顧九思反而於心不忍，開始反思自己以往是不是對她太嚴格了。

她忽然想到在陳清歡還小的時候，某天不知怎麼了，和別人家的小女孩起了爭執，小孩子之間的打打鬧鬧是常有的，誰對誰錯也說不準，她就當眾責備了她幾句。

後來回到家以後她也哭得很傷心。

剛才教訓她的時候都不見她掉淚，這會兒也不知道怎麼了，格外委屈地開口：「媽媽，我知道我不對，妳在私底下說我幾句也沒關係，這些我都不在乎，可是妳一定要站在我這裡，不能當著別的小朋友的面說我，這樣別人會以為我媽媽不喜歡我了，嗚嗚嗚……」

顧九思從來不知道她是這樣想的，一時極為震撼，她是她的第一個孩子，怎麼會不喜歡呢？她的喜歡對她來說，原來這麼重要嗎？

從那之後，她再也沒有當著外人的面前說過她。

大概是怕顧女士教訓她，陳家父子毫無形象可言地扒著門框偷聽。

顧九思沒想到她也有被女兒哭得頭痛的一天，魔音繞梁，不絕於耳。

她揉著眉心，有些無奈地開口：「我又沒教訓妳，妳哭什麼？」

陳清歡委屈地抽泣，含糊不清地回答：「嗚嗚嗚，妳肯定要罵我，我害怕……」

顧九思沒見過這麼無理還如此理直氣壯的人：「妳還會害怕？好了，別哭了，我不會罵妳。」

陳清歡收起眼淚，抽噎著問：「真的嗎？」

顧九思瞪她一眼：「真的！快去洗把臉，準備吃飯了！」

這不是顧女士平時的教育風格，她一走出房門，父子倆立刻分頭行動，一個竄進來安慰人，一個跟出去滿足好奇心。

陳清玄拿了張紙巾，笨拙地幫陳清歡擦眼淚：「小公主姐姐，我存了很多零用錢，我把那些錢都給妳，妳不要哭。」

此時的陳慕白跟在顧九思身後好奇地問：「蕭雲醒到底跟妳說什麼了？」

顧九思皺了皺眉，然後露出微笑，神色頗為複雜地開口：「沒什麼。」

陳慕白越發覺得奇怪：「到底是什麼！」

顧九思清了清嗓子才開口：「他說，清歡是為了他才動手的，是他沒有帶好她，請我們務必不要責怪她，以後他會好好教她，讓她學會不用自己動手就能達到最好的效果。可是他有時候又會思考，清歡這個年紀，看不慣誰就該大刀闊斧地砍過去，砍得過就砍，砍不過就跑，沒什麼好丟臉的，總歸我們不會不管她。如果她當面不言不語，在背後捅人家一刀，我們真的會高興嗎？」

字裡行間透露著護短之意，還當著人家母親的面。

顧九思被堵得啞口無言，當時的她只有一個想法，如果陳清玄以後有了孩子，放到姑丈家教育的可行性和持續性。

陳慕白愣了一下，開始粗魯地捲起袖子：「這個臭小子！他罵誰呢！」

顧九思低頭失笑，蕭家的大公子非池中物啊。

「我覺得他說的挺有道理的。」

陳慕白帶著陰沉的神色坐到餐桌前。

顧九思看到姐弟倆從房間走出來，對小兒子使了個眼色。

陳清玄悟性極高，心領神會地跑過來，一臉虔誠地看著陳慕白，嘴甜的技能信手拈來：「爸爸，我愛你！」

陳慕白很是嚴肅地看著他：「陳清玄你知道嗎，你差點就要姓顧了。」說完後沒再繼續看他，悶頭吃飯。

陳清玄撓撓腦袋：「媽媽，我爸是什麼意思啊？」

「嗯……」顧九思斟酌片刻，「大概是，他不需要你的愛？」

陳清玄撇撇嘴：「重女輕男啊，這日子過不下去了。」

晚上臨睡前，顧九思去姐弟倆的房間看了一下，才放心回臥室躺下。躺下後她幽幽地嘆了口氣，

「你女兒總是這麼囂張跋扈、肆意妄為，也不知道是好事還是壞事。」

陳慕白認真想了一下：「當然是好事。」

顧九思瞅他一眼。

陳慕白捏了捏她的手：「妳別看她年紀小，她啊，心裡有數！」

週五下午的全校會議結束後，訓導主任叫住楊澤延和另一個男老師：「關於他們三個人打架的事情，請他們各寫一份悔過書，你們先把關一下，星期一再叫他們上臺。」

楊澤延不怎麼樂意：「他們班的男生欺負我們班的小女孩，還要我的學生寫悔過書？天理呢？」

那邊的班導更是忿忿不平：「小女孩？你也不去看看我們班那兩個男生的臉，你們班的女生應該連一根頭髮都沒掉吧？」

楊澤延當然看過那兩張被抓得慘不忍睹的臉，無奈地鬆口：「好吧。」

丁書盈從旁邊經過，幽幽地插了句話：「還有早戀的那件事。」

楊澤延在聽到後看了她一眼，沒說話。

訓導主任順口接道：「那就把早戀的問題一起寫進悔過書。」

因此陳清歡在週末兩天，都待在家裡咬牙切齒地寫悔過書。

不過只是寫悔過書而已，你以為我會怕你？

我寫起悔過書來，連我自己都怕！

你們到時候可別嚇到！

陳清歡發誓要用一份悔過書炸飛全校，於是寫得格外用心。

週一的升旗典禮結束後，三個人就按照順序上臺念悔過書。

前兩個男生寫得中規中矩，直到輪到陳清歡，她一開口，底下就炸開了。

「我因為打架和早戀影響了學習，不知道成績是不是下降了，因為我轉來之後只考了三次考試，第一次沒有認真考，考了第兩百八十九名，第二次考了全年級第一，期末考也是全年級第一，等下次考完試我再比較一下成績。至於對方……對方一直都是他們的年級第一，以後應該也會保持現狀。上學期他去參加 IMO 拿了金牌，期間還順便回學校參加了期末考，又是年級第一……」

小女孩神色認真，聲音清脆，底下卻是一片譁然。

天啊，學霸還讓不讓人活了！學霸加學霸，雙雙來秀恩愛和碾壓啦！

討論聲把她的聲音蓋過去，至於後面說了什麼就聽不清楚了，不過也沒人關心。

向霈笑到翻過去，以一種格外扭曲的姿態轉頭調侃蕭雲醒：「雲哥，你家小朋友怎麼這麼搞笑，擺明是在刺激大家啊！」

姚思天扶了扶眼鏡，嘆為觀止：「我要找個本子記下來，下次寫悔過書的時候可以套用一下！」

聞加雙手抱拳：「這波操作真的太扯了，在下佩服佩服！」

蕭雲醒不動如山，只是一直看向司令臺。

這時候的陳清歡恰好念完了悔過書，抬起頭來。

遙遙相望，他對陳清歡微微一笑。

陳清歡也忍不住勾了勾唇角。

在這個秋意漸濃的早晨，因為蕭雲醒這張略帶笑意的臉龐，給她帶來些許溫和的暖意和溫情。

訓導主任聽得臉都綠了，走到隊伍後面找到楊澤延：「她到底在寫什麼東西！不是叫你提前把關嗎？」

楊澤延平靜地看著他：「寫得不好嗎？把事實擺在眼前，沒有一句虛假妄言，簡直就是當代悔過書的典範。」

「你給我閉嘴！」訓導主任恨不得打他一頓，「我以前怎麼沒發現你這麼嘴賤呢？」

楊澤延一副破罐破摔的無賴模樣：「實話實說，我是真的覺得她寫得很好。」

訓導主任指了指他，轉身走了。

升旗典禮結束後，楊澤延讓學生先離開，慢悠悠地走在隊伍最尾端，走著走著，忽然看到不遠處的丁書盈。

大概是覺察到他的視線，丁書盈轉頭來，神色越發古怪。

楊澤延瞥她一眼：「看我幹什麼？陳清歡可是在誇你們班的那個臭小子啊，怎麼，還不讓人誇啊？」

丁書盈難得沒回嘴，默默收回視線，加快腳步離開了。

她也覺得奇怪，以前楊澤延也算是個守規矩的人，做事中規中矩，怎麼最近開始放飛自我，層出不窮地惹事生非，竟然還允許學生當眾念出這種悔過書，簡直跟中邪一樣，真可怕，實在惹不起，以後還是離他遠一點吧。

「悔過書」風波過去沒多久就迎來國慶連假，放假前一天的下午，各科老師瘋狂發試卷和分配作業給學生。

陳清歡隨手把試卷扔進抽屜，轉頭問冉碧靈：「妳國慶連假要幹嘛？」

冉碧靈正數著試卷張數：「還能幹嘛？作業這麼多能去哪裡？」

陳清歡「嘿嘿」笑了兩聲：「妳有褚嘉許呢，怕什麼？」

冉碧靈終於良心發現，帶著一絲絲愧疚開口：「那也不能老是麻煩他啊。」

陳清歡想了一下：「雲醒哥哥說向霈的朋友揪團去山谷露營，妳要不要來？」

冉碧靈猶豫了一下：「露營……是不是要過夜啊？」

陳清歡點點頭，又問：「妳怕啊？」

冉碧靈嘆了口氣：「不是怕，我也想去啊，不過我媽可能不會同意我在外面過夜。」

「妳媽媽怎麼這麼嚴格？」

冉碧靈忽然對她擠眉弄眼：「已經好很多了，自從上次家長會知道坐我隔壁的是年級第一，又看到妳那風度翩翩的老爸，對我好了很多。」

陳清歡繼續問：「那妳要不要去啊？」

冉碧靈一副無能為力的模樣：「我回家爭取一下。」

陳清歡思考了一下：「叫褚嘉許一起來吧！」

冉碧靈又開始猶豫：「一堆不認識的人吧，他那麼靦腆，會不好意思的。」

陳清歡忍不住扶額：「大姐，妳難道沒發現褚嘉許只會對妳臉紅嗎？」

冉碧靈立刻收起笑意：「妳叫誰大姐啊！」

「……」

事實證明，褚嘉許確實只會對冉碧靈臉紅，對其他人還是挺落落大方、拿得出手的。他坐在那裡和向霈的那群朋友一邊烤肉、一邊暢聊足球，說得熱火朝天，還約好過段時間一起去踢球。

不遠處，正啃著玉米的冉碧靈看了一會兒後嘖嘖稱奇：「妳說，那個傻子是不是喜歡男人啊？跟我說話的時候都沒那麼開心。」

陳清歡抱著玉米，認真地觀察了一下：「不可能，聽說同性戀者通常都是自己長得好看，所以對另一半的顏值要求也高。向霈的朋友們顏值明顯沒達標。」

冉碧靈被她逗笑，剛想說什麼，一扭頭忽然頓住，碰碰陳清歡：「看那邊。」

蕭雲醒站在湖邊掛掉電話後，一轉身就看到兩個女生站在他身後。

秦靚看著他好一陣子了，站在湖邊的少年，十七歲左右的年紀，風華正茂，身姿筆挺，面如冠玉，氣度出眾，好像比上一次見面時更耀眼了。

她看到他掛斷電話後，就拉著孟如曼主動朝他走去：「蕭雲醒，我叫秦靚，『意態閒且靚，氣若蘭蕙芳』的靚。我們暑假的時候見過面，你還記得嗎？」

蕭雲醒看她一眼，沒什麼印象，以為是向霈的朋友，於是眉眼清淡地回了一句：「有事嗎？」

秦靚以為他默認了，立刻笑著問：「你準備考哪所大學啊？X大還是S大？」

突如其來的搭話讓蕭雲醒覺得有點奇怪。

孟如曼看氣氛有點尷尬，便趕緊笑著開口：「你喜歡京劇嗎？我們秦靚學過好多年的京劇。」

蕭雲醒淡淡開口：「不喜歡。」

他確實不怎麼喜歡，是陳清歡瘋狂熱愛。

秦靚忽然開口：「我還挺喜歡的，特別是康萬生老師。」她邊說邊緊盯著蕭雲醒，觀察他的神色。

沒想到蕭雲醒聽後神色變得更加莫名，看她一眼就錯身走開了。

秦靚一臉失望，當他聽到康萬生的名字，不應該是這種反應啊，就算沒那麼激動，也不該是這副不為所動的樣子啊？

冉碧靈一臉鄙夷地盯著被晾在原地的兩人：「那是誰啊？」

陳清歡專心地啃著玉米，抬頭瞄了一眼：「不認識。」

冉碧靈瞇著眼睛下結論：「妳小心一點，妳的雲醒哥哥可能要被搶走了。」

陳清歡不以為然：「為什麼？妳覺得她比我漂亮？」

冉碧靈搖頭：「先不提這個，我彷彿聞到了一股綠茶的味道。」

「妳想喝茶啊？」

身後忽然傳來一道男聲，只見褚嘉許端著飲料過來。

冉碧靈瞪他一眼：「喝什麼茶！呆子。」

褚嘉許撓著腦袋：「我又說錯什麼了嗎？」

陳清歡忍著笑，接過飲料喝了一口，心想：你好像從來都沒說對過。

蕭雲醒遠遠就看到陳清歡瞇著眼睛，笑得像隻小狐狸，他走近她後，摸摸她的腦袋：「笑什麼呢？」

陳清歡一臉嚴肅地問：「雲醒哥哥，剛才和你說話的人是誰啊？」

蕭雲醒替她拿掉嘴邊的玉米碴：「不認識。」

送烤肉過來的向霈實在是聽不下去了，乾脆坐下：「長得好看的人記性都這麼差嗎？就是那個十三中的校花啊，我上次跟你們說過的，不記得了嗎？」

兩人同時搖頭。

向霈摸著自己的臉感慨道：「我之所以長得沒那麼帥，大概是因為記性太好了，對於美女總是過目不忘。」

不出意外，立刻收到眾人一致的嘲笑。

向霈也不在意，轉頭壞笑著問：「雲哥，我剛才都看到了，你們兩個在說什麼？」

蕭雲醒本來不想回答，但看到陳清歡也盯著他等答案，便言簡意賅地開口：「問我要考什麼大學，喜不喜歡京劇和康萬生。」

眾人瞬間聽出秦靚的意思，同時轉頭看向陳清歡。

陳清歡微微皺眉看著蕭雲醒，看起來很不開心。

向霈繼續煽風點火：「清歡小妹妹，妳是不是覺得妳的雲醒哥哥特別招蜂引蝶、不守婦道？要不要乾脆休了他？」

「不是的，喜歡京劇和康萬生的人是我才對啊！」陳清歡一臉苦惱地糾結，「你們說，她是不是暗戀我啊？可是我不喜歡女生啊……」

眾人忽然安靜下來。

幾秒鐘後，紛紛找藉口起身離開。

「烤肉好像燒焦了，我去看一下。」

「有沒有洗手間啊？我想去上個廁所。」

「好像坐太久了，我去那邊散步一下。」

這些詭異的藉口讓陳清歡滿臉迷茫，轉頭問蕭雲醒：「我說錯話了嗎？」

蕭雲醒抿了抿唇，微微嘆氣，看著她不知道該如何回答。

向霈回去烤肉，李陽和趙群湊過來和他聊天。他們是小學同學，後來升上不同的國中，關係一直不錯。

李陽壞笑著問：「哎，向帥，你帶來的那個漂亮小女孩是誰啊？」

向霈手裡的烤肉差點飛出去：「不是我帶來的！別亂說，那是蕭雲醒帶來的！」

趙群打圓場：「差不多啦，她是不是附中新轉來的那個陳清歡啊？」

向霈斜看著他：「消息很靈通嘛，有何意圖？」

兩人不懷好意地笑著：「想認識認識，幫我介紹一下吧？」

向霈斜睨他一眼：「你還敢說，秦靚又是誰帶來的？你們學校是沒人了嗎，都把主意打到雲哥身上了。」

李陽也老實道：「我們學校的人，確實沒辦法跟蕭雲醒比較。」

趙群忿忿不平地說：「我們兩個也是受害者好不好！她的閨密說他們也想來玩，我們原本還挺高興的，誰知道……」

向霈拖著長音，搖頭晃腦地接話：「誰知道人家醉翁之意不在酒！」

趙群擺擺手：「唉，不說了，我們還是說說陳清歡吧！」

向霈一臉不贊同：「你們還是打消念頭吧。」

「怎麼？是個冰山美人？」

「倒也不是……」

向霈忽然不知道該怎麼說，陳清歡稱不上高冷，就是有點乖張，讓人難以捉摸。秦靚的傲是寫在臉上的，但陳清歡的傲是由內而外散發出來的，對於喜歡的人，就是個黏人、愛撒嬌的小貓，其他人都入不了她的眼。

李陽和趙群互看一眼後催促向霈：「那是什麼，你倒是說啊！」

向霈咬了口烤肉，吊兒郎當地回答：「她是蕭雲醒的人，你們兩個誰爭得過雲哥啊？」

「你不是說她是蕭雲醒的表妹嗎？」

「我隨便說說，你們就相信啊！」

兩人不約而同地往秦靚的方向看過去，壓低聲音壞笑著譴責向霈：「你太過分了！」

吃飽喝足後，一群人選了一塊空地開始搭帳篷。

陳清歡蹲在旁邊看了一會兒後突然開口：「雲醒哥哥，我要和你睡同一個帳篷！」

原本已經決定同性睡一個帳篷，陳清歡一說出這句話後，蕭雲醒忽然有了不好的預感：「那妳的朋友怎麼辦？」

陳清歡眨著雙眼，理所當然地回答：「她要和褚嘉許睡同一個帳篷啊，我就是為了幫他們製造機會才要和你一起睡的。」

一旁的冉碧靈臉都綠了：「我真是謝謝妳了！但我們兩個並不想！」說完轉頭去看褚嘉許。

褚嘉許在視線對上的瞬間趕緊撇頭，雙頰又開始泛紅了。

冉碧靈覺得奇怪，抓著他問：「你幹嘛臉紅？」說完還好奇地伸手去捏他的臉，「你的臉皮到底是用什麼做的，怎麼說紅就紅啊？」

褚嘉許動了動嘴角，臉紅得更厲害了。

陳清歡立刻抓到了把柄，指著面紅耳赤的褚嘉許：「妳看！他想和妳睡同一個帳篷！」

向霈開始模仿陳清歡，一臉嬌羞地靠在蕭雲醒的肩膀上，捏著嗓子用女聲說：「不行啊雲醒哥哥，是你先答應我，今晚要和我一起睡的！」

陳清歡抱著蕭雲醒的另一隻手臂不放，還不忘推開向霈：「不行，你走開！雲醒哥哥是我的！」

向霈繼續學著她的樣子，抱著蕭雲醒的手臂不放：「我不要！」

蕭雲醒忍了一會兒，轉頭看了向霈一眼：「滾！」

向霈立刻鬆手走開：「遵命！」

被趕走的向霈很快找到了新室友，正在幫忙搭帳篷，孟如曼就猶豫地湊過來：「向霈，我怎麼覺得……蕭雲醒和陳清歡不太像表兄妹啊？」

向霈似笑非笑地看了不遠處的秦靚一眼，又看了看明顯帶著任務來的孟如曼，開始胡說八道：

「哪裡不像？」

孟如曼支支吾吾半天：「就是感覺挺奇怪的……況且都這麼大了，就算是親兄妹也不能睡同一個帳篷啊。」

向霈暗自誇讚她的直覺，表面上卻是一派坦然之色：「為什麼不能睡同一個帳棚？思想真齷齪！」

孟如曼本來就不太確定自己的猜測，被向霈回嘴後澈底沒了氣勢，摸摸鼻子就離開了。

山谷裡的空氣很好，天黑後漫天都是星光。

蕭雲醒和陳清歡坐在帳篷前的草地上靠在一起看星星，陳清歡忽然轉頭看他，眨著眼睛問：「雲醒哥哥，你想親我嗎？」

她的雙眼比天上的星星還要亮，滿含期待地看著他，讓一向無所不能的蕭雲醒開始頭痛。他不敢說話，甚至全身僵硬，動也不動。他怕自己無論說什麼、做什麼，陳清歡都會繼續說出更可怕的話。

但他的沉默還是傷害到了小女孩。

長時間得不到回覆，失望的暗淡漸漸從眼底露出，眼前的小女孩神情低落，眉眼低垂的樣子讓他越發覺得自己非常殘忍。

她可憐兮兮地抿著唇，讓蕭雲醒忍不住揉了揉她的腦袋，面上仍是一副清淺鎮定的模樣。

陳清歡的脾氣上來後彆扭地揮開他的手，皺著眉滿含怨恨地瞪他一眼，抱著雙腿一語不發。

蕭雲醒看著星光下那張雪白的側臉捫心自問：他想親她嗎？

他怎麼會不想？

這個溫柔可愛的小女孩從小就是個美人，笑起來的時候既甜美又嬌豔，雖然黏人，但撒嬌起來卻讓人忍不住心軟，他不曉得別人怎麼想，反正他是抵擋不住的。

他比她年長，身體早已發育，也知道情欲為何，但她年紀還小，縱然他再怎麼心動也尚存理智，知道這個年紀有什麼事可做、有什麼事不能做，那是他的教養，是他做人的底線。

他竟然覺得她生悶氣的樣子有點可愛，伸手去牽她的手，這次她沒有躲開，使勁地捏著他的手指，還偷偷抬頭瞄他一眼，嘟著嘴抱怨：「哼！別的小朋友都有人親親，只有我沒有！」

蕭雲醒無奈地笑著晃了晃手機：「那沒人親的小朋友要不要自拍？」

陳清歡立刻氣消，眉開眼笑地湊過去擺姿勢：「嘿嘿嘿！」

向霈正躺在帳篷裡愜意地瀏覽社群軟體，看著看著忽然大喊一聲：「靠！」

他立刻爬起來往隔壁的帳篷走去：「雲哥！你的手機是不是被陳清歡控制了！需不需要我來救你？」

他才剛走出帳篷，就被坐在帳篷前的兩人震懾，呆站了半天才結結巴巴地開口：「你、你們兩個在幹什麼？」

蕭雲醒和陳清歡靠得極近，正高舉著手機找角度，若無其事地回答：「自拍啊。」

向霈澈底傻住，自拍？和蕭雲醒自拍？這合理嗎？完了，雲哥澈底被小魔女帶壞了！

他動了動嘴角：「自拍就自拍，你何必發文？」

還好蕭雲醒的好友不多，不然留言肯定會爆炸。

蕭雲醒風輕雲淡地「哦」了一聲：「我下次會記得設定權限，讓你看不到。」

向霈：「……」

學神的腦迴路真是奇妙。

另一個帳篷裡，冉碧靈正和褚嘉許一邊看陳清歡的發文一邊感慨。

褚嘉許作為蕭雲醒的小粉絲，關注點也很奇葩：「沒想到蕭雲醒連自拍的技術都這麼好……」

冉碧靈持反對意見：「那是因為兩個人顏值夠高，實力優秀，完全不需要技術加成好嗎？」

褚嘉許本想繼續說點什麼，一抬頭才發現兩人因為看手機的關係靠得有點近，他的耳朵一紅，僵硬地站起身：「我、我還是去外面吧……」

冉碧靈一向大大咧咧，本來就不會發生什麼，抬眼看他：「幹嘛去外面？坐一夜啊？」

「……」

褚嘉許老實得讓冉碧靈沒有過多的擔心，轉身進了睡袋：「睡覺吧！」

褚嘉許磨蹭了半天，也鑽進了睡袋裡。

過了一會兒，褚嘉許把手伸出睡袋，偷偷去勾冉碧靈的手指。

冉碧靈動了動，沒甩開他的手。

兩人就用奇怪的姿勢牽了一夜。

大部分的帳篷都暗下來了，但陳清歡還不消停，反而莫名地興奮。

「雲醒哥哥、雲醒哥哥！」

蕭雲醒都快要睡著了：「怎麼了？」

她委屈地抓著手臂：「被蚊子咬了……」

蕭雲醒爬起來幫她抹完蚊蟲藥後，打開手電筒在帳篷裡抓蚊子。

陳清歡躺在睡袋裡，看著昏暗燈光下的那張清俊臉龐後喜孜孜地開口：「雲醒哥哥，聽說蚊子想吃的其實不是血，而是糖分。牠咬我就說明我比較甜，你要不要嘗嘗看？」

她伸出白嫩的手臂在他面前晃蕩。

蕭雲醒腦子一熱：「嘗什麼？」

「嘗嘗我是不是很甜啊？」

「……」

她把手臂往他嘴邊遞過去，蕭雲醒竟然鬼使神差地用唇瓣輕輕觸碰了一下，綿軟細膩，帶著一絲甜香。

淡淡的甜味充盈在鼻尖，耳邊傳來她的嬉笑聲，蕭雲醒很快回神，昏暗的燈光遮不住他耳尖可疑的緋紅，他硬著頭皮把她的手塞回睡袋裡，然後收回視線，一心一意地抓蚊子。過了許久，等她的呼吸變得均勻綿長後才慢慢轉頭看了一眼，心裡默默回了一句：甜。

或許是蕭雲醒睡在她旁邊的緣故，陳清歡睡得格外深沉，直到被蕭雲醒輕拍後叫醒。

「起床了，趕緊吃點東西，準備回去了。」

陳清歡頂著一頭獅子造型的亂髮坐起來，揉著眼睛打哈欠：「幾點了？」

蕭雲醒知道她有起床氣，對她越發溫和耐心：「九點多了，起來吧？」

陳清歡的起床氣在蕭雲醒面前不存在，模糊不清地回答：「好。」

蕭雲醒看著她迷糊的模樣後頓時心軟，眉目不自覺地變得柔和，輕聲哄著：「早餐可能沒有妳愛吃的，先隨便吃一點，等回去之後再好好吃午餐。」

陳清歡點了點頭，爬起來漱洗。

過了幾分鐘，蕭雲醒看著漱洗後站在他面前的陳清歡，衣服穿得整整齊齊，臉也洗得乾乾淨淨，就是頭髮……依舊像隻小獅子。

他拍拍自己身前的空地：「過來坐好，幫妳梳頭髮。」

陳清歡眼睛一亮，立刻跑過去坐好：「你要幫我綁小辮子嗎？」

「嗯。」蕭雲醒從她的包包裡翻出梳子問，「妳想綁什麼樣的髮型？」

陳清歡立刻回答：「心形的丸子頭！」

說完，她打開手機搜尋了一張圖片：「最近流行這個心形的丸子頭，我不會綁，你幫我綁好不好？」

蕭雲醒看了一下：「我試試看。」

幾分鐘後，陳清歡的頭上就頂了顆心形的丸子，還用小鴨子的髮圈固定住。

陳清歡用手機的鏡頭欣賞自己，還順手拍了幾張自拍，然後飛奔去向冉碧靈炫耀。

冉碧靈正在吃早餐，看到陳清歡跑過來站在她面前什麼也不說，就這麼喜孜孜地看著她。

她一臉迷茫：「幹嘛？」

陳清歡指指頭頂提示她。

冉碧靈看了看，忍不住笑出來：「雲醒哥哥幫妳綁的？請問還有什麼是他不會的嗎？」

陳清歡使勁點著頭，神采奕奕地追問：「好不好看？」

冉碧靈權衡了一下：「如果我說好看，妳是不是打算一年都不洗頭了？」

陳清歡一愣，認真地回答她：「我本來沒這個打算，但聽妳這麼一說，好像也不是不可以？」

「……」冉碧靈忽然不想說話了。

向霈看著兩人的身影：「一個活潑大方沒什麼心機，一個嬌嫩呆萌天然黑，沒想到他們兩個竟然能玩在一起。」

蕭雲醒看他一眼。

「看我幹嘛？我只是實話實說。」向霈挺了挺胸脯，沒想到下一秒就怕了，「我是說，你家小朋友旁邊的那個女孩心機重。」

「被誇獎」的陳清歡又飛奔回去找蕭雲醒：「雲醒哥哥，冉碧靈說我的髮型很好看！」

蕭雲醒正在和向霈收帳篷，看到她撲過來便順勢接住她。

陳清歡仰頭看著蕭雲醒，額前的碎髮被風吹亂。

向霈覺得她可愛，伸手捏了一下她頭上的小丸子。

陳清歡的小臉一垮，瞪了他一眼後轉頭跟蕭雲醒告狀：「雲醒哥哥，向霈捏我的小丸子！」說完一頭栽進他的懷裡求安慰。

向霈忍俊不禁地逗她：「還學會告狀啦？」

蕭雲醒拍拍她的後背，像哄小孩一樣地安撫她的情緒：「等等雲醒哥哥替妳打他，別生氣了。」

向霈難以相信蕭雲醒會說出這種話：「靠！她哪裡生氣了？擺明就是恃寵而驕，想要你抱她！是個隨便找個理由就往你懷裡倒的心機女！」

蕭雲醒瞪他一眼：「就你話多。」

向霈咬牙切齒：「昏庸無道。」

陳清歡對他撇撇嘴，整理了一下小丸子的形狀後湊到蕭雲醒面前，歪頭對他笑，擺出一副「別人都不能碰，只有雲醒哥哥可以捏」的架勢說：「雲醒哥哥，你捏捏看。」

蕭雲醒抿抿唇，無聲地拒絕她，他才不會做這麼幼稚的事情呢。

蕭雲醒盯著那顆丸子，過了幾秒鐘後又看了看，好像真的挺可愛的，最後才忍不住伸手捏了一下。

向霈受不了，搓了搓手臂上的雞皮疙瘩：「雲醒哥哥自己收帳篷吧，我不管了！」

向霈正在自己的帳篷旁收拾東西，就看到孟如曼氣勢洶洶地朝他衝過來，一開口就是譴責的戾氣：「你不是說他們是表兄妹嗎？」

向霈懶懶地看她一眼：「誰啊？」

孟如曼氣不打一處來：「還能有誰？你沒看到剛才蕭雲醒幫陳清歡綁頭髮的樣子，簡直……」

向霈怕她說出不堪入耳的話，開口打斷她：「簡直什麼？怎麼了，表哥不能替表妹綁頭髮嗎？」

孟如曼拿著手機在他面前晃了晃：「那這幾張合照呢？」

「表哥不能和表妹自拍嗎？」

「誰家的表兄妹會這麼曖昧啊！」

「那可能是他們敢衝破世俗的枷鎖，努力尋找自己的幸福吧。」

「你擺明就是在騙人！他們到底是什麼關係？」

「既然妳誠心誠意地發問了，我只能告訴妳他們確實是表兄妹，只是沒有血緣關係而已。」

「向霈你這個大騙子！」

「有些話隨便聽聽就好，妳怎麼還當真了？」

「你……」

孟如曼說不過他，氣喘吁吁地回去跟秦靚說，秦靚在聽完後覺得有些不可思議：「蕭雲醒會喜歡那樣女生？」

她覺得陳清歡不過是長得漂亮的小孩子而已，肯定還不懂情愛，兩人看起來更像是普通兄妹。

孟如曼氣不過：「誰知道呢。那個向霈有夠賤！男人的嘴，騙人的鬼！」

秦靚倒是沒那麼生氣，她知道自己想要的是什麼，現在升學考在即，不是分心的時候，況且，以後說不定會遇到更好的？

第十一章　琵琶與鋼琴

天氣逐漸轉涼，教室內開了暖氣後更是讓人昏昏欲睡。

下課時間，陳清歡難得沒睡覺，只是盯著冉碧靈的手臂並指了指：「這是什麼？」

冉碧靈揪著羽絨外套外面的那層布：「袖套啊，妳沒見過？」

陳清歡滿臉好奇地搖頭：「沒有，那是什麼？」

「真的是大小姐啊！」冉碧靈感嘆一聲，一邊翻著抽屜一邊回答，「冬天的衣服不能天天洗，把這個套在衣袖外面，防止袖子髒掉。給妳，我這裡還有一副新的，拿去玩吧。」

於是陳清歡找到了新玩具，袖套。上課戴、下課戴，連走回家也要戴著。

「這是……」

「袖套啊，是不是很可愛？冉碧靈給我的。」她對蕭雲醒揮舞著手臂，「我以前都沒見過！」

「我知道是袖套，妳為什麼要戴著它？」

陳清歡指著袖套上的圖案給他看：「因為我覺得很好看啊，你看這上面有隻小貓咪在睡覺，超可愛！」

蕭雲醒看著她軟萌含笑的眉眼，勾起唇角，心道：妳也很可愛。

陳清歡戴了一天，回到家後還保持著新鮮感，戴著袖套在家裡溜達。

陳清玄非常捧場地開口詢問：「姐姐，這是什麼？」

陳清歡立刻神氣活現地展示給他看：「袖套！沒見過吧？我同學送給我的。」

陳清玄使勁地點著腦袋：「真好看！」

「我弟弟真有眼光，我也覺得很好看！你喜歡的話，我可以借你戴兩天！」

「謝謝姐姐！小公主姐姐妳真好！」

在姐弟倆日常商業吹捧中，顧九思聽不下去了，忍不住跟陳慕白吐槽：「你說，這兩個孩子是不是傻子？一副袖套都能玩半天。」

陳慕白跟著湊熱鬧：「我也沒戴過袖套這種東西，要不然妳也買給我戴戴？」

「陳老師，袖套和您真的不搭。」

「這還真不好說，妳看，就連編織袋都能上伸展臺，說不定袖套就成了明年時裝週的新寵呢！」

「……」對於這三人的品味，顧九思無話可說。

隨著氣溫不斷下降，轉眼到了元旦。

當學生就是好，不管什麼節日都能過得像模像樣。

學校要開元旦聯歡會，要求每個班級表演一個節目。

週一的班會上，楊澤延提起這件事，也詢問了學藝股長冉碧靈有什麼想法。

學藝股長這個職稱不過只是掛名而已，每年只有到了這時候才會被人想起。她一臉為難地站在原地：「我們班也沒人有特殊才藝，要不然就按照老規矩，來個大合唱？」

楊澤延聽得直搖頭：「又大合唱？你們就沒有新的點子嗎？你們不煩，我們這些老師都聽煩了，妳以為我們願意聽你們站在臺上亂叫嗎？」

幾句話把全班逗笑，膽大的學生也開始跟楊澤延唱反調：「那您說，我們該怎麼辦？」

楊澤延也不出意見，全部推給冉碧靈：「請學藝股長和你們一起想吧，反正今年不准再大合唱了！這週三下午放學前定下來後告訴我。」

冉碧靈苦著一張臉坐下後開始長嘆，她托著下巴想了整整一節課，也沒想出解決辦法。

她無意間一轉頭，看到剛睡醒的陳清歡，腦中忽然靈光一閃，湊過去抱住她的手臂親熱地問：「家裡有石油的長公主殿下，妳有沒有什麼專長啊？那種能展示的！」

陳清歡迷迷糊糊地看著她，一臉迷茫。

她睡了一節課，對班會上發生的「腥風血雨」一無所知。

冉碧靈提示道：「唱歌？跳舞？樂器？會嗎？」

陳清歡想了一下：「我會彈鋼琴，但那只是跟我媽媽隨便學的，妳想幹什麼？」

冉碧靈知道陳清歡所謂的「隨便」也不可小覷，如同抓住救命稻草一般，緊緊握著陳清歡的手：「大小姐！長公主！大美女！我最愛妳了！妳這次一定要幫我！」

陳清歡嚇了一跳，她不過才睡了一節課而已，怎麼一起床，冉碧靈就像中邪一樣。

冉碧靈情緒激動地跟她解釋，然後萬般討好地抓著她的手：「老楊說如果我搞不定就完蛋了，妳一定要幫我！」

陳清歡倒是無所謂，點頭答應：「好吧。」

冉碧靈使勁搖了搖她：「妳現在是清醒的吧？不會等等又反悔不認帳了吧？」

陳清歡打著哈欠，差點又要睡下去，揮開擾她清夢的那雙手後敷衍地開口：「清醒清醒……」

嘟囔了兩聲後，她忽然睜大雙眸，一本正經地問冉碧靈：「清醒。妳看，這個詞像不像我和雲醒哥哥，清歡、雲醒？」

冉碧靈捂住臉，一副生無可戀的模樣：「你們兩個就繼續曬恩愛吧。」說完她就眉開眼笑地跑去跟老楊彙報了。

楊澤延坐在辦公室裡喝著茶，聽了之後也不表態，弄得冉碧靈心裡很是忐忑。

過了半晌，他不知道出於什麼目的，忽然問了一句：「鋼琴獨奏會不會太冷清了？蕭雲醒會演奏什麼樂器嗎？他們可以來個合奏啊！」

冉碧靈本以為這下終於完成任務了，沒想到竟然還有後續，她又趕緊跑回來問陳清歡：「蕭雲醒有會演奏的樂器嗎？」

陳清歡顯然比冉碧靈聰明多了，一下就明白楊澤延的意圖，勾著唇角輕笑：「妳猜。」

冉碧靈根本猜不到，隨便給出一個答案：「吉他？」

陳清歡立刻收起笑意，瞥她一眼：「太俗氣了吧？」

「哪裡俗氣？吉他和帥哥不是絕配嗎？」冉碧靈現在不敢得罪這尊大神，打起精神來認真猜，

「大提琴？小提琴？」

陳清歡得意地搖著頭：「都不對。」

冉碧靈快急哭了：「那是什麼？別賣關子了，快點告訴我！」

陳清歡這才告訴她：「琵琶，轉軸撥弦三兩聲，未成曲調先有情。最會表演〈憶江南〉，因為雲醒哥哥的媽媽名字裡有個『憶』字，〈憶江南〉的憶。」

冉碧靈神色古怪地想像蕭雲醒彈琵琶的樣子：「不會吧，男生學彈琵琶？」

陳清歡一聽這話就不高興了，全身炸毛：「妳懂不懂國樂傳承啊！琵琶是彈撥樂器的首座！民樂之王！是國粹！」

冉碧靈被她吼得直縮脖子，笑著賠小心：「蕭雲醒這麼有情懷？看不出來。」

陳清歡忽然收起氣勢，撓撓鼻尖：「其實也不是……他說這個難度比較高，所以才學……」

「我果然不懂學神的世界。」冉碧靈搖搖頭，「話說，蕭雲醒學琵琶，那妳怎麼學鋼琴而不學古典樂器？不是妳的風格啊，妳不是應該跟緊他的腳步嗎？」

陳清歡無奈地攤手，嘆氣道：「我爸媽不會啊，他們很笨，只會鋼琴不會別的。」

冉碧靈好奇：「那蕭雲醒是跟誰學的？」

「跟他奶奶學的。」陳清歡一說起這件事，立刻化身成死忠粉絲，滿眼冒著粉紅泡泡，「雲醒哥哥的奶奶很有氣質，我很喜歡！我拿一張她年輕時候的照片給妳看。」

陳清歡在手機裡翻找半天，才把一張圖片放到冉碧靈面前。

這還是她在蕭雲醒家偷拍的，她沒有爺爺和奶奶，所以對別人的祖父母格外好奇。蕭雲醒找了一張老照片出來給她看，只看一眼她就驚為天人，為什麼她沒有這種奶奶！

冉碧靈不以為意地把手機搶過，才看一眼就驚呆了：「靠！這也太好看、太有氣質了吧！」

那個年代的黑白照片沒有特效、沒有濾鏡，照片上的女人清新淡雅，眼神清明，落落大方，美得傾國傾城，身上那濃濃的書卷氣不摻雜任何雜質，人間絕色也不過如此。

冉碧靈也要化為小粉絲了：「怪不得蕭雲醒會是這樣，祖傳的優良DNA啊！」

陳清歡一副與有榮焉的自豪：「那當然！」

冉碧靈順口問了句：「哎，妳有沒有蕭雲醒他父母的照片啊，給我看看？」

陳清歡頓了一下：「沒有。」

蕭雲醒的爸爸身分有點特殊，她怕冉碧靈看了會瘋掉。

冉碧靈沒繼續糾結，又跑去找楊澤延：「不過高三現在是關鍵時刻，蕭雲醒的班導大概不會同意吧？」

楊澤延就在等這句話，大手一揮，萬分豪氣地開口：「這個妳就不用操心了，我親自去找他們班導談談。」

冉碧靈心底的八卦因子正在燃燒，讓她忍不住開口問道：「楊老師，我在暑假的時候看到你和丁老師一起吃火鍋，你們是在一起了嗎？」

楊澤延看她一眼，咂嘴道：「嘖，我還沒問妳和三班那小子的關係呢，妳在這裡打聽什麼？」

冉碧靈立刻心虛地逃走了，過了一會兒後楊澤延才反應過來，她剛才的那些話好像是在鄙視他，從暑假到現在都過去好幾個月了，你怎麼還沒搞定丁老師？

被一個乳臭未乾的小丫頭刺激到的楊澤延，立刻去找丁書盈談論陳清歡和蕭雲醒表演的事情。

丁書盈從未見過明知道學生早戀卻不嚴加阻止，還積極撮合的班導，一臉不可思議：「表演？你知不知道蕭雲醒今年已經高三了，哪有閒情逸致去搞那些東西？」

楊澤延表現得更加不可思議：「妳有沒有搞錯啊？他可是蕭雲醒，升學考對他來說根本小菜一碟，妳怕什麼？怕他分數太高，打破歷年升學考最高分記錄，會讓其他學生無路可走？」

丁書盈懶得和他鬼扯，不顧形象地狠狠白了他一眼：「楊澤延，你是不是有病！」

楊澤延頗有興致，認真地問：「我有病的話，妳要養我一輩子？」

丁書盈咬著牙指指門口：「你給我滾遠一點！」

楊澤延不贊同地搖著頭，帶了點委屈地瞄她一眼：「還為人師表呢，怎麼說出這種話……」

話一出口，丁書盈開始意識到不妥，躲閃著目光：「我只對你說！」

「那我對妳來說還蠻特別的，對吧？」眼看丁書盈快要被他惹毛，楊澤延終於收斂態度，一本正經地分析：「妳先別生氣，聽我說。如果蕭雲醒以後回憶起他的高中生活，就只有一個古板嚴肅的班導整天逼他讀書讀書，既枯燥又單調，乏善可陳，有什麼美好可言？青春這種東西一旦過去，就再也回不來了。妳現在回憶一下妳的大學生活，是不是都是和我談戀愛的那件事？」

丁書盈立刻瞪他一眼。楊澤延糊弄起人還挺有一套的，很快就說服了丁書盈。

丁書盈勉強且極不情願地默認他的行徑：「馬上就要模擬考了，別耽誤他太多時間。」

鋼琴和琵琶的合奏演出。

從東方到西方，從古至今，從嘻哈到搖滾樂，〈女兒情〉、〈豬八戒背媳婦〉，〈渡情〉、〈青城山下白素貞〉全都hold得住，連流行音樂也難不倒。

僅需一個眼神，手上的動作就換了，曲子也跟著改變，兩人真是相得益彰，玩得行雲流水。

負責此次聯歡會的老師也是附中畢業的學生，他站在後臺角落裡愣愣地看著表演，許久才嘀咕一聲：「這屆的學弟妹都是鬼才啊……」

臺下，楊澤延坐在丁書盈旁邊不停地感嘆：「哎呀，這兩個人怎麼這麼登對呢？真是郎才女貌……」

丁書盈聽著周圍的一片驚嘆聲就火大：「你給我閉嘴！」

「不說就不說。」楊澤延露出一副委屈的模樣，「真的很配啊……」

節目很快結束，蕭雲醒牽著陳清歡的手謝幕。

丁書盈無意間一轉頭，發現楊澤延正炯炯有神地看著自己，嚇了一跳：「你那是什麼表情？」

楊澤延的神色微妙，認真地蹙眉道：「羡慕啊，不行嗎？蕭雲醒和陳清歡只花兩年，就把我們二十年的事情都幹完了，後生可畏啊！」

「適可而止吧！」丁書盈看他一眼，「本來就不是該談戀愛的年齡……」也不知道是在說臺上的兩人，還是在說自己和楊澤延。

陳清歡回後臺換了衣服後回到班級，一臉期待地問冉碧靈：「妳剛剛有拍照吧？給我看看！我剛才都沒辦法好好看雲醒哥哥表演。」

冉碧靈斜她一眼：「妳還看什麼啊？大小姐，妳知不知道妳今天坐在蕭雲醒旁邊的時候，全校女生看妳的眼神都帶著火花啊！簡直就是全民公敵，說不定也有一部分的男生恨妳！」

陳清歡笑得眉眼彎彎。

冉碧靈忽然收起調侃的語氣，認真地開口：「人家都說『當上帝幫你關上一扇門的同時，也會為你打開一扇窗』。我不知道蕭雲醒的那扇門在那裡，但上帝卻幫他開了全景天窗。我真的看不出他全身上下、從裡到外有什麼不好的地方，他這種完美的存在簡直就是一個天大的 bug！」

陳清歡曾經聽說過，蕭雲醒的父母結婚的時候，他父親用琵琶在婚禮上表演了一段搖滾樂，嗨翻全場，和今天的蕭雲醒一樣，這簡直是家傳的技能啊！

小女孩托著雙頰，一臉期待和嚮往：「不知道我們結婚的時候，他會給我什麼樣的驚喜……」

一片相思木，聲含古塞秋。

〈琵琶〉上說相思。

過了元旦，很快就要進入期末考，學校裡的氣氛也跟著沉重起來。

今年的初雪來得特別晚，本以為不會下雪了，沒想到在某天的夜裡毫無預兆地落滿全城。也因為這場大雪，沉寂許久的校園也熱鬧起來，下課時間一到，無論男女都衝出去打雪仗。

一個精力旺盛的男生在操場上用腳印踩出一個心形，還在中央寫上陳清歡的名字。他站在雪地裡對著陳清歡教室的位置揮舞雙臂，大聲跟陳清歡告白。

學校裡很久都沒有如此轟動的場面了，一群人圍在走廊的欄杆處，伸著脖子往操場的方向看。

然而陳清歡對此無動於衷，被冉碧靈硬拉到教室外面後也只是懶懶地撐起眼皮看，不知道有沒有看清楚就打著哈欠回教室繼續冬眠了。

冬天的夜晚太短，根本睡不飽，她嚴重睡眠不足。

兩個班級離得更近，也方便丁書盈和楊澤延兩人更直接地「交流」。

他們也曾在落滿雪花的操場上手牽手地踩雪，那時候怕被別人看見，等到天黑才偷偷去，看不見彼此的臉，卻能從緊緊握在一起的手上清楚感受到彼此的溫度，溫暖且安心。

正當丁書盈看得出神時，楊澤延不知道從哪裡冒出來，輕聲問：「妳喜歡啊？妳喜歡的話我也去踩一個愛心給妳？然後在中央寫上『丁書盈愛楊澤延』。」

丁書盈嚇了一跳，心裡的悲秋傷春被他破壞：「滾！」

楊澤延鍥而不捨：「不好嗎？那我換一個，『丁書盈愛楊澤延愛得要命』，如何？」

丁書盈咬著牙：「你給我滾遠一點！」

「那妳喜歡什麼樣的？只要妳說，我就踩得出來！」

「你去踩個清明上河圖吧。」

「這個真的不行……」

丁書盈看他突然沉默，立刻回想起以前還很內斂靦腆的楊澤延，遠不如現在這麼……放飛自我。

但她不知道，這幾年楊澤延一直在後悔，如果當年他再勇敢一點，再不管不顧一點，一切是不是就會不一樣？

兩人嬉笑怒罵後同時看向操場，開始了長久的沉默。

直到看到那個告白的男生被訓導主任追著跑，楊澤延才低聲道：「這種小子還敢喜歡我們班的小女孩……」

另一端的向霈看熱鬧也不嫌事大，也不敢拉蕭雲醒去看，拿手機拍下影片和照片後趴在蕭雲醒旁邊嘰哩呱啦地轉播，最後還問了一句：「雲哥，此情此景，你就真的沒什麼想法？」

蕭雲醒全程不動如山，直到聽到這裡，筆下一頓。想法？他有啊，他怕陳清歡中午會吵著要吃冰淇淋。

天不怕、地不怕，就怕陳清歡吃冰淇淋。

下雪天吵著要吃冰淇淋，是陳清歡的「傳統」。

果不其然，吃完午餐回到教室的路上，陳清歡站在甜點店門口停滯不前，對櫥窗裡的冰淇淋流口水。

蕭雲醒委婉地拒絕她：「天氣太冷了。」

甜點店的老闆笑呵呵地問：「妳想要哪個？」

戴著厚厚的圍巾和手套，全副武裝的陳清歡不假思索地給出答案，一開口嘴邊都是白煙：「我要果仁的！」

說完後，又裝模作樣地看了蕭雲醒一眼，非常乖巧懂事地說給他聽：「不可以，天氣太冷了，清歡不能吃。」

蕭雲醒揉揉她的腦袋：「嗯，乖。」

陳清歡仰著腦袋看他：「雲醒哥哥吃？」

蕭雲醒無福消受：「雲醒哥哥也不吃。」

陳清歡咬著指尖，眨著一雙烏黑明亮的大眼睛，可憐兮兮地求他：「真的一口也不能吃嗎？」

蕭雲醒撫額。

幾分鐘後，陳清歡心滿意足地捧著一小盒冰淇淋走回教室。

蕭雲醒擔心了一下午，得知她吃完後沒拉肚子，也沒有肚子痛後才微微鬆了口氣。

初雪過後，很快迎來了期末考。對畢業班而言，考試如同家常便飯，不知不覺就考完了。

回學校領成績單的那天，陳清歡穩定久居第一，對此並沒有什麼特別的感覺。

冉碧靈倒是格外興奮，拿著成績單看了許久：「真沒想到我這次竟然超出水準！妳知道嗎，這是我入校以來考過最好的名次了！我媽知道的話，肯定會開心到爆！」

陳清歡笑嘻嘻地恭喜她：「那妳又可以有一個清靜的寒假了。」

冉碧靈點頭：「而且還會得到一份相當可觀的壓歲錢！」

發完成績單的楊澤延在做完寒假注意事項的宣導後，學生們就開始打掃教室，陳清歡被分配到擦窗戶的工作，她正拿著抹布站在窗前偷懶，就看到冉碧靈小跑著進教室來到她面前。

「哎，期末總榜單貼出來了，方怡這次的成績和妳拉近了。」

陳清歡也不上心，只是漫不經心地搖頭嘆氣：「這屆出題老師不行啊，題目太簡單，體現不出她和我的真實差距。」

冉碧靈本想提醒她，寒假要不要花時間補習一下，免得下學期被方怡超過，不過看到她這副心不在焉的樣子，還是把話吞回去了。

這位小美女本來就不是凡人，凡人的那一套不適合她。

一放寒假，陳慕白和顧九思就帶著兩個孩子去國外滑雪，直到除夕那天才回來。

蕭子淵難得在家過除夕，一家人坐在電視機前，一邊吃著年夜飯一邊看紅白藝能大賞。九點多的時候，家裡的電話忽然響了，蕭子淵看了來電顯示一眼後又看了看蕭雲醒：「好像是陳家的電話，你接吧。」

蕭雲醒的神色有些彆扭：「您接吧。」

蕭子淵別有深意地看著他後接起電話。

蕭雲醒豎著耳朵聽。

『蕭伯伯，我是清歡。』

「清歡啊，要找雲醒嗎？」

『不找雲醒哥哥，我找您。蕭伯伯，新年快樂，我過幾天可以去找您和隨媽媽拜年嗎？』

蕭子淵的語氣輕緩溫柔，像是在哄小孩子：「當然可以啊，也祝妳新年快樂。」

蕭子淵很快掛掉電話，卻什麼都沒說，繼續看電視。

蕭雲醒偷偷看了蕭子淵好幾次，也沒從他臉上看出什麼，終於忍不住出聲：「爸，誰打來的？」

蕭子淵完全體會不到兒子的心情，連個眼神都沒給他，只是輕描淡寫地回答：「陳家那個小丫頭。」

過了一會兒後蕭雲醒又問：「她說了什麼？」

蕭子淵一副可有可無的態度：「說過幾天來找我和你媽拜年。」

「她……沒提到我嗎？」

「提了，她說不找你。」

「……」這一刀插得夠狠。

就連隨憶和蕭雲亭都覺得痛。

蕭雲醒神色如常地點了點頭，然後拿著杯子去廚房倒水。

隨憶看著他的身影，小聲跟蕭子淵說：「你兒子剛才的表情好微妙啊，明明心裡激動又好奇得要命，卻還在努力掩飾，裝作若無其事的模樣真的太可愛了！他小時候都沒這麼可愛！」

蕭雲亭跟著湊熱鬧，捧著雙頰靠過去賣萌：「媽媽，我可愛嗎？」

隨憶的情緒收放自如，面無表情地回了一句：「不可愛，完全。」

接下來的時間裡，蕭雲醒都表現得有些心不在焉，平日裡連手機都不多看一眼的人，整個晚上手機都不離手。

快到十二點的時候，陳清歡躲在被窩裡算準時間打電話給蕭雲醒。

『雲醒哥哥，新年快樂！』

「新年快樂！」

『你猜我在哪裡？』

「在家。」

『你怎麼知道我回來了？』

「聽我爸說的。」

『你知道我回來的話，為什麼不先主動打給我？』

「……」

大概是因為「近鄉情怯」吧。

她一放假就跟著父母出去玩，肯定會玩瘋，期間也沒怎麼跟他聯絡，他就索性不打擾她了。

正當他思考著該怎麼回答時，就聽到她有些奸詐的笑聲，不用看就能想像到她眼帶狡黠的樣子：

『你是不是不高興了？』

直到此刻被她提起，蕭雲醒才嚇了一跳，第一次發現自己竟然會有這種幼稚又彆扭的情緒。

他大大方方地承認：「嗯，不高興了。」

陳清歡輕咳一聲：『那我哄哄你啊！』

蕭雲醒忍不住笑出聲，他的聲音又低又沉，還帶著濃濃的笑意，語氣卻是一本正經：「怎麼哄？」

陳清歡沒想到他真的會讓她哄，愣了幾秒後才小聲開口：『雲醒哥哥你最乖了，親你一下！』

說完後她對著手機親了一口，『我也允許你可以親我一下，就一下而已！親了我之後就不能再生氣了喔……』

蕭雲醒躺在床上抬手遮住眉眼，嘴角卻無聲地翹起，他怎麼覺得自己吃虧了呢？

新年第一天，在吃過早餐後，蕭雲醒看著父母抿了抿唇，神色忽然有些不自然，流露出一些小孩的情態，「我……」

父母看得嘆為觀止，沒想到有生之年還能看到長子表現出這副模樣。

蕭雲醒被看得越發窘迫，薄唇輕啟，飛快地吐出一句：「還沒給壓歲錢。」

隨憶最後沒忍住，被一口茶嗆到咳嗽，蕭子淵邊替她拍背順氣，邊面帶促狹地看向蕭雲醒。

蕭雲醒說完那句話後緘默不語，不管父母怎麼揶揄他，他都不動如山。

「也對，你怎麼沒準備壓歲錢呢，談戀愛不花錢的啊？」

「雲亭，你有沒有女朋友啊，要不要給你壓歲錢？」

蕭雲亭不好意思地抿唇笑了一下：「還沒有女朋友，但壓歲錢還是要拿的。」

蕭子淵和隨憶對視一眼後忍俊不禁。

於是，蕭家兩位公子拿到了人生中第一份來自父母的壓歲錢。

蕭雲醒往年對壓歲錢漠不關心，今年卻格外關注，也格外積極地去向親戚拜年。

連隨憶都忍不住問蕭子淵：「他這是在存嫁妝嗎？」

蕭子淵一本正經地點頭：「大概是吧。」

大年初三一大早，陳清歡穿了件奶黃色的羽絨外套到蕭家拜年，毛茸茸的帽子卡在腦袋上，遮住了那雙清澈透亮的大眼，只能看到粉嫩小巧的下巴，像一隻可愛的小黃鴨。

蕭雲醒打開門，幫她把大包小包的禮品提進來。

陳清歡一進門便摘下帽子，眉開眼笑地看著他：「雲醒哥哥！」

蕭雲醒笑著摸了摸她的腦袋。

她綁了個歪馬尾，靈動可愛，髮圈上有隻粉色的小豬，笑嘻嘻的樣子和她一模一樣。

「笑嘻嘻的小豬」仰頭問他：「你有沒有想我啊？」

蕭雲醒穿了件白色的毛衣，整個人器宇軒昂地站在那裡垂頭看著她，過了許久才鄭重地點了點頭：「想妳了。」

這三個字是陳清歡收到最好的新年禮物了。

隨憶和蕭子淵在廚房忙做午餐，陳清歡去廚房打了招呼後直接被兩人趕出來。

陳清歡一出來就跑到沙發上，紅著臉湊到蕭雲醒耳邊小聲和他咬耳朵：「雲醒哥哥、雲醒哥哥，我剛剛看到……蕭伯伯對隨媽媽笑的時候，眼裡有小星星耶！」

蕭雲醒把一顆剝好的橘子遞給她：「是嗎？」

陳清歡咬著橘子猛點頭：「是！」

蕭雲醒轉頭看著她笑了笑，他想告訴她，妳對我笑的時候，眼裡也有漫天繁星。

兩人坐在沙發上聊天、看電視，蕭雲亭識相地躲回自己的房間。

大概是瀏海變長了，陳清歡時不時抬手揉眼，眼睛很快就變得紅通通的，從「小豬」成功變成了「小兔子」。

蕭雲醒拿開她的手後扶著她的下巴，抬高她的臉仔細看：「怎麼了，有東西跑進眼睛了？」

陳清歡又眨了眨眼睛，有些苦惱地皺眉：「頭髮太長了，有點不舒服，可是理髮廳都還沒開門。」

蕭雲醒按住她又想去揉眼睛的手，替她撥開眼前的碎髮：「等等吃完飯我幫妳剪一剪。」

「可是民間謠傳，過年期間剪頭髮的話，對舅舅不太好。」她說完後歪著腦袋想了一下，忽然笑了，「我好像也沒有舅舅。」

陳清歡老實地讓他握著手：「你會嗎？」

蕭雲醒想了一下：「可以嘗試一下。」

吃過午餐後，蕭雲醒拉著陳清歡坐到陽臺上。

今天天氣特別好，陽光從窗外照進來灑在她身上，又亮又暖。

蕭雲醒找了件舊T恤圍到她身上，在下刀前問道：「如果……剪壞了怎麼辦？」

陳清歡認真想了想，然後開始掰著手指數日子：「離開學還有兩週，兩週內應該可以長長吧……」

小女孩坐在那裡念念有詞，臉上卻沒有絲毫的擔憂。

蕭雲醒深吸口氣：「閉上眼睛。」

陳清歡乖乖閉上雙眼，全程都不敢亂動，只有「喀擦喀擦」的剪刀聲在耳邊迴盪。

那邊的蕭雲亭彷彿看到商機，一邊開著視訊一邊握著一把剪刀，在自己的頭髮上比劃，對視訊另一頭的人發出死亡威脅：「舅舅，我再問你最後一遍，你到底給不給我壓歲錢，不給的話，我就真的剪了！」

視訊那頭的男子氣急敗壞地叫囂著：『姐！姐！妳怎麼不管管他！』

隨憶置若罔聞，和蕭子淵手牽手走出家門，把空間留給胡鬧的孩子們。

沒過多久，蕭雲醒收起剪刀，用梳子幫她整理瀏海：「好了。」

他轉身拿了面鏡子給她看。

陳清歡捧著鏡子左看右看，忍不住嘖嘖讚嘆：「手藝真好！」

她一出聲，視訊那邊的男子就「咦」了一聲：『我怎麼聽到女孩子的聲音啊？』

蕭雲亭無視他的疑問，還在討價還價壓歲錢的金額，就被蕭雲醒沒收了「凶器」，甚至美其名曰破五之前不能動剪刀。

視訊那邊立刻傳來一陣幸災樂禍的笑聲。

蕭雲亭不服氣：「你這是『只許州官放火，不許百姓點燈』！」邊說邊找了一把指甲刀放在頭頂，繼續威脅視訊那邊的男子。

陳清歡對著鏡子欣賞著自己的美貌，還順手拍了張照片傳給冉碧靈，向她炫耀自己的新髮型。

『好看嗎？』

冉碧靈並沒有看出什麼新意，回覆得很快。

『和之前差不多吧。』

陳清歡劈里啪啦地打字表達自己的不忿。

『雲醒哥哥幫我剪的！』

冉碧靈立刻傳了個驚訝的貼圖。

『天啊，他連這都會？簡直就是珍寶，這世上怎麼會有這種人存在啊，真是可怕……』

陳清歡回了個笑得齜牙咧嘴的貼圖後收起手機，重新黏著蕭雲醒。

新學期剛開學那天恰好是情人節，陳清歡早上一進教室，就看到自己的桌子上擺滿了各種包裝的巧克力，數量相當可觀。

冉碧靈一看到她，立刻對她擠眉弄眼。

陳清歡連書包都沒地方放了，指指面前的巧克力：「哪來的？」

「別人送的啊！」冉碧靈隨便拿起其中一盒，抽出上面的粉紅色信封，「我來看看這盒是誰送的……哦，這麼巧，我剛好認識這個人，我的小學同學，長得還不錯，就是花心了一點。」

說完就扔在一邊，拿起另一個開始念：「這個不認識，他說他是高一的，不過字寫得也太醜了吧，配不上妳……」

拆了幾封情書後，冉碧靈也沒了興致，轉頭問陳清歡：「妳說，這種普天同慶的日子，是妳收到的巧克力比較多，還是蕭雲醒收到的巧克力比較多？」

「嗯？」

這句話倒是提醒了陳清歡。

早自習一結束，她立刻衝到蕭雲醒的班級，開門見山地問他：「巧克力呢？」

蕭雲醒愣了一下：「什麼巧克力？」

陳清歡伸出腦袋看著他的座位：「沒有女生送你巧克力嗎？」

確實有，他早上一來，巧克力就堆了滿桌，那盛況……被向霈調侃了半天。

「我給向霈他們了。」

陳清歡噘嘴道：「再有女生送你的話，你就拿來給我。」

蕭雲醒不知道她又想幹什麼，只是想也沒想就答應了：「好。」

當天放學，陳清歡帶了一大袋包裝精美的巧克力回家。

陳慕白拆得不亦樂乎：「我女兒這麼受歡迎啊，收到這麼多巧克力，真棒！」

陳清歡卻忙著分類：「有一半是雲醒哥哥收到的。」

陳慕白一聽到那個名字，立刻扔掉手裡的巧克力：「那妳帶回來幹什麼？」

「給媽媽和弟弟吃啊，他們都喜歡吃巧克力。」陳清歡把巧克力分類好後，把其中一堆重新裝回袋子裡，笑咪咪地對陳慕白說：「爸爸，等等請靜康叔叔送我去雲醒哥哥家一趟吧。」

陳慕白看看巧克力，再看看陳清歡，隱約從她眼底看出了一絲異常。

陳清歡抵達蕭家的時候，蕭家父母剛好都在。

「這些是雲醒哥哥收到的，有好多女生送他巧克力。」

陳清歡把一大袋巧克力堆在隨憶面前，說完就眨著大眼看著隨憶，一語不發。

隨憶一臉了然，隨即點頭表示理解，然後轉頭去徵求蕭子淵的意見：「你說，我要不要打斷你兒子的腿？他竟然敢收別的女孩送的巧克力！」

蕭子淵別有深意地看了大兒子一眼。

坐在一旁的蕭雲醒抿了抿唇，想開口問問這個純良無辜的小女孩：我近來得罪妳了？

半晌，蕭雲亭也拎著一袋巧克力走進家門。

隨憶很是驚嘆，問蕭子淵：「你的小兒子也到收巧克力的年紀了？」

蕭雲亭正在低頭換鞋，聽到這裡，忽然抬頭靦腆地笑了一下，把隨憶都看傻了，也不再提打不打斷腿的問題了。

蕭子淵看看她，又看看蕭雲亭：「怎麼了？」

隨憶愣了愣後才回答：「弟弟剛才抬頭的瞬間，我就知道未來肯定會有很多女孩要被禍害了……」

蕭子淵頓時無言，他以前都沒發現，自家夫人對孩子們的「誤解」這麼深。

陳清歡最後成功在蕭家騙到一頓晚餐，並且全程旁聽隨憶教育蕭雲醒，作為一個男孩必須要潔身自愛的重要性。

蕭雲醒面無表情，不解釋、不抵抗也不反省。

第十二章　我會等妳

新學期開始後，高三正式進入衝刺階段，沉重緊張的氣氛環繞著整棟教學大樓，下課時也不見有學生經常出入教室了。

相比之下，國三還好一些。

開學沒多久，某次下課時，冉碧靈從外面急匆匆地跑進教室。

「保送名單出爐了，妳看到了嗎？」

陳清歡有點茫然：「和我有什麼關係？」

冉碧靈瞥她一眼：「有妳的雲醒哥哥，這樣還沒有關係？」

看她一副沒聽懂的樣子，冉碧靈嘆了口氣繼續解釋：「保送的話就不用參加升學考了啊，現在就可以回家玩了，一直玩到去X大報到為止。」

陳清歡這才猛地驚醒：「不來學校了？以後都不來了嗎？」

「是啊！」冉碧靈仔細打量著她的神色，「這是好事啊，妳怎麼看起來不太高興啊？」

陳清歡聽後悶悶不樂地趴在桌子上，也不睡覺了，不知道在想什麼。

下午大掃除的時候，教室裡亂糟糟的，爭分奪秒的畢業班學生選擇去圖書館自習，陳清歡也坐在蕭雲醒旁邊湊熱鬧。

陳清歡抱著一份數學試卷，過了半天連一面都沒寫完，一改往日的風格，不亂動也不說話，乖乖地在驗算紙上寫著東西。

蕭雲醒第三次抬頭看她，壓低聲音問了一句：「今天的作業很難嗎？」是什麼題目，連她做起來都這麼費力？

陳清歡被嚇了一跳，下意識抬頭看他，驚慌失措地扯過旁邊的試卷遮住驗算紙：「沒，不……不難……」

蕭雲醒堪堪扶住差點被她撞倒的水杯，一臉莫名其妙地看向她：「妳緊張啊？」

陳清歡搖搖頭，沒再說什麼，只是睜著大眼盯著他看，欲言又止的樣子極為少見，有些忐忑又有些不甘。

蕭雲醒笑了一下：「想跟我說什麼？」

陳清歡猶豫了一下後才小聲問：「雲醒哥哥，你被保送到X大了？」

蕭雲醒神色未變地點點頭：「嗯。」

「哦。」陳清歡咬了咬唇，卻也沒再說什麼，低頭繼續寫試卷。

但她只寫了兩個字後又轉頭看他，剛想開口說什麼，就看到有個人氣勢洶洶地衝過來，不管圖書館安靜的環境，帶著怒氣開口：「蕭雲醒！」

蕭雲醒抬頭，靜靜看著她。

那個女孩緊緊皺著眉頭：「你是不是放棄了保送名額！」

陳清歡聽到後，愕然轉頭看向他。

放棄保送？

相對那個女生的疾言厲色，他的眉宇間甚是平靜，半點猶豫和惋惜都沒有。

坐在旁邊的向霈看熱鬧也不嫌事大：「興師問罪的人來了。」

聞加看得一愣：「是我看錯了嗎？這不是余詩雲嗎？」

姚思天點頭附和：「沒錯，就是她。」

蕭雲醒沒點頭也沒搖頭，一語不發，只是微微皺眉。

那個女生更委屈了：「你怎麼能說放棄就放棄，你知不知道我為了保送花了多少精力、熬了多少夜……」

「跟我有什麼關係？」蕭雲醒的眉眼當即淡漠下來，開口打斷她，「我是妨礙妳保送了？還是搶了妳的保送名額？沒記錯的話，我放棄的是我自己的名額吧？」

「我……」女生眼裡的淚水搖搖欲墜，直直地看著他，「我，我想和你……」

向霈一臉八卦地跟姚思天和聞加小聲討論。

「沒想到萬年第二，竟然也喜歡萬年第一？」

「余詩雲平時很文靜，不聲不響的，完全看不出來。萬年第一和萬年第二一起保送也太完美了。」

「她跟雲哥連話都沒說過吧？雲哥知道她是誰嗎？」

「難說。」

「雲哥真渣，一個文靜的小女孩，被活生生逼成了潑婦！」

向霈儼然一副深明大義、正人君子的模樣，完全忘記自己撩過多少學妹。

她大半張臉都遮在書下，露出一雙烏黑水潤的眼眸，看起來古靈精怪。

蕭雲醒懶得聽他們耍嘴皮子，拍了拍陳清歡的腦袋，整個手掌蓋在她的頭頂：「大人說話小孩子別聽！好好寫作業！」

「哦。」陳清歡歪著頭咬著筆，看看他又看看那個女生，左搖右晃得不亦樂乎：「這個姐姐哭得好傷心啊。」

向霈還逗她：「是啊，這個姐姐好可憐，那妳要不要把雲醒哥哥讓給這個姐姐？她就不哭了。」

陳清歡乾脆地回答：「那還是讓她繼續哭吧。」

余詩雲淚眼汪汪地看著蕭雲醒許久，也沒說出什麼。

蕭雲醒除了剛開始說了幾句話之後，便低下頭看書，即便她站在他面前淚如雨下，他也嵬然不動。

最後余詩雲失魂落魄地離開了。

等人走遠了，陳清歡這才湊近，滿目疑惑地看向他：「雲醒哥哥，你放棄保送名額了？」

蕭雲醒垂眸看書，唇角滑出一抹淺笑：「我本來沒打算要要放棄的。」

陳清歡想起冉碧靈提起保送時，那滿目豔羨的神情：「為什麼？」

蕭雲醒沒說話，而是伸手扯過她壓在手臂下的驗算紙來看。

驗算紙的上半部還在算集合和真假命題，下半部則胡亂寫著「保送」，二字密密麻麻地布滿整張驗算紙。

陳清歡不好意思地咬了咬唇，偷偷伸手捏住驗算紙的邊角，暗暗用力往回扯。

蕭雲醒反手按住她的手，另一手提筆在驗算紙的最下面寫下一行字：

『」陳清歡∪保送＝∅

非陳清歡並上保送等於空集。

沒有陳清歡，蕭雲醒∩保送＝∅』

保送名額和陳清歡則一，選陳清歡。拿陳清歡和任何事物進行二選一，永遠都只選陳清歡，陳清歡的優先順序是最高的。

陳清歡看他寫完最後一個字，愣了半天才終於理解意思。

她眼睛一亮：「那你接下來還是會來學校？」

蕭雲醒對她點了點頭：「嗯，要好好準備升學考。」

陳清歡眼底的愉悅壓都壓不住，點著腦袋滿意地去寫作業了。

寫了一會兒後她又歪頭看他一眼，直到他轉頭朝她笑，她才扯了扯嘴角，低頭繼續寫題目。

又過了一會兒，她再次停筆看向蕭雲醒。

他坐在夕陽餘暉裡，清俊的側臉輪廓模糊，似乎是察覺到她的視線，轉頭看過來。她看到橘紅色的光穿過他眼睫的縫隙，眼裡燦若星辰，然後就看到他輕笑了起來。

她忽然覺得，這輩子大概不會再遇到比他更好看的男孩子了。

杜甫曾說過「宗之瀟灑美少年，皎如玉樹臨風前」，大概就是這樣子吧。

蕭雲醒捏捏她的臉：「用心欲專不欲雜。」

陳清歡目光炯炯地看著他：「我的心很專一啊！心裡只有你！」

蕭雲醒覺得自己又被調戲了：「……專心看書。」

陳清歡心情愉悅地點點頭。

她剛寫了兩題，就被風風火火來找她的冉碧靈拉走：「快走快走！老楊要我們填升學考的報名表！」

陳清歡磨蹭地收拾好書包後跟蕭雲醒告別，被冉碧靈拉出圖書館時，又回頭遠遠地對蕭雲醒笑了一下。

向霈順著他的視線看過去：「看什麼呢？」

女孩笑起來甜甜的，眉眼彎起的模樣格外討喜，不過她只有在面對蕭雲醒的時候才會笑成這樣。

蕭雲醒毫無保留地讚美：「真好看。」

向霈不以為意：「你到今天才知道她很好看？」

蕭雲醒看著她的背影：「知道，只是沒想到會這麼好看。」

是從什麼時候開始這麼好看的呢，他竟然沒有發覺。

不知道當年那個可愛且微微帶著嬰兒肥的小女孩，從什麼時候變得這麼驚豔了，溫柔靈動，聰明伶俐。

向霈忍不住咋舌：「蕭雲醒啊蕭雲醒，沒想到你竟然也有被美色迷惑的一天。」

蕭雲醒一臉坦蕩磊落：「我為什麼不能被美色迷惑？」

向霈「哼哼」了兩聲，心裡腹誹，大概是因為這美色的名字叫「陳清歡」吧。

姚思天也湊近他：「雲哥，說真的，你為什麼要放棄保送啊？是不是為了陳清歡？你跟我們說實話，我們不會告訴別人。」

蕭雲醒輕描淡寫地回答：「我不喜歡保送的科系。」

向霈、姚思天和聞加面面相覷，心裡只有一個想法。

大哥，我真的服了啊！

X大物理系是全國考生擠破頭都擠不進的神仙科系，你居然不喜歡？你不如上天！

你帶避雷針了嗎？這樣說話，不怕被天打雷劈嗎！

聞加看著他：「就算不喜歡也可以先進去，然後再轉系啊！」

蕭雲醒的回答依舊滴水不漏：「我覺得不參加升學考的話，會是一件很遺憾的事。」

向霈總結：「你就是為了陳清歡！果然紅顏都是禍水！」

話音剛落，他似乎想起了什麼，又討好地笑著：「雲哥，既然你不要這個名額，你能不能把我推薦給他們，把這個名額讓給我？我不介意保送的科系為何，只要X大願意收我，什麼科系都行。」

蕭雲醒瞥他一眼：「人家好意思給，你好意思要嗎？」

「……太毒了，斷交兩小時！」

向霈手癢，要不是圖書館的桌子太重，不然他早就掀了！

當天晚上，蕭雲醒結束晚自習回家後，蕭子淵就把他找來談話。

「你們班導和年級主任今天都打了電話給我，說你放棄保送名額，能跟我說說原因嗎？」

蕭雲醒沒想到這件事還驚動了他的父親。

蕭家父母對孩子們的事情一向開明，但也不會放任不管：「不喜歡保送的科系？」

蕭雲醒坐在沙發上，看著對面的父親：「還好。」

蕭子淵純屬好奇：「那是因為？」

蕭雲醒很快回答：「我覺得不參加升學考，以後回想起來會覺得遺憾。」

蕭子淵被噎了一下，緩了半天才繼續開口：「這個理由也未嘗不可。」

後來蕭子淵秉持著認真負責的態度，簡單地回覆了校方，只是在說出這個理由後，電話那邊沉默了許久。

縱然是見慣大風大浪的蕭子淵也覺得頗為尷尬。

隨著升學考的日子越來越近，冉碧靈也察覺到陳清歡煩躁的情緒，不知道的人還以為她也是考生。

蕭雲醒也有同感。陳清歡變得越來越黏他，時不時就抓著他的衣角，眨著一雙大眼看著他，問她問題也不說話，就這麼看著他。

這是一種沒有安全感的表現，他知道她是捨不得他。

升學考意味著畢業，畢業就意味著離別。

他畢業的話，這個愛調皮搗蛋又腹黑的小丫頭該怎麼辦呢？

時間過得飛快，轉眼就到了五月下旬。

某天晚上，教室的燈忽然熄滅了，整個教學大樓陷入一片黑暗，正在上晚自習的高三學生們一時間沒反應過來。

隨後就聽到教學大樓底下紛雜的腳步聲，等他們走出教室後才看到樓下站滿了人，對著他們喊學長學姐，顯然是有預謀的行動。

喊完升學考的加油口號後沒有人散去。不知道是誰拿出手機打開了手電筒，也不知道是誰先起頭的，更不知道為什麼開始唱起單身情歌，等合唱結束後，立刻傳來哄堂大笑。

不過唱什麼並不重要，重要的是那份心意吧。

或許是情緒受到感染，有女生在黑暗裡大聲哭喊著：「蕭雲醒，我喜歡你！」

陸陸續續又有女生接著喊。

「蕭雲醒，我也喜歡你！」

「蕭雲醒畢業了，我又要單身了！」

還有人嗆回去：「人家本來就不是妳的！」

笑聲此起彼落。

冉碧靈推了推陳清歡：「滿天下都是妳的情敵啊。」

半晌，高三的教學大樓裡有幾個男生一起回應：「蕭雲醒說，他只喜歡陳清歡！」

靜默了一會兒後，尖叫聲和哄笑聲同時響起。

學生時代的愛慕是最純潔、最善良的，終於有機會喊出「我喜歡你」，無論結果為何，我心已無憾。

「開心了吧？」冉碧靈盯著陳清歡壓不住的唇角，「陳清歡，妳上輩子到底做了多少好事，這輩子才能和蕭雲醒一起長大，還一舉拿下他這尊大神啊？」

陳清歡開心得快要暈過去了。

這難得的機會蠱惑太多人蠢蠢欲動的心，告白仍在持續，男男女女的聲音不斷響起，一個個或陌生或熟悉的名字，組成青春歲月裡那些曖昧又美好的暗戀。

一群老師站在不遠處，難得沒有阻止，聽之任之。

楊澤延道貌岸然地對站在旁邊的訓導主任說：「主任，你看看這群學生，目無校規，公然早戀，還當眾表白，都忘了學生的本分！本來是為了幫畢業班加油打氣，他們卻偷樑換柱，你也不管管？」

訓導主任難得的寬容，嘆了口氣：「另當別論，畢竟這種事情一輩子可能只有一次。」

楊澤延笑了，再次確認：「你真的不管？」

訓導主任被他問得煩躁：「不管不管，今晚愛幹嘛就幹嘛！」

楊澤延忽然清了清嗓子，也朝那片黑暗的教學大樓喊：「丁書盈，楊澤延說他喜歡妳！」

這一吼，不止訓導主任愣住，就連原本喧鬧的人群也安靜了下來。

靜了幾秒後，便是無窮無盡的起哄聲。

丁書盈本來正在陪學生晚自習，後來電燈熄滅，學生們都跑出教室，她也跟出來靠在欄杆上，當班導的時間一久，每年升學考前夕她都有些傷感，結果她那被氣氛影響的傷感，就這麼被楊澤延摧毀了，還覺得格外丟臉，這讓她以後要怎麼在學校裡混啊！他當自己還是高中生嗎？做這麼幼稚的事情！湊什麼熱鬧啊！

楊澤延喊完後，還討好地對訓導主任笑：「主任，你說你不會管的，對吧？」

訓導主任氣得臉都扭曲了：「我不管？我管不了那些小鬼，但管得了你！」

楊澤延豁出去了，不管不顧地回嘴：「喊出去的話，潑出去的水。要不然我也寫份悔過書，當著全校的面念一下？」

訓導主任一眼看穿他，冷笑一聲：「你想得美，我是不會給你這個機會的！」

訓導主任想跟校長提議開除他。

胡鬧結束後，也差不多到了放學時間，蕭雲醒在校門口找到蹲在角落裡的陳清歡，自動接過她手裡的書包，邊走邊問：「怎麼沒提前說一聲？」

自從蕭雲醒開始上晚自習就不再送陳清歡回家了，她下午放學的時候，跟以往一樣來和他道別，意外沒想到還有這一齣。

陳清歡眼底帶著狡黠的笑意，撒嬌的聲音像浸泡的蜜糖一樣：「不能說啊！這是學生會特地囑咐的，說了就沒驚喜了！」

她的樣子太可愛，讓他忍不住揉了揉她的臉。

陳清歡趁機抓著他的手指問：「雲醒哥哥，快要升學考了，你緊張嗎？」

蕭雲醒認真地想了一下才回答：「不緊張。」

說完後，陳清歡忽然安靜下來，低著頭走了許久都不再說話。

蕭雲醒轉頭看著她：「怎麼忽然不高興了？」

女孩抬起頭，眉眼間籠著淡淡的愁思，格外惹人疼，言語間酸味十足：「嗚嗚嗚，你上大學以後會認識很多好看的女生，就不會記得我了。」

蕭雲醒愣了愣，片刻後露出了然的微笑：「我會記得妳。」

陳清歡皺著臉，鄭重其事地看著他。

「蕭雲醒。」

蕭雲醒的眼中盛滿笑意，就這麼看著她：「嗯？」

她的聲音清晰入耳：「你知道我是喜歡你的，對吧？不是妹妹對哥哥的喜歡，是女人對男人的喜歡。」

對視許久，蕭雲醒鄭重點頭，聲音清冽乾淨：「知道。」

靈動水潤的眸子一眨不眨地凝視著他，露出認真且執著的眼神：「你也是喜歡我的，對不對？」

這次他回答得很快，溫和又篤定：「對。」

她立刻跳起來撲倒在他懷裡，摟著他的腰大笑，心滿意足地盯著他笑個不停。

蕭雲醒也跟著彎起眉眼：「怎麼了？」

小女孩的聲音清脆：「真好看！」

「什麼真好看？」

「你說你也喜歡我的樣子，很好看！」

蕭雲醒啞然失笑。

初夏的夜晚，街上已經沒什麼人了，昏黃的路燈下，男生背著一個書包，手裡還提著一個，身邊跟著個蹦蹦跳跳的小女孩，正嘰嘰喳喳地說著什麼，兩人不緊不慢地走著，漸漸消失在街角。

因為附中是升學考的考場，所以學校在考前兩天需要布置場地，於是提前讓學生放假了。

放假後，陳清歡就一直沒見過蕭雲醒。

直到升學考前一晚，吃過晚餐後她才忽然說要出門。

一整天都在下雨，到了晚上下得更大，電閃雷鳴，陳清歡冒雨跑到了蕭雲醒家，隨憶開門的時候還被嚇了一跳。

小女孩一身溼氣地走進門，額前的頭髮和裙角都溼了，她抹掉臉上的雨水，笑嘻嘻地對隨憶說：「我找雲醒哥哥。」

隨憶拿了一條毛巾給她，指指裡面：「他在雲亭的房裡呢。」

房門沒關，陳清歡一走近就看到房內頗為奇怪的情景。

明天就要上戰場的蕭雲醒是真的不緊張，正一臉淡定地坐在蕭雲亭的書桌前玩遊戲，而不需要參加升學考的蕭雲亭卻在奮筆疾書。

蕭雲醒聽到腳步聲後立刻轉過頭去，看到陳清歡臉上的詫異便開口解釋：「這傢伙最近沉迷遊戲，不好好寫作業，叫我幫他升等，他就肯好好寫作業。」

說完便停下手裡的動作，站起身叫她進來：「怎麼跑過來了？外面不是還在下雨嗎？有事的話打電話就好了。」

他一動，蕭雲亭立刻急得上竄下跳：「哥，你幹嘛呢？關鍵時刻啊！」

蕭雲醒沒理他。

陳清歡站在門口沒動，低頭用毛巾擦著頭髮，一臉欲言又止：「不能打電話。」

蕭雲醒沒聽懂：「嗯？」

陳清歡咬咬唇，終於抬頭看向他：「你出來。」

蕭雲醒點頭：「好。」

關上房門時，還能聽到蕭雲亭的哀號聲：「哥！隊友在嗆你！」

蕭雲醒對弟弟的抗議充耳不聞，微微笑著問陳清歡：「什麼事啊？」他順手接過她手裡的毛巾幫她擦了擦頭髮，然後又蹲下身幫她擦掉腳踝的泥巴。

陳清歡拉著他站起身來，又走近了一步，彎起眉眼看著他，眼底是藏不住的歡快和興奮：「嗯……我本來想帶一些零食和飲料給你，但我怕你吃完後拉肚子，影響到明天的考試，我就變成罪人啦，我想了一整天，終於想到要送你什麼了，所以就馬上來找你了！」

話音剛落，蕭雲醒還沒反應過來，小丫頭就忽然撲進他懷裡，緊緊環住他的腰後仰頭看著他，臉紅紅地笑著：「我要送你一個愛的抱抱，你考試的時候就會順利啦！」

蕭雲醒的心忽然顫了顫，下意識擁住她的身體，嘴角也慢慢翹起，抬手抹掉她額角下巴的雨水，輕聲回答：「好。」

陳清歡不知道他這聲「好」是什麼意思，不過看他眉眼間的笑意越聚越多，她也跟著加深了笑容。

後來陳清歡謝絕蕭雲醒送她回家的好意，再次冒雨跑回家。

雨下個不停，臨睡前還沒有要停歇的意思，蕭雲醒聽著窗外雨水打在芭蕉葉上的聲音後漸漸入睡。

芭蕉葉葉為多情，一葉才舒一葉生。

雨打芭蕉，佳人入夢。

暴雨持續了一整夜，第二天卻又是晴空萬里，蕭雲醒帶著陳清歡的「愛的抱抱」一路披荊斬棘，光芒萬丈。

升學考結束後，高三畢業生被叫回學校拍畢業照。

陳清歡在下課後跑到學校中庭前找蕭雲醒時，正好輪到他們班在拍團體照。

蕭雲醒站在最後一排靠中間的位置，漫不經心地看著鏡頭。

陳清歡就站在一旁的樹蔭下一直看著他。

蕭雲醒察覺到她的視線後忽然轉頭看過去，然後對她笑了一下，陳清歡也彎起眉眼，相視而笑。

於是在高三七班的畢業合照裡，長得最俊俏的少年沒看鏡頭，卻笑得眼波流轉，溫柔如水。

拍完照後，蕭雲醒才剛想去找陳清歡就被人叫住。是他們班的某個女生，平時沒什麼接觸：「蕭雲醒，我們同班好幾年了，可以和你拍張合照留作紀念嗎？」

女生的神色間落落大方，詢問得得體禮貌。

蕭雲醒遲疑了一下，點頭：「好。」

拍完一張後，陸陸續續有人來找蕭雲醒合照，陳清歡在旁邊幽幽地看著，隨著時間的推移，她的唇線越抿越緊。

等眼下這張拍完後，蕭雲醒沒再給其他人機會，側身朝她伸出手：「學妹，輪到妳了。」

看她不動，又眉眼柔和地叫她一聲，聲音裡帶著無盡的笑意和寵溺：「過來呀。」

陳清歡立刻歡天喜地地跑過去。

兩人站在學校中庭前，齊齊笑著看向鏡頭。

眉眼靈動的女孩一笑，整張臉都生動起來。旁邊的男孩笑起來的時候，眼睛特別亮，兩人穿著乾淨的制服，渾身上下都是青春的氣息。

這是蕭雲醒為數不多笑著的照片，因為陳清歡，他才有了青春期少年該有的樣子。

圍在旁邊的人紛紛低聲感嘆著。

「他笑起來真好看！」

「我從來沒見過蕭雲醒笑起來的樣子！」

蕭雲醒不知道，多少人因為他這畢業前的一笑而澈底掉進坑裡，再也沒爬出來過。

拍完照後的陳清歡還不想走，痴笑地扯著衣角：「學長，你能在我的制服上簽名嗎？」

蕭雲醒被逗樂：「妳這樣還會洗制服嗎？」

陳清歡胡亂地搖頭：「不洗了不洗了！這輩子都不洗了！」

蕭雲醒最後還是幫她簽在了衣角上，陳清歡這才心滿意足地踏著上課鐘聲回到教室。

附中有個傳統，每年畢業的時候，若畢業生願意的話，可以把制服外套留給學弟和學妹，於是一些有名的學長姐的制服外套格外受歡迎，很多人去搶。

但整個早上過去了，蕭雲醒的制服外套依舊穩穩地搭在手臂上。

有不少女生來跟他要，但他都沒給，最後走到陳清歡所在的教學大樓樓下。

正是下課時間，校園裡到處都是喧鬧的人聲，他抬頭往樓上的教室看。

陳清歡遠遠看著他走近，那道身影身姿如松，清冷矜持。

迎著陽光，他看不清她臉上的神色，但蕭雲醒知道她不高興了。

一路走來，她清楚看到時不時有臉頰緋紅的女生跑到他面前和他說話，大概是想要制服外套吧，她氣到頭痛，那是她的！別人不准覬覦！

向霈不知從哪裡冒出來，扯扯他手臂上的制服外套逗他：「怎麼，雲哥，送不出去啊？送不出去的話就給我啊。」

蕭雲醒站在那裡，仰頭看著趴在二樓欄杆上的人，眼底滑過一絲清淺的笑意，忽然揚聲叫她：「清歡。」

陳清歡沒動。

他笑了笑，一抬手就把制服外套扔了上去。

陳清歡接到手裡，終於得意地笑了。

陽光太刺眼，其實他看不太清楚，只知道她肯定在笑。

陳清歡心心念念好久的東西終於到手，她彎起眉眼後跑回教室，大概是要去跟冉碧靈炫耀吧。

隔了幾天，蕭雲醒因為有事又回了一趟學校，辦完事後順路去了陳清歡的教室，想跟她說句話再離開。

她即將迎來期中考，他又不在學校，兩人也幾天沒見了。

悶熱的午後，教室裡除了老師的講課聲外，還有呼呼作響的風扇聲，窗外的知了叫個不停，隔壁教室傳來朗朗的讀書聲，窗邊的少女不知道什麼時候趴在桌上睡著了，窗外的少年就這麼靜靜地看著她沉靜的眉眼，心生歡喜。

陽光在他身後暈開一圈極淡的金色光暈，他就站在那片光暈裡出神。

清歡，我會一直等妳，等妳下課，等妳畢業，等妳長大……

下課鐘聲也沒能吵醒陳清歡，還是冉碧靈率先看到窗外的人才把她推醒。

陳清歡打著哈欠，睡眼惺忪地順著冉碧靈的提示看向窗外，下一秒直接跳起來：「雲醒哥哥！你怎麼來了？來看我嗎？」

蕭雲醒隔著窗戶，揉了揉她睡得發紅的小臉：「過來送東西，過幾天妳就知道了。妳啊，又睡了一節課，快期中考了，雖然要直升高中部，但也要當回事，不能考太差，知道嗎？」

陳清歡閃著大眼，低頭蹭了蹭他的掌心，抿唇笑：「知道呀。」

蕭雲醒看時間差不多了：「要上課了，我先走了，妳好好準備考試，等考完之後再帶妳出去玩。」

「好！」陳清歡依舊掛著笑容，只是眼裡有某些東西改變了。

楊澤延帶著課本慢悠悠地走進教室準備上課，在路過窗邊看到這一幕，有些於心不忍，於是囑咐蕭雲醒：「她都快哭了，即使你畢業了，也要經常回來看她啊。」

蕭雲醒點點頭，知道自己不走的話她就會一直這樣，於是跟她擺擺手，立刻轉身離開了。

陳清歡從窗戶探出腦袋往外看，直到他的身影消失。

自從蕭雲醒畢業後，陳清歡整日都流露出一副懶洋洋的模樣，懶得說話、懶得動，冉碧靈一有機會就要拉她出去走走：「樓下有個畢業展，我們去看看！」

陳清歡搖頭：「什麼畢業展？不想去。」

「附中的傳統啊，每年高三畢業生都會留一些禮物給母校，學校會放在樓下展覽，走吧走吧，看看這屆學長姐們有什麼新意。」

天氣太熱，陳清歡一點也不想動，打從心底拒絕：「妳和褚嘉許去吧。」

冉碧靈無奈，正想著該怎麼樣才能說服陳清歡，就看到褚嘉許從窗前走過，心裡感嘆一句：果然說曹操曹操就到。

陳清歡彷彿看到救星：「哎，那個誰，你的寶寶想去看畢業展，你快帶她去！」

「砰」一聲，冉碧靈一頭栽到桌上裝死。

褚嘉許被她調侃得有些不好意思，看看冉碧靈：「聽說那邊有學長的作品，我正想去看看，要不要一起？」

冉碧靈的八卦感測器立刻開始工作：「哪個學長？」

「蕭雲醒學長啊。」

冉碧靈還來不及說話就感覺到有一陣風吹過，然後就只能看到陳清歡的背影了。

褚嘉許覺得奇怪：「她跑這麼快是要去幹什麼？」

冉碧靈看看他：「你去幹什麼，她就去幹什麼啊。」

等冉碧靈和褚嘉許找到陳清歡時，她正站在一幅畫前，旁邊小小的牌子上寫著蕭雲醒的名字。

她走近後才看清楚，那是一副花下小貓戲蝶圖，旁邊配了兩行字：人間清歡不覺淡，誰知其味漫。

冉碧靈嘖嘖稱奇：「哇，水墨畫耶，蕭雲醒還會畫畫啊！」

不是什麼立意高遠的畫，卻勝在惟妙惟肖、氣韻生動，陳清歡突然想起一句話：「夫畫道之中，水墨最為上。」

冉碧靈面帶揶揄地看著她：「這哪是留給母校的啊，分明就是留給妳的！是吧，大傻子？」

邊說邊問旁邊的褚嘉許。

褚嘉許猛點頭。

「看到了沒？」冉碧靈攬著陳清歡的手臂，「連這個傻子都看出來了，別人肯定也看出來了，他沒有提前告訴妳嗎？」

陳清歡傻傻地搖頭：「沒有。」

冉碧靈不得不服：「是不是很驚喜？陳清歡啊陳清歡，妳這輩子真是值得了！沒想到蕭雲醒都已經畢業了，還這麼高調地秀恩愛。」

陳清歡看著畫慢慢笑出來：「這隻小貓看起來太柔弱、太可愛了，我應該是這樣的！」

說完後，她睜著眼睛鼓起雙頰，做出了凶猛的表情：「嗷……」然後還問，「有沒有很凶猛？」

冉碧靈把頭歪到一邊，笑得東倒西歪。

陳清歡看了許久還不肯走，她盯著那幅畫，雙眼迸發出奇異的光彩。

冉碧靈看到她這副眼神後都覺得害怕：「妳想幹嘛？」

陳清歡咬咬唇，像是下定了決心：「偷回家……」

「……」

半個多月後，升學考成績也出爐了。蕭雲醒的分數和他預估得差不多，穩穩地拿下理科的榜首，隨後也陸陸續續收到許多人的祝福，唯獨陳清歡沒有動靜。

那時候的她已經結束期中考進入長假了，卻遲遲沒找他，而且一連幾天都是情緒低落的樣子。陳慕白也看出了端倪，就試探性地問了一句，「反正蕭家那小子也畢業了，要不然我們再轉回國際學校？」卻直接被陳清歡打入冷宮，好幾天沒理他。

這個情況持續好幾天，直到某天，一直不肯出門的陳清歡一大早就出了家門，偷偷溜進學校，熟門熟路地來到蕭雲醒之前的教室，在打開門的一瞬間，往熟悉的座位看過去。

他們畢業後，教室就這麼一直放著，格局也沒變，他似乎還坐在那裡，像是從來都沒有離開過。

墨綠色的黑板上還留著亂七八糟的留言和塗鴉，她撿起一支粉筆，在角落的空白處寫下幾個字：

『蕭雲醒，我喜歡你。』

第十三章　小女友的規定

綠色的黑板，白色的字跡，代表她在蕭雲醒的庇護下度過無憂無慮的歲月。

陳清歡走到蕭雲醒曾經的座位前，大大喇喇地坐到他的課桌上，夏日的陽光肆無忌憚地從窗外照入，窗簾隨風搖曳，她輕輕晃著雙腿，仰頭看著窗外的藍天白雲，像是要融化在光圈裡。

雲醒哥哥，總有一天，我也要坐在你坐過的位子上，無論是座位，還是成績。

她似乎感覺不到炎熱，不知坐了多久，直到聽見開門聲她才抬眸看過去。

走廊外的光透過敞開的教室門灑進來，光影斑駁地打在他身上，他逆光而站，端正挺拔，一臉溫和地看著她。

他就是這樣的人，光是站在那裡不說話，也會讓人不自覺聯想到天邊皎潔清冷的明月，即便在炎炎夏日，也會讓人感覺到清涼。

陳清歡愣了一會兒才開口。

「你怎麼來了？」她歪頭想了一下，好像不太對，又重新問：「你怎麼知道我在這裡？」

蕭雲醒走了幾步來到她面前：「陳清玄一路跟蹤妳，妳都沒發現？」

陳清歡瞇了瞇眼：「這個臭小子竟然敢跟蹤我！」

蕭雲醒把她從課桌上拉下來，眉眼溫和地看著她：「還坐在這裡，不熱嗎？」

他拉起窗簾的白紗，遮住直直曬在她臉上的陽光。

瑩白透亮的臉頰透著好看的淡粉色光澤，因為曬久的緣故，她額間沁著細汗，就這麼仰頭看著他：「雲醒哥哥，我可不可以……」

蕭雲醒微微側頭，無聲詢問。

圓潤的大眼帶著滿滿的期待，她忽然踮起腳尖，快速在他的臉上親了一下，一觸即離，然後狡黠地笑著繼續說：「親你一下。」

唇頰相觸的溫情柔軟帶來一片香甜，讓他心底一暖，原來那層汗不是因為炙熱，而是緊張。

先斬後奏，如此調皮又無賴，果然是陳清歡的風格。

微風揚起的窗簾後露出女孩羞澀紅透的側臉，只是上一秒還在笑著，下一秒就毫無預兆地收起微笑，睜大雙眼靜靜地看著他。

眼眶緩緩蓄滿淚水，然後一顆顆滑落出來。

蕭雲醒要離開這間學校了，就剩下她一個人了。

「別哭。」

蕭雲醒認真細緻地抹掉她臉上的淚痕，然後扶著她的肩膀，緩緩探身在她臉頰上吻了吻。

這個吻很輕，像羽毛輕輕掃過，柔軟微涼的薄唇勾出了一抹淺淺的笑：「從今以後，清歡再也不是沒人親的小朋友了。」

陳清歡忍不住捂住被他親過的地方，面帶驚喜地看著他的眼睛，在心底尖叫。不得不承認，蕭雲醒在撩妹這方面頗有天賦，他若想要哄人，那人定然招架不住。

吃過午餐，陳清歡不願意回家，蕭雲醒正帶著她在大賣場裡瞎逛，自從升學考結束後，各種聚餐活動便充斥著蕭雲醒的生活，每隔幾天就能接到向霈的通知電話。

『雲哥，班上有人揪唱歌，你家小朋友考完試了吧？帶她一起來吧。』

他用口型無聲地詢問她的意見，陳清歡猛地點頭。

說是唱歌，真正想唱歌的人也沒幾個，不過是訂了最大的包廂在裡面玩。

向霈人緣好，周圍聚集了一堆人，他偏偏要坐在蕭雲醒旁邊拉他一起玩。

蕭雲醒一向清冷，和班裡的同學不太熟，那些同學也不敢往他身邊湊，現在看到向霈叫蕭雲醒一起玩，他也沒拒絕，大家都有些躍躍欲試。

有人從桌上抽出兩副牌提議：「來打牌吧？」

聞加敲敲他的腦袋，看了看坐在一起的蕭雲醒和陳清歡：「打牌？沒看到這裡坐著兩個數學競賽的霸主啊？根本是在找死。」

那人想了想，確實是這麼回事，立刻扔掉手裡的牌，又推了幾個骰蠱過來：「那搖骰子？」

眾人紛紛響應：「這個好。」

向霈看著眾人邊搖頭邊嘆氣，覺得這群人還是太年輕了：「雲哥你不能玩，你這種全能人才，一上來就大殺四方，沒意思，讓你家小朋友替你玩。」

難得想要參與一回的蕭雲醒被嫌棄後，收回手看了陳清歡一眼：「妳要玩嗎？」

陳清歡眨著大眼看著眾人期待的眼神，有些為難：「我？我不行啊。」

其中一人立刻熱情地招呼她：「不會玩？沒關係，我教妳啊。」

陳清歡搖頭：「不是。」

眾人好奇：「那是為什麼？」

陳清歡一臉純真無辜地回答：「媽媽說不可以欺負人。」

眾人紛紛大笑：「哈哈哈，小女孩口氣很大啊。」

蕭雲醒仰頭，你們會後悔的。

果然，接下來的時間，他耳邊的嘆氣聲就沒停過。

「哇，這個有點厲害了！」

「還有這種操作？」

「妳的骰子是不是有問題啊，我們交換一下。」

「算了算了，還是換回來吧。」

「這是什麼手氣？怎麼想搖幾點就是幾點啊？」

「太欺負人了，不玩了！」

「算了算了，還是打牌吧！」

但陳清歡不止牌技了得，連單手切牌、單手甩牌、雙手開扇這些華麗的花式炫技手法都玩得爐火純青，這些被她從小當玩具的東西根本不值一提，卻讓眾人看得一愣一愣的。

向霈無語，覺得自己也太年輕了，盯著陳清歡：「我靠，這位小朋友，妳是在賭場長大的嗎？」

陳清歡一臉懵懂：「不是呀。」

蕭雲醒抵著唇笑，如果她外公還在的話，肯定是……賭王的外孫女？

顧九思大概從未告訴過她外公的職業，倒是沒少教過賭桌上的那些東西。

向霈好奇：「妳是跟誰學的，雲哥嗎？」

陳清歡搖著頭：「不是，我爸媽教我的。」

向霈滿臉狐疑：「妳爸媽不是比較擅長彈鋼琴嗎？」

陳清歡遲疑了一下：「其實他們最擅長打麻將，我們家打麻將打得最差的是我弟弟。」

「有多差？」

「嗯……不好說。」

向霈轉頭問蕭雲醒：「雲哥，你來說。」

蕭雲醒以手指輕輕敲打著桌面，似乎在思考該怎麼回答：「的確不好說……反正我打不過的。」

號稱陳家裡打麻將打得「最差」的那位選手，竟然比蕭雲醒還厲害？這一家子都是些什麼人！

陳清歡明顯感覺到眾人看她的眼神都變了，小心翼翼地用指尖點著面前的幾張牌：「還要玩嗎？」

向霈把桌上的牌全部掃到自己面前：「妳有毒，不要碰它，它還小，它害怕！」

眾人紛紛認輸：「雲哥，還是你來吧。」

於是蕭雲醒替補上場。

又過了一會兒，眾人很是受挫，開始譴責他。

「雲哥，時間不早了，你帶你家的小朋友回家睡覺吧，這麼晚了帶小朋友來這種地方，有沒有人性？」

依照你們這種碾壓式的玩法，要我們怎麼玩？更過分的是，還附帶花式秀恩愛！

蕭雲醒無奈地退出遊戲，站起身後和陳清歡說：「時間也不早了，我去一下洗手間，等等就離開。」

蕭雲醒從洗手間出來，在走廊上看到許久未見的駱清野。

他懶散地靠在牆上，有一下沒一下地抽著手裡的菸，瞇著眼睛隔著嫋嫋升起的煙霧看著蕭雲醒：「這麼巧，你們班也在這裡唱歌？」

蕭雲醒「嗯」了一聲後停下腳步，難得和他閒聊幾句：「有什麼打算？」

駱清野一臉莫名：「打算？」

蕭雲醒看著他一語不發。

駱清野忽然聽懂了，氣到跳腳：「靠！老子在你眼裡就這麼一無是處嗎？你難道不知道我考上飛行員了？」

蕭雲醒依舊面無表情：「不知道。」

「都貼在榮譽榜這麼多天了，你都不看的？」

「沒看見。」

「靠！老子這麼風光，你竟然不知道？還是他們來學校招募的，你說，我是不是很厲害啊？」

蕭雲醒上上下下地打量他，擺出寡淡的神情：「你？」

「我怎麼了？老子身材這麼好！」駱清野提起T恤下擺，露出結實有型的腹肌後炫耀般地問：「要不要驗貨？」

這時，旁邊的包廂門忽然被打開，一個人剛好走出來，大概是駱清野的同班同學，看了看一臉風輕雲淡的蕭雲醒，又看了看半裸耍流氓的駱清野，眼底滿是驚悚加震驚：「靠！我什麼都沒看見沒看見……」

「砰」一聲就關上門縮回包廂了。

駱清野把衣服拉好，一臉疑惑地問蕭雲醒：「他怎麼了？」

蕭雲醒瞥他一眼，眼神變得清冷：「可能被你的身材嚇到了。」

兩人忽然沉默，靜靜地站了一會兒。

過了許久，駱清野主動打破沉寂：「改天……有機會，一起出來喝酒啊。」

蕭雲醒認真地回答：「我不喝酒。」

駱清野拔下菸蒂後猛地扔到地上踩滅，惡狠狠地問：「喝茶！喝茶總可以了吧！書生的毛病就是多……」

蕭雲醒依舊風輕雲淡：「可以。」

駱清野忽然笑了兩聲，轉身背對他擺擺手：「我走了。」

這大概就是學霸和流氓之間無須多言的惺惺相惜吧。

蕭子淵下班回到家，連衣服都沒換就進到書房找隨憶。

「妳今天有沒有接到什麼電話？」

隨憶從一堆厚重的醫學書中抬起頭：「招生組？」

蕭子淵點頭：「嗯，對方說妳兒子不接電話。」

隨憶撫額輕嘆：「招生組太不了解你兒子了，他不接的話，打給我們也沒用啊，我哪管得了他？我們在他面前完全沒有話語權。」

蕭子淵也跟著嘆氣：「哎，現在可是各所大學爭奪高材生的時候，就差持槍搶人了。」

隨憶忽然好奇：「你當年被搶過嗎？」

蕭子淵想了一下：「嗯。」

隨憶繼續問：「然後？」

蕭子淵仔細回憶了一會兒：「我也沒接電話。」

終於找到源頭，隨憶喟嘆：「怪不得他也不接電話啊……」

到了晚上，夫婦倆隨口問蕭雲醒為什麼不接電話。

蕭雲醒想起手機確實在下午的時候響過幾次：「下午我和清歡在看電影，後來班上有人揪唱歌，手機也剛好沒電了。」

隨憶隱晦地提醒他：「是招生組的電話。」

蕭雲醒也只是「哦」了一聲，絲毫沒當一回事，也沒有要回電的意思。

後來隨憶悄悄地和蕭子淵評價：「你兒子這是要上天！」

「要上天」的蕭雲醒果然沒有辜負父母的期望，直到填志願的前一天晚上，一家人坐在客廳看電視的時候，蕭子淵才忽然開口：「是不是忘了什麼事？」

隨憶很默契地接了一句：「什麼事？」

然後兩人齊齊看向長子。

蕭雲醒心領神會：「明天填志願。」

一說到這件事，兩位家長都莫名地興奮起來。

隨憶率先問：「要讀醫學院？」

蕭雲醒一票否決：「不要。」

蕭子淵順勢而上：「學不學機械？」

蕭雲醒搖頭拒絕：「不學。」

兩位家長對視一眼後，由一家之主開口總結。

蕭子淵輕咳一聲：「好吧，我們無話可說，你自己填吧，填好後再通知我們一聲。」

蕭雲醒的回答依舊簡潔明了：「好。」

蕭子淵和隨憶有時候也會想，有個格外省心的兒子，會讓他們看起來像個不負責任的父母。

當蕭雲醒推著行李箱走出家門去大學報到的時候，他們還不知道他是被哪個科系錄取了。

「格外省心」的蕭雲醒帶著錄取通知書去X大報到的時候，陳清歡也直升到高中部了。

開學第一天，她和冉碧靈去看分班表。

分班表前站滿一群人，他們在密密麻麻的紙張上找著自己的名字。

陳清歡踮起腳尖，看了幾眼就放棄了，拉著冉碧靈往外走：「算了算了，等沒人之後再來看吧。」

冉碧靈正眯著眼睛盯著某處看：「我好像看到妳的名字了，但不太確定，我再看一次……」

此時，她正好聽到有人從身後叫住她。

冉碧靈一回頭就看到了褚嘉許。

一整個暑假都沒見面，他不僅曬黑，而且還長高了，不過依舊靦腆。

他撓撓頭：「我剛剛幫妳看過了，妳和陳清歡同班。」

冉碧靈立刻尖叫著轉身抱住陳清歡：「聽到了嗎？我們又同班了！可以繼續當同學了！」

陳清歡點點頭，對她使了個眼色。

冉碧靈這才反應過來，立刻轉身問褚嘉許：「那你在幾班？」

褚嘉許立刻笑起來，露出一口大白牙：「我們是隔壁班。」

陳清歡了然地看著他，怪不得他笑得這麼開心。

再看看冉碧靈，嗯，好像也挺高興的。

兩人走回教室，一進門就看到楊澤延站在講臺上。

楊澤延一抬頭就看到他們：「怎麼不進來？看到班導是我，妳們不開心啊？」

冉碧靈立刻反應過來，笑著上前套近乎：「開心！開心得不得了！楊老師，等等安排座位的時候，能讓陳清歡坐在我旁邊嗎？」

楊澤延沒說話，看了一下陳清歡。

陳清歡立刻猛點頭。

他這才鬆口：「好吧！」

兩人立刻道了謝，乖巧地找到空位坐下。

新學期、新班級、新同學，不免俗套的自我介紹下來後，因為高一要軍訓一週，楊澤延又找人去領軍訓服，講解軍訓注意事項，待全部弄完後，整個上午也過去了。

吃過午餐，冉碧靈出去逛了一圈後飛奔回來，趴在陳清歡旁邊彙報她的八卦成果：「妳知道隔壁班的班導是誰嗎？」

陳清歡搖頭：「不知道。」

冉碧靈神色間全是八卦的光芒：「丁老師！」

陳清歡想了一會兒：「老楊追求的那個老師？」

冉碧靈點頭：「就是她！」

隔壁班，意味著兩班的科任老師是一樣的，而作為班導，就不可避免有更多接觸，丁書盈起初對於這件事是抗拒的，那麼多班級，那麼多班導，他們兩個竟然能當鄰居，她不相信楊澤延沒動手腳。

也不知道楊澤延是用了什麼手段，問了一圈後，竟然沒人願意和她調動，眼看就快要開學，她也只能接受現實了。

因為是隔壁班，軍訓活動也被安排在一起，兩班的學生隔三差五地看兩人相愛相殺，跟著湊熱鬧起哄。

他們的教官姓吳，是個不怎麼嚴肅的人，別班的教官整天繃著一張正氣凜然的臉做訓練，但吳教官卻老是嘻皮笑臉地和他們插科打諢。

烈日下，他們正擺著軍姿，隔壁班踢著正步從他們面前走過。

陳清歡小幅度地動了動手臂，去碰碰旁邊的冉碧靈。

冉碧靈用餘光看到她的示意後歪頭看過去。

吳教官立刻逮到兩人：「喂，妳們兩個在看什麼呢？」

冉碧靈難得臉紅地低下頭。

陳清歡笑嘻嘻地對教官露出微笑，指著隔壁班：「教官，那邊有個長得很好看的男生走過去了。」

冉碧靈扯扯她的衣袖，陳清歡則無視她。

吳教官竟然跟著看過去，瞇著眼睛問：「哪個？瘦瘦高高的那個？」

說著就往隔壁班走過去：「哎，老耿，跟你借個人啊！」

吳教官和隔壁班的耿教官勾肩搭背地小聲說話，耿教官忽然甩開他的手臂，抬腿踹了他屁股一腳：「嚴肅一點！」

吳教官大大咧咧地揉著屁股並對他微笑，不知道又說了什麼，氣得耿教官作勢想再補一腳。

沒過多久，吳教官就帶著褚嘉許過來了，他捂著屁股一瘸一拐，還大大咧咧地問：「是他嗎？」

這下不止是陳清歡，半個班的女生都跟著興奮地點頭：「是！」

進入高中的褚嘉許飛快地抽高，臉部的輪廓愈加分明，穿著一身迷彩服，笑起來陽光又帥氣，非常耐看，平時偷看他的女生也越來越多。

褚嘉許一臉不知所措，完全不知道是什麼情況，一抬頭看到幾步之外的冉碧靈後揚眉對著她微笑。

吳教官也是個妙人，笑呵呵地拍著褚嘉許的肩膀，推著他往前走了幾步：「這樣吧，你教他們幾個拳術，就站在這裡教，我幫你畫個圈，你不能走出這個範圍，我休息一下。」

眾人瞬間大笑起來。

吳教官指著冉碧靈前面的位置，兩人隔著面對面的距離。

冉碧靈害羞得連頭都不敢抬。

站在隊尾的丁書盈都要哭了：「蕭雲醒和陳清歡也就算了，褚嘉許和冉碧靈又是怎麼回事？」

楊澤延裝傻看天：「我怎麼會知道？可能是物競天擇吧！」

丁書盈氣得直接用遮陽傘打他：「胡扯！我從沒見過像你這種愛牽線的班導！能湊一對是一對！」

楊澤延順勢搶過遮陽傘幫自己遮陽：「關我什麼事啊，明明是吳教官的錯，再說了，怎麼能說是『湊』的呢？他們都是心甘情願。」

「那你能不能別找我班級裡的學生來湊？」

「反正是隔壁班啊，近水樓臺先得月，遠親不如近鄰。」

「近親還不允許結婚呢！兔子都不吃窩邊草！」

「我的學生又不是兔子。」

丁書盈最後放話：「你少胡扯，褚嘉許的入學成績是班級的第三名，如果退步了，我就把你這隻老兔子拿去燉！」

楊澤延不受威脅。

過了一會兒，丁書盈一臉嫌棄地看著他：「我說，你能不能別當著學生的面又吃又喝的？」

楊澤延左手抱著冰鎮大西瓜，右手拿著飲料，忙得不亦樂乎：「妳不覺得看他們曬著太陽，又渴又累的，吃這些特別過癮嗎？」

「變態！」

楊澤延拿著一把小花傘防曬，瞇著眼睛搖頭嘆氣：「這才幾天而已，這群小鬼怎麼一個個都曬得跟煤炭一樣……」說完他舉著小花傘走過去罵人：「你們這群小鬼，都說要擦防曬了，個個都不當一回事！本來就長得不好看，再曬下去，每個人都跟包青天轉世一樣，你爸媽還認得你們嗎？會有女生喜歡你們嗎？快去找關係好的女同學借一下，看看人家願不願意借給你們！借不到的話，等訓練結束後去跑操場！」

教訓完學生後，楊澤延又笑著回來獻殷勤：「丁老師，要不要擦點防曬？我剛買的。」

「一個男人擦什麼防曬……」

丁書盈看都懶得看他，往旁邊走了幾步和他拉開距離。

楊澤延又抹了一點防曬：「妳不是男人當然不會理解，我希望我的皮膚白白的，畢竟我是要娶老婆的人。」

她本以為擦防曬的楊澤延已經夠變態了，沒想到當天下午楊澤延用行動向她展示，什麼叫「沒有最變態，只有更變態」。

丁書盈遠遠就看到楊澤延坐在隊伍的最後面，肩上還扛了一把小花傘。她走過去推開小花傘，就看到楊澤延正拿著針線在縫一條軍裝褲。

她實在無法形容此刻的心情：「你在幹什麼？」

楊澤延被太陽曬得睜不開眼睛，瞇著眼睛碎碎念：「縫褲子啊，這群孩子連踢個正步都能把褲子弄破，這已經是第三條了，也不知道學校是從哪裡買的，品質真差！」

丁書盈挖苦他：「真像個賢妻良母。」

楊澤延喜孜孜地對她笑道：「那當然，以後誰娶到我，那是他的榮幸，畢竟也不是每個人都有這種福氣。」

丁書盈被他氣到頭痛，不自覺就說出了內心話：「我記得你以前不會這樣啊……」

楊澤延倒是正經了起來，不縫褲子，也不撐傘了，站起身居高臨下地看她一眼：「我記得妳以前也不是現在這個樣子。」

丁書盈最怕他提起從前，立刻轉身開溜。

褚嘉許被借走一次後，訓練時就開始心不在焉了。

耿教官也不含糊，在操場上震耳欲聾地喊：「褚嘉許！你在看哪裡！你女朋友在那邊嗎？」

褚嘉許立刻目視前方站好，動了動嘴唇：「有……」

站在他附近的人聽見後，立刻爆笑：「哈哈哈……」

不知道吳教官是有意還是無意，每天都去隔壁班找耿教官借褚嘉許，代價就是借一次被踹一次，偏偏被踹的那人還樂此不疲。

後來耿教官發狠不借了，任他再死皮賴臉都不鬆動。

這天下午耿教官要去開會，就讓吳教官帶著兩個班一起訓練，等他開會回來，就看到吳教官坐在那裡抹眼淚，周圍圍了一群學生，每個人都一副不知所措的樣子。

曬得黝黑的漢子蹲在那裡哭泣，有種莫名的反差萌。

耿教官走過去：「你們惹哭他了？」

有些男生不服氣地回答：「沒有！剛才你們上級來對他訓話，說我們踢正步踢得不好，唱軍歌還走音，其實吳教官教得很好，是他雞蛋裡挑骨頭……」

耿教官看他一眼：「好了，都別圍在這裡了，其實吳教官也才比你們大幾歲而已，你們別欺負他，好好訓練、好好學軍歌。」

等學生都散開，耿教官才踢他一腳：「給我站起來！那麼多學生都在看，還有沒有軍人的形象啊？」

吳教官「哇」一聲又哭了：「他當著那麼多人的面罵我！我不要面子的嗎？我也沒有教不好，他憑什麼罵我！就憑他的級別比我高？你的級別還比他高呢，你去幫我罵他！跟你借個人你也不借，你們都欺負我……」

耿教官抹了把臉，實在覺得丟人：「好啦，借給你！你想要誰都借給你，別哭了！真是沒出息，快點站起來！」說完他將他拉起來，還順勢踹了他屁股一腳，然後轉身捲起袖子，氣勢洶洶地往某個方向走，嘴裡還念叨著：「媽的，你個王八羔子，趁老子不在，仗著自己級別高就敢欺負我的人，我還不打斷你的腿……」

這件事過去後，褚嘉許每天待在這邊的時間，比待在自己班級的時間還長，他站在冉碧靈面前替吳教官教拳術和軍歌，然後看著吳教官悠閒地去隔壁班騷擾耿教官。

楊澤延有點心虛，軍訓結束後，他特地找到褚嘉許語重心長地囑咐：「小褚啊，開學以後，你可要好好讀書不能退步啊，要是你退步了，你們班導就會棒打鴛鴦，還會順便煮了我，楊老師年紀大了，可不好吃啊……」賣慘後又惡狠狠地瞪著他：「還有，敢分手就打死你！讓我看到我們班的小女孩在哭，我也會打死你！」

短短一席話把褚嘉許說得又害羞又窘迫，好在曬了好幾天，看不太出臉上的緋紅了。

相比陳清歡妙趣橫生的高中生活，蕭雲醒的大學生活就平靜許多。

他的室友是個和向霈很像的自來熟，叫韓京墨。

大學第一天報到，他提著行李箱到寢室的時候，其他兩個室友都只是笑著點頭打招呼，只有韓京墨翹著二郎腿，坐在椅子上叫他：「蕭雲醒！」

不是疑問的口氣，而是確定眼前的人就是蕭雲醒。但蕭雲醒完全不記得他是誰。

他走上前用三言兩語解釋清楚：「不認識我？但我認得你。我叫韓京墨，我在某年的競賽集訓隊上見過你，你是物理組，我是化學組。」

蕭雲醒實在沒印象，點了點頭算是打招呼。

韓京墨也不在意，有事沒事就湊到他面前和他聊天，有時候他不怎麼理人，韓京墨也能自娛自樂半天。

他總會在這種時候不自覺地想起向霈。

聞加和姚思天一個去了隔壁縣市，一個去了南部，向霈被X大的隔壁校錄取後，兩人因為學校離得近，軍訓後就經常來找蕭雲醒玩，果然和韓京墨一見如故。

兩個話癆湊在一起非常合拍，相見恨晚，聒噪得不行。

蕭雲醒上了大學後像是隱身一樣，每天除了上課之外，除非不得已，否則從不出現在大眾的視線裡。

在這個學校裡，不知道有多少人打著他的主意，他愣是不接招，低調得可怕。

某個週末，向霈來寢室找他玩，和韓京墨嘰哩呱啦一陣子後兩人都覺得無聊了。

韓京墨找出一顆籃球後叫上蕭雲醒：「去打球？」

蕭雲醒寧願坐著發呆：「我不會。」

都準備好要出門的向霈差點吐血，當年那個壓哨進球、讀秒絕殺，力挽狂瀾且戰績輝煌的蕭雲醒，難道都被陳清歡那個小妖精吃掉了？

韓京墨轉著手裡的籃球，覺得沒意思，他本來還想和蕭雲醒在球場上一較高下，頓時有種壯志難酬的遺憾。

兩人一路碾壓別人來到X大，學霸和學霸狹路相逢，不是你壓我一頭，就是我吊打你，但蕭雲醒卻總是一副風輕雲淡的樣子，這也讓他們變成亦敵亦友的微妙關係。雖然他很愛調侃蕭雲醒，但卻不准其他人這麼做，甚至在蕭雲醒被挪於的時候還會站出來袒護他。

韓京墨不死心，「別的呢？學校的游泳館挺不錯的，我們一起去游泳？」說完還對蕭雲醒擠眉弄眼，「美女也挺多的，身材都很好。」

蕭雲醒搖頭：「也不會。」

別說蕭雲醒，就連向霈現在聽到「游泳」兩個字都會腿軟，自從陳清歡轉到附中後，他替她背了一堆黑鍋，最後全被蕭雲醒的游泳卡安撫下去。

韓京墨有些急了：「那你說，你有什麼專長？不可能除了讀書以外什麼都不會吧？那也太無聊了。」

蕭雲醒一本正經地點頭，又搖了搖頭：「不無聊。」

韓京墨有點來勁，他不信自己無法打動蕭雲醒。

「要不要去參加社團或學生會之類的？」

「沒興趣。」

「對了，最近學校有舉辦歌唱比賽，我們一起去試試？」

「我五音不全。」

向霈全程觀看蕭雲醒一本正經地胡說八道，甚是沉默。

韓京墨氣得轉頭問向霈：「他上高中的時候也這樣？清心寡欲跟出家似的？」

向霈睜眼說瞎話的本事越發爐火純青：「其實我們也沒有很熟，只是在高二分組後同班，然後剛好坐在隔壁，平時沒什麼交集，我也不太清楚。」

韓京墨不相信：「你們平時不交流？」

向霈沉重地嘆了口氣：「提起這個，我就要回憶一下慘痛的往事了。想當年，我本來可以理直氣壯地告訴老師，『妳把我調到哪裡都沒有用，因為我和每個同學都聊得來』的話癆選手，直到我坐到雲哥的隔壁後才踢到鐵板。他定力很強，剛開始的幾個月，我費盡唇舌和他說話，但他完全不理我，至此，挑戰失敗。」

韓京墨同情地看了他一眼後也放棄這項挑戰，轉身回到桌前嗑瓜子，瞄著蕭雲醒跟向霈調侃：「說實話我真的不懂，不說別的，就只看這張臉，我要是長得像他一樣，一週至少會出門七次，在各大活動上出盡風頭，別說一場，至少得談一百場戀愛，和各種女人結識，最後再弄個三宮六院七十二妃，每天翻牌，如果玩膩了再出去打野，這樣才不會辜負這身皮囊吧？好吧，就算沒那麼逍遙，也不用每天過得跟苦行僧一樣吧？」

向霈唾棄地看著他：「你也太渣了吧！還有，你給我閉嘴，『打野』才不是那個意思。」

韓京墨不怎麼玩遊戲，微微一愣：「是嗎？沒關係，你聽得懂就好。」

向霈懶得跟他胡扯：「你還是積點功德吧！」

韓京墨一副高深莫測的樣子，繼續分析：「據我分析，他肯定受過很重的情傷，從此曾經滄海難為水了。」

向霈動了動嘴角後趕緊忍住，往蕭雲醒的方向看過去：「哎，雲哥，我能說嗎？」

韓京墨立刻興奮起來，把他的臉掰回來：「能說能說，不要看他，看我看我！蕭雲醒是不是真的受過情傷？快告訴我！或者……他是彎的？壓根兒不喜歡女人！」

向霈從他的魔爪中掙脫出來：「別亂說，雲哥有小女孩了。」

韓京墨一愣：「什麼小女孩？」

向霈看到他猥瑣的表情才反應過來，繼而鄙視地給了他一巴掌：「想什麼呢，就是小女友。」

「嚇我一跳，我以為有女兒了呢。」韓京墨眼神曖昧地瞥了蕭雲醒一眼，「女朋友還分什麼大小，跟大老婆和小老婆一樣嗎？」

向霈推他一把：「別胡說八道……雲哥說她還小，早戀不好，不能叫女朋友，所以都叫小女孩。」

韓京墨對蕭雲醒的「小女孩」表現出空前的好奇：「她是什麼樣的人？」

「嗯……不好說。」一提起她，向霈的心情和表情變得複雜，半天才憋出一句，「鬼靈精怪的小女孩。」

一直背對他們在看書、任由兩人八卦的蕭雲醒忽然糾正他：「她是個純真善良的小女孩。」

被陳清歡坑過無數次的向霈實在聽不下去，忍不住轉頭跟韓京墨吐槽：「你知道要說出這種話需要多厚的臉皮嗎？起碼我是說不出口的。」

蕭雲醒回頭瞥他一眼後又轉了回去：「她既沒殺人也沒放火，怎麼就配不上純、善二字了？」

韓京墨笑了：「你的標準也太低了吧。」

向霈小聲嘀咕：「你就承認自己是個文盲，壓根兒不知道純、善是什麼意思。」

蕭雲醒這次連頭都沒回，順手翻著課本並重複道：「她就是個純真善良的小女孩。」

韓京墨繼續跟向霈求教：「你說，他到底喜歡什麼樣的人啊？」

向霈認真地思索著：「非要說的話，雲哥……偏愛美女，偏到奶奶家的那種。」

韓京墨一喜：「和我志同道合。」

向霈趕緊澄清：「不不不，不太一樣，他只愛一種。」

「哪種？」

「一種叫『陳清歡』的美女。」

「陳清歡是誰？」

「雲哥的小女孩。」

接下來韓京墨表演起痛心疾首的樣子，讓向霈看得目瞪口呆：「你在幹嘛？」

韓京墨繼續演下去：「你知道孤獨求敗的滋味嗎？好不容易在大學碰到一個旗鼓相當的對手，我心癢啊，怎麼能不一較高下？但蕭雲醒根本不理我！」

向霈翻了白眼：「旗鼓相當？誰給你的錯覺？」

「哎，你這是什麼意思？」

向霈笑得意味深長：「不過有個地方，你不用和雲哥旗鼓相當就可以輕而易舉地碾壓他。」

「哪裡？」

「女朋友的數量。」

「我覺得你好像在侮辱我。」

「對，就是在侮辱你。」

「……」

後來韓京墨被隔壁寢室的人叫走了。向霈看韓京墨走遠後才湊過去小聲問：「雲哥，你為什麼這麼低調啊？你以前不是這樣的啊。」

蕭雲醒看他一眼。

他為什麼這麼低調？因為陳清歡說過，「雲醒哥哥，你上了大學後，不可以在別的女生面前打球和唱歌！不准和他們說話，不准對他們笑！最好不要出現在他們面前！」

囂張又霸道，一副理直氣壯的委屈，讓他每每想起來就忍不住想笑，小女孩驕橫起來尤為勾人，勾得他沒了任何心思，只能乖乖聽她的話。

蕭雲醒很快回神：「因為我懶。」

「……」

這句話讓向來以為自己胡說八道的本事、已經達到爐火純青的地步的向霈，覺得自己還有很大的進步空間。他缺少的是像蕭雲醒那種信手拈來的淡定與從容。

剛開學沒多久，X大針對新生推出了資優班，凡是每個縣市的榜首或者保送生都可以報名，被戲稱為神仙學院。

韓京墨在列印報名表的時候，還順便幫蕭雲醒印了一份。

蕭雲醒道了謝後，就把報名表丟在一旁，一直沒填。

直到報名截止的前一天，那張報名表還是空白的，這讓韓京墨嚴重懷疑，如果不是那張紙太薄，蕭雲醒會直接拿它去墊桌角。

韓京墨拿筆點點那張紙：「明天報名就截止了，快點填，我等等順便幫你交出去。」

蕭雲醒正打算去圖書館做選修課作業：「我不報了。」

韓京墨一驚：「為什麼？」

蕭雲醒輕描淡寫地回答：「沒什麼，只是覺得現在這樣就挺好的。」

韓京墨看了他許久，忽然明白了什麼，笑著把自己的報名表撕掉：「那我也不報了。」

蕭雲醒抬頭看他一眼，也沒說什麼，只是提著書包出門了。

幾天後，資優班公布了錄取名單，韓京墨的高中同學來找他玩，和他胡扯半天才問：「你為什麼沒去報名資優班班啊？」

他本以為韓京墨被刷下去，因此得意了半天，沒想到人家根本就沒報名。

終於進入正題，韓京墨神色輕鬆，面帶不屑：「為什麼要報？」

他和這位高中同學的關係本來就沒那麼好，不知道對方在想什麼，他也懶得敷衍。

「只是覺得很可惜，畢竟我們都是從集訓隊保送上來的。」

韓京墨指指正面無表情玩著魔術方塊的蕭雲醒。魔術方塊在他的手指間飛快旋轉，令人看得眼花繚亂。

「你看看他，理科榜首，他也沒報名。」

「榜首又如何？他總分多少？」

韓京墨說了個分數，那人一愣：「這麼高，有加分吧？原本多少？」

「這就是原本的分數。」

那人不服氣：「理科榜首哪能和集訓隊比較？」

「為什麼不能？要是讓你去考，你能考到這麼高的分數？」韓京墨聽不得他這個口氣，「再說了，你怎麼知道人家不是集訓隊的呢？實力擺在這裡呢。」

「他也是？哪個學科？」

「IPHO 和 IMO，滿分金牌得主。」

「兩個？唬爛吧。」

他還沒見過能在兩個學科競賽中拿滿分的人。

韓京墨吊兒郎當地分析：「他可能只是想去寫一下題目，看看出題者的水準，去物理競賽轉了一圈後發現沒什麼意思，就去數學競賽挖掘不一樣的地方。」

「那他幹嘛參加升學考，直接保送不就好了？」

「可能想看看升學考的考題和競賽題的差別吧。」

聽聞這些事蹟後，他灰溜溜地離開了：「炫耀個屁！」

韓京墨關上門走回去「指點」蕭雲醒：「你這樣玩是不行的，你沒看過那些大神都是蒙著雙眼玩的嗎？」

蕭雲醒沒理他，繼續轉著手裡五顏六色的方塊。

韓京墨這個門外漢閒著沒事就坐在蕭雲醒旁邊瞎指揮。

蕭雲醒嫌煩，把魔術方塊放到他手裡。

韓京墨訕笑著擺手：「我沒有自虐傾向。」

蕭雲醒終於開口說話：「那就閉嘴。」

韓京墨在摸摸鼻子後悄然走開了，委屈地心想：蕭雲醒好凶。

第十四章　心如止水

國慶日當天，蕭雲醒和陳清歡有約，但那天他恰好還有一節課，就讓陳清歡去找他，等他下課後再一起出去玩。

下課後，蕭雲醒也沒動，坐在座位上等陳清歡過來。

韓京墨收拾好書包走到他身邊：「走走走，正好今天放假人比較少，我來教你打籃球。」

蕭雲醒搖頭：「我還有事。」

韓京墨忽然覺得教室裡的氣氛有點詭異，抬頭環視一圈後才終於知道哪裡不對勁。

他們這節是選修課，女生的數量相對比較多，明明都已經下課了，但教室裡大部分的女生都沒動，也沒有要自習的意思，還時不時往這邊看。

韓京墨覺得有意思，一屁股坐到蕭雲醒旁邊的空位上認真和他探討：「蕭雲醒，我長得不好看嗎？為什麼這群女生老盯著你，就看不到我呢？」

蕭雲醒看他一眼，客觀地給出答案：「還可以。」

韓京墨摸著自己的臉，他自認這副皮囊已經很不錯了，之前在國中也算是風雲人物，追他的女生也不少，怎麼到了蕭雲醒這裡就只得到了「還可以」的評價？

他正想幫自己爭取一下，就聽到頭頂有道女聲響起：「同學，你能講解這題給我聽嗎？」

韓京墨下意識抬頭看過去，可惜那個女生看的不是他，他有些挫敗，趕緊碰碰蕭雲醒：「找你的。」

蕭雲醒頭也沒抬地快速回答：「我不會，你問他。」說完把遞到面前的書本移交給旁邊的韓京墨。

韓京墨看看蕭雲醒後再看看臉頰通紅的女孩，詭異地笑著：「美女，妳是問題還是問人啊？」

女孩被變相拒絕，難堪地搖搖頭：「不問了、不問了。」說完後抱著書本跑出教室。

這一幕恰巧被陳清歡撞見。

韓京墨還在蕭雲醒耳邊喋喋不休：「唉，那個女孩長得挺不錯的，氣質也好，你怎麼連看都不看呢，人家多難過啊，雖說你沒看上就推給我的行為很值得推崇鼓勵，但還是別這麼幹吧，畢竟我也是有女朋友的人。你那是什麼眼神？雖說我換女朋友換得很勤，但我也是有節操的人，從來不會腳踏兩條船……」

蕭雲醒對於他念經般的聒噪充耳不聞，直到看到陳清歡的訊息，才開始收拾書包準備離開。

陳清歡坐在教學大樓對面的柳樹下，看到他後也不像往日一樣撲上去，直到他慢慢走近後，她才從書包裡拿出一本習作：「講解題目給我聽！」

蕭雲醒看她神色異常，氣鼓鼓地也不看他：「哪題不會？」

她隨手翻開一頁，眉頭緊蹙，聲音裡透著煩躁：「這頁全都不會！」

蕭雲醒從中挑了一題後認真講解一遍：「懂了嗎？」

陳清歡垂著眉眼：「聽不懂！」

「哪部分不懂？」

「全部都聽不懂，一點都聽不懂！」

蕭雲醒這才看出來她在鬧脾氣：「妳怎麼了？」

陳清歡也不回答，故意湊過去吸了口氣，緊緊盯著他：「你身上怎麼有女孩子的味道？」

蕭雲醒無語：「妳離我這麼近，肯定是妳的吧。」

陳清歡抬頭瞪他，極力反駁：「不是我！今天肯定有女生離妳很近！」

蕭雲醒終於知道她彆扭的原因，於是勾起唇角：「那個女生只是在問我題目，我沒講解給她聽。」

陳清歡孩子氣地發飆：「我不相信！我看一眼就知道她喜歡你！我生氣了！超級生氣！你哄不好了！」

十月份的天氣已經不熱了，還帶了一點秋高氣爽的宜人，女孩坐在柳樹下發脾氣的樣子讓他覺得可愛。

他看了她一會兒後忽然俯身，猝不及防地親了一下她的側臉，鼻尖曖昧地從她柔嫩的肌膚滑過，直起身後看著她的眼睛：「還生氣嗎？」

她的臉頰白嫩，親上去有股淡香，蕭雲醒屏住呼吸，心跳如雷，看起來淡定又從容，但仔細一聽還能聽到聲音裡帶著微微的顫抖。

陳清歡的雙頰瞬間染上好看的粉色，剛才的氣急敗壞頓時煙消雲散：「不……不生氣了。」

蕭雲醒笑了，眉眼微揚地看著她：「還需要繼續講解題目給妳聽嗎？」

「不……不用了。」陳清歡咬咬唇看他一眼，低下頭小聲嘀咕，「你……你不能每次都只用這一招。」

蕭雲醒挑眉：「嗯？」

陳清歡飛快地看他一眼：「你下次……可以親別的地方。」

「……」蕭雲醒開始裝傻。

後來小女孩就沒老實過，不好好走路就算了，還時不時歪頭看他，對著他笑。

蕭雲醒目光清潤，垂眸問她：「小丫頭今天怎麼了，一直笑。」

陳清歡面若桃花，聲音又嬌又軟：「雲醒哥哥，你是不是特別喜歡我？」

蕭雲醒神色悠然，止不住地想笑：「妳說呢？」

她笑得更加燦爛：「嘿嘿嘿。」

蕭雲醒捏了捏她的鼻尖：「小傻子。」

話雖這麼說，語氣裡滿是寵溺與無奈，絲毫不見一絲嫌棄。

一直到晚餐時間，陳清歡在餐桌前依舊對著飯菜傻笑著。

陳慕白像是怕打擾到她一樣，低聲問顧九思：「她又怎麼了？」

陳清玄舉手搶答：「我知道我知道，肯定是因為姐夫！」

顧九思點頭：「嗯，她情緒起伏的唯一來源。」

陳慕白一聽到「姐夫」這兩個字就火大，不過看看女兒喜不自勝的樣子，最終還是忍住了。

國慶連假過後兩人都開始忙碌，而兩位班導相愛相殺的日常還在持續。

週三上午，丁書盈在教學大樓門口碰到他們班的體育老師。

「丁老師，今天下雨，你們班這節體育課上不成了。」

丁書盈一聽，精神一振：「真的嗎？那讓給我吧。」

鄰近月考，她正好可以幫學生複習。

體育老師提醒她：「那妳動作要快一點，我剛才遇到楊老師，看到他抱著課本往教室走去了。」

丁書盈一聽，立刻不顧形象地抱著課本往教室跑。

等她氣喘吁吁地跑到教室門口的時候，楊澤延已經開始上課了。

看到她出現在門口，他竟然還停下來，站在講臺上嘲諷她：「丁老師，下次記得再跑快一點啊！」

丁書盈氣得想把手裡的書丟到他臉上。不曉得這是第幾次被他搶先，害她白買運動鞋了！

她懶得理她，直接轉身離開了。

等她走遠後，楊澤延才開始詢問底下的學生：「哎，丁老師上節課在教什麼啊？練習題啊，講到哪裡了？我接著講。」

底下的學生大笑：「您懂嗎？」

楊澤延捲起袖子：「我懂嗎？告訴你們，我以前可是個學霸！你們丁老師都是我教的。」

一句話勾起學生們的八卦之心，紛紛發問。

「您跟丁老師是同學啊？」

「是啊。」

「楊老師，聽說你在追丁老師，想讓她做你的女朋友是嗎？」

「誰說的？簡直胡說八道！我一把年紀了，還追女朋友？」楊澤延忽然收笑，義正辭嚴地看著底下的學生糾正道，「是追老婆！」

「哈哈哈……」

丁書盈到了下午才聽說此事，當場氣炸，直接衝到肇事者面前：「楊澤延！你以後要是敢再提到我的事，我就弄死你！」

楊澤延正在幫學生批改作業，抬頭看她一眼：「妳打算怎麼做？」

辦公室裡的其他老師都低著頭不說話，想盡辦法降低存在感。

丁書盈的臉一下子就紅了，壓低聲音質問：「能不能要點臉？」

楊澤延優哉地回答：「臉這種東西是身外之物，沒有老婆的人不配擁有這個東西。如果妳同意當我老婆的話，我可以不要。」

丁書盈沒他這麼不要臉，當場拂袖而去。

週五下午，丁書盈帶著印好的試卷準備去教室發給學生當隨堂測試，沒想到到了教室門口後，竟然又被楊澤延搶先一步。

她看看黑板旁的課表後面帶疑惑地問：「這節不是音樂課嗎？你在這裡幹什麼？」

楊澤延回答得理直氣壯：「音樂老師讓給我的。」

丁書盈惱了：「她為什麼會讓給你？」

楊澤延略帶得意：「因為我答應幫她寫教案，她寫了好幾天才寫了半頁而已。」

丁書盈直接氣笑：「你連音樂老師的教案都會寫，你怎麼不上天呢？」

楊澤延邊說邊瞥她：「別忌妒，以後要是誰當我老婆，我天天幫她寫。」

「這麼能寫，你上輩子是打字機吧！」

「別說打字機了，等我有老婆後，我老婆說我是什麼，我就是什麼。」

丁書盈無意間一回頭，竟然看到滿屋的學生正津津有味地看著兩人鬥嘴，實在有傷顏面，再次鎩羽而歸。

天氣越來越冷，冬日來臨後讓人越發倦怠，一連幾天都是陰雨綿綿。自從蕭雲醒離開學校後，陳清歡整日無精打采，像是隨時都要進入冬眠狀態。

一大清早，顧九思叫她起床，她半天都沒動靜，卻也沒有無理取鬧地發脾氣，很是反常。

顧九思再一次叫她，走到床邊一看，她的臉通紅一片，抬手一摸，果然發燒了。被她一摸，陳清歡慢慢睜開雙眼，吸了吸鼻子後小聲開口：「媽媽，我不想去上學，學校裡沒有雲醒哥哥了……我好久都沒見到他了……」眼淚瞬間流下，一雙漂亮的眼睛又紅又腫，不知道是身體難受還是心裡委屈。

陳清歡和顧九思的外交一向是採取硬碰硬的懷剛政策，偶爾軟弱一回，顧九思的心就軟得一塌糊塗。

她幫陳清歡量完體溫、蓋好被子後，走出房間打電話給蕭雲醒。

「你方便的話，能不能來家裡看看清歡？」

蕭雲醒在掛斷電話後立刻趕到陳家，這麼冷的天氣，他的額角竟然帶著溼意。

顧九思沒想到他來得這麼快，畢竟X大離這裡不算近。

上了大學後的蕭雲醒變化不小，那個翩翩少年終於長大，個子也高了不少，當年他的眉宇間滿含清俊，如今變成肆意的俊逸，不僅五官越發精緻，線條也硬朗了許多。

「清歡有點發燒，在房間睡覺，你進去看看吧。」

蕭雲醒推門進去的時候忽然愣住了。

布置的格局完美複刻他的房間，沒有小女孩的色彩，明明他上次來的時候不是這個樣子，有那麼一瞬，他覺得自己可能走錯了。

想明白後，他在心裡默默喟嘆一聲，小女孩想念他的方式很特別啊。

他往房裡走了幾步，一眼就看到床上的人，她縮成小小一團，頭髮隨意散在枕邊，臉頰泛著不正常的紅暈，懷裡還抱著他們一起買的奶黃色抱枕，眉頭緊緊皺著。

小巧的身子縮在被子下，抱起來肯定軟綿綿的，房裡瀰漫著的香氣是她原有的香甜氣息。

他剛在床邊站定後她就醒了，靠在床頭拉著他坐到床邊，委屈地仰頭看著他。

「你好久沒來看我了。」

「你為什麼不來看我？」

「你什麼時候會再來看我？」

她一邊發問一邊摳著他胸前的紐扣不放手，試圖想把它扯下來。

蕭雲醒輕觸她的額頭試了一下溫度，輕聲問：「怎麼發燒了？」

她把額頭緊貼在他的臉上答非所問：「我羨慕這顆扣子，可以一直和你待在一起。」

她因為剛睡醒又生病，聲音軟綿綿的，聽著就讓人心軟，他讓她躺下，剛蓋好的被子卻被她一把掀開，露出脖子和手臂上白皙的肌膚，讓人想咬一口，他心頭微微一跳，鎮定地挪開視線，用被子重新包住她：「蓋好。」

陳清歡在被子下扭來扭去地抗議：「可是我好熱。」說完又從棉被下伸出一條腿，細白的腿就這麼搭在他身上，粉嫩玉潤的腳趾還調皮地晃來晃去。

真是個撒嬌怪。

蕭雲醒深吸一口氣後扯扯被子，把她的腿遮住，沒一會兒她又探出來，被他一遍遍遮好。

當兩人正在無限循環的時候，顧九思拿著粥和藥走進房間並放在她的床頭：「把粥吃完後再吃藥，好好睡一覺，明天就好了。」

她深知陳清歡生病的時候特別難伺候，放下東西後便轉身走出房間，不厚道地把難題留給蕭雲醒。

蕭雲醒試了一下溫度後把粥端給陳清歡。她披著被子坐起來，壓根兒沒有要伸手接過的意思，對著面前的白粥發愁，巴掌大的小臉燒得紅通通，皺成一團，面上一片憂愁：「我不想吃這個。」

他緩聲開口，好脾氣地和她商量：「生病的話就要吃清淡一點，等妳好了我再帶妳去吃妳想吃的。」

陳清歡坐在床邊晃悠著粉嫩白皙的小腳丫，歪了歪腦袋：「我想吃你做的海鮮粥。」

蕭雲醒端著碗和她講條件：「妳先把這碗吃掉，過兩天就做給妳吃。」

陳清歡得寸進尺地問：「過兩天是什麼時候？」

蕭雲醒的眉眼越發柔和：「大後天。」

陳清歡頓時笑了，她用晶亮的雙眼盯著他再次確認：「你大後天會來看我嗎？」

蕭雲醒點頭，沒有半分敷衍：「會。」

陳清歡的心情終於變好，歪頭想了想，暫時沒想到其他條件，乖乖捧起碗喝了一大口，再抬起頭時，溫軟的唇邊沾染著一圈米油，配上她笑咪咪的表情，就像一隻滿足的小奶貓，一雙清澈的大眼睛像是含著滿湖春水，清純中透著一抹若有若無的嫵媚，最是致命，他看了一眼就趕緊移開了視線。

小小年紀就這樣，長大還得了！

吃完粥後，蕭雲醒幫她量了體溫，又按照說明給她吃藥。

陳清歡不想吃藥，暖洋洋的身子吊在他的脖子上，哼哼唧唧地撒嬌說難受，小女孩的手臂纖細柔嫩，在他眼前晃了晃，蕭雲醒看著她因為生病而溼漉漉的大眼，摸摸她的頭哄她：「乖，吃完藥就不難受了。」

她探頭看了看蕭雲醒手裡的藥，精緻小巧的鼻子微微皺起，滿臉都是抗拒和嫌棄，聲音裡帶著一抹嬌氣的哭腔重複道：「我不想吃。」

她窩在他懷裡，把頭埋到他胸前亂蹭，頗有「恃病而驕」的意味。

蕭雲醒也不見煩，眉眼柔和地輕哄她許久，後來她鬧累了，吃完藥又喝下一大杯水後趴在他懷裡昏昏欲睡。

她天生骨架小，還是個小孩子，抱起來軟綿綿的，熨貼著他的心。

連日的陰雨讓今天的豔陽高照格外珍貴，陽光從窗外灑入整個房間，陳清歡被曬得懶洋洋，連心裡都是暖的。

陽光下，她什麼都不想做，只想趴在蕭雲醒的肩上聞著他白色毛衣的香味，沒有別的，除了溫暖就是乾淨，耳邊是他輕柔的嗓音，溫柔且愜意。

不知道趴了多久，臨睡前還抓著他的衣袖含糊不清地念著：「雲醒哥哥，你不可以趁我睡著的時候偷偷離開喔……」

蕭雲醒把她放回床上，又替她量了一次體溫後才放心地走出房間。

顧九思看到他走出房門後笑著道謝：「不好意思，還麻煩你跑一趟。」

蕭雲醒臉上帶著歉意：「對不起，我確實很久都沒來看她了。」

他只要參加比賽的集中培訓，就會忙到忽略許多事，今天接到顧九思的電話後，他第一時間竟然是覺得懊惱。

顧九思嚇了一跳：「不要太寵她，你有你的事情要忙，要不是她生病了，我就不麻煩你了。」

「不麻煩。」蕭雲醒頓了一下，「如果可以的話，我想……等她醒了再走。」

顧九思立刻點頭：「這樣最好，正好我也要去公司一趟，你在這裡還可以幫我看著她，鍋裡有我煮好的粥，等她醒來後你再幫她盛一碗，冰箱裡有飯菜，你想吃的話可以拿出來加熱。」說完立刻衝出家門，看不出任何擔憂。

蕭雲醒不知道顧九思為什麼會對他如此放心。他和陳清歡早就到了男女有別的年齡了，但她好像並未察覺，依舊像小時候一樣膩在他身邊，蕭雲醒垂眸想著陳清歡，溫柔在眼底靜靜流淌。

七歲時的陳清歡還是個賴在他身上撒嬌耍賴的小女孩。

他不知道的是，顧九思見過太多人和事，好壞、白黑、明暗，那些人心和算計在她面前都不值一提，她在這個少年身上看到不著痕跡的智慧，那種慣常的謹慎和恪守讓她從未擔心過。

小時候的陳清歡，脾氣比陳慕白還差，又壞又彆扭，雖說長大以後已經好很多了，但在認識蕭雲醒以後，個性才徹底改變。

如果非要讓她評價蕭雲醒的話，那就是「極有分寸」。無論做什麼事，分寸與尺度都把握得非常完美，恰到好處的妥帖讓人覺得舒服，恰如其分的體貼和「剛剛好」的藝術，被他詮釋得淋漓盡致，淡泊又睿智。

陳清歡沒睡多久就醒來了，蕭雲醒陪了她一整天，把她哄得格外高興，乖乖吃飯、乖乖吃藥，完全不見顧九思口中的「難伺候」。

吃過午餐後她睡了很久，直到陳慕白下班回來她都沒醒。

陳慕白趕緊去看看女兒的情況，又深深看了旁邊的蕭雲醒一眼。

蕭雲醒很快移開視線，接收到驅逐的訊號後發現時間也不早了，便趕緊退出房間，和顧九思打了聲招呼準備回家。

顧九思瞪了陳慕白一眼，貌似有些為難：「還是等她醒了再走吧，如果她醒來沒看到你的話，肯定會發脾氣的，這丫頭被她爸爸寵得無法無天，脾氣又壞，一旦鬧起彆扭，鐵定能把屋頂掀了。」

「不會。」惜字如金的蕭雲醒忽然緩聲回覆，「她很乖。」

她是他最乖、最乖的清歡寶寶。

她很乖？顧九思沒想到像他這樣的清俊貴公子，胡說八道起來還挺像模像樣的，如果陳清歡不是她生的，她差點就相信了。

最可怕的是，蕭雲醒的眼中竟然帶了一些與有榮焉的笑意。

作為陳家大小姐的親生母親，她從以前就聽過許多對陳清歡的誇讚，唯獨沒有「很乖」這一點，就連把她寵上天的陳慕白都沒辦法昧著良心給出這樣的評價，因為陳清歡和「乖」字真的沾不上邊。

顧九思轉念一想，算了，孩子都長大了，還是得給她留點面子，到底也沒有問他「陳清歡哪裡乖了」。

陳清歡醒來後看到蕭雲醒還在，立刻露出一副笑嘻嘻的模樣，在吃完晚餐後依依不捨地和蕭雲醒告別，目送他離開。

陳慕白在一旁頗為欣慰：「我女兒的個性真是好得不得了，即便生病卻還這麼有禮貌，對客人笑得這麼甜……」

「……」顧九思覺得這個女兒控已經沒救了。

第二天，蕭雲醒從家裡帶了個奶黃色的抱枕回到學校，驚得同寢室的室友同時噴水，韓京墨想伸手去摸，卻被他揮手打掉。

唯獨來串門子的向霈已經見怪不怪，氣定神閒地看著他。

韓京墨收回手：「蕭雲醒，這……這是什麼玩意兒？」

蕭雲醒的神色有些不自然，把抱枕往枕頭底下塞了塞：「抽獎抽到的。」

韓京墨指著那個抱枕：「這東西和你也不搭，不如給我，我拿去送人。」

蕭雲醒瞥他一眼：「不行。」

「為什麼不行？」

「不為什麼。」

「那是為什麼不行？」

「因為我喜歡。」

「你喜歡這個？奶黃色的抱枕？品味很獨特啊……」

向霈在一旁幽幽開口：「奶黃色的抱枕算什麼，雲哥還有粉色的水壺呢。」

「粉色的水壺？」

向霈一臉神祕地壞笑。

「哼哼，這肯定不是抽獎抽到的吧？」韓京墨大概猜到了答案，轉而去問蕭雲醒，「小女友送你的？」

蕭雲醒不動如山，轉身拿著水壺去裝熱水。

「透露一下啊，生活這麼無聊，總得聊點八卦來娛樂一下吧？蕭雲醒？蕭雲醒！」韓京墨對著他的背影喊，「你好無趣啊！再這樣下去，你真的會沒朋友！」

蕭雲醒步履閒適，連髮絲都沒動，把韓京墨的暴跳如雷關在門內。

八卦的主角離開後，韓京墨也恢復正常，坐回桌前問向霈：「那個粉色水壺是怎麼回事？」

向霈猛地拍桌：「靠！被你一打岔，差點把正事忘掉了。我堂弟明年要考升學考，想借雲哥的筆記來看看呢。」說著就要去追蕭雲醒。

韓京墨攔住他：「跟我借啊，我也是學霸。」

向霈一臉審視地看著他，表示懷疑：「你升學考考幾分？」

韓京墨的眉目間滿是得意：「我保送進來的！」

向霈聽聞後滿臉嫌棄：「保送就算了，走開走開。」說完後立刻抬腳追出去。

韓京墨坐在原地瞠目結舌：「這麼看不起保送生嗎？」

兩天後的傍晚，蕭雲醒忽然回家一趟。

「怎麼回來了？也不是週末啊，還好你回來的及時，不然你就沒飯吃了。」

隨憶看到天還沒黑，蕭雲醒就進了家門，覺得很是奇怪，繼而擔憂地開口，「大兒子，你這樣不行啊，都已經是大學生了還這麼早回來，沒人找你一起玩？他們孤立你？你跟你弟弟學學，沒事的時候就多笑一點。」

蕭雲醒對於母親的擔憂置若罔聞，挽起衣袖洗手：「我來做晚餐。」

隨憶求之不得，趕緊讓出廚房，又回頭看了在廚房忙活的大兒子一眼，那張側臉異常的沉著，專心地切著菜，格外鄭重其事，看來這頓飯沒那麼簡單。

當晚的晚餐是四菜一粥，海鮮粥在砂鍋裡煲了很久，香米、糯米、干貝、蝦米、芹菜、薑絲、香蔥先後下鍋，明火煲煮，邊煮邊攪動，頗費功夫。

蕭雲醒難得下廚，蕭子淵和隨憶兩人深知這頓飯非同尋常，但他們沒有多問，只是默默吃粥。只有沒眼力的蕭雲亭邊吃邊說：「哥，你下次再放點螃蟹吧，我會更喜歡。」

蕭雲醒連眉毛都沒抬：「清歡不喜歡吃。」

「……」

蕭雲亭聽聞後非常傷心，於是報復性地多吃了兩碗粥。

吃完晚餐後，蕭雲醒算好陳清歡晚自習結束的時間，拎著保溫瓶出門了。

隨憶體貼地詢問：「晚上還會回來嗎？」

蕭雲醒站在門口坦然回答：「不會。」

隨憶一臉意味深長，隱晦地提醒：「要做好防護措施，便利商店都有賣。」

蕭雲醒無語：「我會直接回學校，明天早上有課。」

隨憶很失望：「那……路上注意安全。」

蕭雲醒抵達附中門口的時候，看到陳家的車停在馬路對面的角落裡，他走過去敲敲車窗。

陳靜康很快下車：「雲醒少爺。」

「康叔。」

「你來接大小姐啊？早知道你會來我就不跑這一趟了，她見到你就要嫌棄我了。」

「不好意思讓您多跑一趟，我等等會把她送回去。」

「好，那你在這裡等一下，我先走了。」

陳靜康臨走前，又打開車窗看了一眼。

到了下課時間，校門口瞬間湧出大批學生，蕭雲醒靜靜地站在喧鬧的人群中，看起來如此清淡的人在看到陳清歡後，他的眼裡瞬間染上一抹暖色，連他自己都沒發現。

陳清歡跟著人群，晃晃悠悠地低著頭往外走，剛出校門就被人拉住手腕，她愣了一下後抬起頭，眼睛一亮便笑了起來，大概是感冒還沒好，鼻音有點重：「你怎麼來了？」

她笑的時候總是眼睛先笑，爾後才勾起唇角，眼下有個小小的淚窩，讓人覺得可愛。

蕭雲醒拉著她往旁邊移動：「不是說好『兩天後』來看妳嗎？」

她臉上的笑意更濃：「等多久了？會不會冷？」

也不等他回答，便冠冕堂皇地摸了摸他的手，試完溫度後還一直賴皮地握著，也不鬆開。她靠近他後深深吸了口氣，清晰聞到他身上帶有淡淡的沐浴乳香氣，清爽又乾淨。

「你剛洗好澡？」

「嗯，還做了晚餐，身上有油煙味。」蕭雲醒拉著她往前走，把手裡的保溫瓶給她，「餓了吧？我帶了海鮮粥給妳。」

陳清歡興奮得都快跳起來了，她還以為他忘記了。

兩人找了一間便利商店，裡面剛好有一排桌椅。蕭雲醒進去買了瓶水，然後坐下來幫她盛粥。食物的熱氣在寒冷的冬夜氤氳成霧，帶來一陣暖香。

「好香啊！」

陳清歡輕咬著下唇，亮晶晶的雙眼一眨不眨地盯著他的動作，看到他把湯匙遞過來，便歡喜地抱著碗開始吃。

她剛要把粥放進嘴裡，就忽然想起了什麼：「你吃了嗎？」

蕭雲醒喝了一口水：「吃過了，妳快吃。」

陳清歡低頭開始猛吃。

蕭雲醒拿著紙巾，時不時幫她擦擦嘴角：「好不好吃？」

陳清歡一臉滿足，開心地對他笑：「好吃！」後來吃得高興了，又開始搖頭晃腦地哼歌。

陳清歡在蕭雲醒面前一向是個捧場王，裝滿一整個保溫瓶的粥被她吃得乾乾淨淨。

方怡今天比較晚離開學校，剛出校門就看到坐在便利商店門口的兩人。

蕭雲醒把紙巾罩在陳清歡的鼻子上，捏住她的鼻子：「用力。」

陳清歡立刻閉起眼睛開始擤鼻涕。接著就看到他把紙巾疊好，扔進一旁的垃圾桶裡，絲毫沒有嫌棄之意，回身牽著她的手離開了，溫柔得讓人想哭。

但這份溫柔不屬於她，她難過得都快要哭出來了。

難道這真的只是講求緣分？即便她再努力，蕭雲醒也永遠都是陳清歡的？

蕭雲醒牽著陳清歡慢慢走在冬夜的街頭，她每走幾步就會歪頭看他一眼，然後再垂眸偷笑。

已經進入隆冬，夜裡的氣溫很低，天氣很冷，路也很黑，但她卻陡然心生歡喜和安然，因為有個人正牽著她的手一起向前。

又迎來春暖花開的季節，秦靚再次出現在蕭雲醒的面前。

她一入學就知道他也在這所學校，努力忍了一個學期才來找他。

下課時間一到，秦靚就拉著室友鄭彤彤往圖書館走：「帶妳去圖書館看帥哥！」

鄭彤彤一臉不樂意：「看什麼帥哥？前幾天校園最美側臉照大賽裡，不是就有一堆圖書館帥哥嗎？去網路上看就好啦。」

秦靚搖搖頭：「那不一樣，帶妳去看蕭雲醒。」

鄭彤彤提不起興致：「蕭雲醒？沒聽說過，哪個科系的？」

「航太系。」

「航太系？那很無聊吧？」

「一點也不無聊！妳沒聽過『航太系二帥』嗎？」

「航太系二帥？哦，我想起來了，不過我只記得韓京墨。」

秦靚也不怪她不知道這件事，畢竟蕭雲醒平時很低調，低調得不得了，一出賽便奠定無人可撼的霸主地位，冠軍的位子非他莫屬，但鄭彤彤也不會關注這些。

秦靚跟她解釋：「他在國際大賽上拿過很多獎項。」

「這麼厲害？」

「簡直讓人心服口服，得跪下叫他一聲老大。前段時間的比賽，別的國家的學校聽說他也會參加，紛紛改變策略，研究該怎麼保住第二名，他一個人能帶起整個團隊，妳說厲不厲害？」

鄭彤彤不以為然：「學霸而已嘛，我們學校還缺學霸嗎？走在校園裡隨手一指，都能指出榜首。」

秦靚卻信心滿滿：「去看看就知道了。」

秦靚一走上圖書館二樓就看到了蕭雲醒。

他坐在圖書館靠窗的位置，身後是大片陽光，整個身體的輪廓朦朧模糊，像是要化開一樣。他正安靜地垂眸看書，長長的睫毛垂下後暈開一片清影，穿著簡單的白襯衫，陽光灑滿一身，高貴無暇，一舉一動間皆是從容。

不需要她多言，如此清俊又端方且身姿修長的人，再加上強大的氣勢，縱然只是坐在那裡，就能硬生生擊垮別人，令任何人都會第一時間看到他。

半晌，鄭彤彤驚呼道：「我靠！快看快看！那是誰啊？沒想到學校裡還藏著這種帥哥！側臉也太好看了吧！我一秒暈船！」

秦靚把她的話還回去：「他就是我剛剛提到的人。」

鄭彤彤簡直不敢相信：「蕭雲醒？他怎麼沒參加校園最美側臉照大賽？」

「他不喜歡出風頭。」

此時蕭雲醒忽然起身與兩人擦肩而過，走到走廊盡頭去接電話。

最初在戲院的驚鴻一瞥，後來又匆匆見過兩次，直到今天，秦靚才真正看清自己的內心，她的視線會不自覺跟上他的動作，始終落在他身上。

他的眉宇間自有一股難以言喻的清雅，通身的氣度翩然又雅致，當真是君子如珩，屹立巍然。

他站在窗前接電話，不知道電話的另一端說了什麼，他的眼角和眉梢滿是清潤的笑意，嘴角自始至終都沒壓下去過，側臉溫柔如春風。

秦靚貪戀他的身影，他就是這樣的人，即便站在人群中，也能讓人一眼就能注意到他。

她在軍訓課時偶然見過他一次，站得筆直，身姿似松柏般挺拔修長，帽子壓得有點低，看不到眼睛，只露出白皙的下巴，在一群曬得黝黑的男生中特別顯眼。

但卻只是一閃而過，等她想再去追尋時，已經不見蹤影。

他回來的時候，秦靚在門口叫住他：「蕭雲醒，這麼巧啊？」

蕭雲醒聽到這個聲音後眉頭輕皺，耐著性子聽她說下去。

秦靚笑了笑：「你不記得我了？我是……」

蕭雲醒對不熟悉的人本來就冷淡，打斷她：「我知道，有事嗎？」

「聽說你前段時間參加了一個比賽，結果如何？」

「還好。」蕭雲醒輕描淡寫地概括那年的國際大賽，以及各國選手被他吊打的恐懼。

秦靚努力找話題：「前幾天我在學校裡碰到向霈了，才知道他被隔壁的學校錄取，改天一起吃飯啊？」

「再說吧。」說完就主動結束話題，回到座位上。

韓京墨本來坐在另一邊，看了半天熱鬧後才走過來問：「那不是經營管理學院的秦靚嗎？你們認識？」

蕭雲醒眉目未動，一貫的心不在焉：「不認識。」

韓京墨明顯不信：「那她為什麼找你說話，難道在問路？」

蕭雲醒不想和他糾結這個話題，言簡意賅地回答：「向霈的朋友，見過幾次。」

韓京墨頓時不悅：「向霈還認識這種美女？怎麼也不介紹給我認識，真是不夠意思。」

蕭雲醒忍不住看了他一眼，韓京墨追女友和換女友的速度，快得讓他忍不住側目。

韓京墨眼皮一跳：「你那是什麼眼神，我現在恢復單身了好嗎？一點也不渣！」

蕭雲醒嫌棄地催他走開：「作業做完後就趕快回去吧。」

韓京墨小聲抱怨：「我本來就不是來寫作業的，聽說這個時間可以在圖書館看到很多美女，我才來的……」

秦靚和鄭彤彤走出圖書館後才開始討論起來。

鄭彤彤攬著秦靚：「你們之前就認識啊？」

秦靚點點頭：「見過幾次，算是認識吧。」

鄭彤彤撇嘴：「這個人挺跩的嘛，剛才看都沒看妳一眼。」

作為同性，鄭彤彤也不得不承認秦靚這張臉長得確實不錯，從入校就不乏追求者，不過在蕭雲醒面前好像不怎麼奏效。

秦靚倒是喜孜孜的：「我就是喜歡他身上那股不動聲色的傲氣。」

鄭彤彤嘆氣：「妳的腦子壞了吧？。」

秦靚不知道在想什麼，靜默了一會兒後忽然開口：「我想轉系了。」

鄭彤彤瞪她：「妳瘋了吧？」

「就這麼決定了，我等等就去交申請表。」

「妳看上他哪一點了？臉？我們的系草也不比他差吧？」

「看臉或許不差，至於別的……大概就不是差個一星半點兒了。他身上有一股獨特的氣質。面對任何事情都是一副閒適又淡然的模樣，我特別喜歡。」

「聽說系草家裡……嗯。」鄭彤彤善意地提醒她。

有些人富在衣食住行，有些人貴在言行舉止，而蕭雲醒這樣的人，胸中有丘壑，有見識又有天賦，表面越是低調平靜，內心就越強大，自有雷霆萬鈞之力，系草肯定比不上他，那是一種融入骨血的修養，源自內心的強大，眼中那份寧靜淡泊是裝不出來的。

她還是有這點眼力的。

她深吸一口氣：「我決定了，我要追他。」

鄭彤彤忍不住提醒她：「妳別開玩笑了，這種帥哥還是看看就好，妳到底喜歡他什麼啊？」

其實秦靚也說不明白，畢竟她無法用一兩句話表達蕭雲醒的好。

蕭雲醒的智商、情商都高，人也稱得上和善，一看就知道教養很好，永遠不慌不忙、不嗔不怒，一切都在他的掌控之中，而他卻又不容易讓別人掌控。

那種征服欲令她欲罷不能，勢必要得到他。

鄭彤彤張了張嘴，看了秦靚的神色一眼後又把到嘴的話吞回去。

有些人只要看了一眼，就能知道自己不會與他有關係，蕭雲醒恰好就是這種人，這種渾身散發神仙氣息的人，豈是他們這種凡人可以染指的。

幾個星期後，航太系的男生對上課展現出空前的熱情，因為有個大美女轉到他們系上，雖然離上課還有一段時間，教室裡卻早已坐滿了人。

韓京墨踏著鐘聲和教授前後腳走進教室，趁教授在黑板上寫字，他盯著人口密集的某處，懶洋洋地轉頭問蕭雲醒：「秦靚為什麼要轉來我們系上啊？」

蕭雲醒不想回答這種問題。

韓京墨側了側身繼續問，眼底精光一閃：「該不會是因為你？」

蕭雲醒看了看旁邊，坐到離韓京墨更遠的空位上。

韓京墨無奈，回身坐好。有些時候他真的很佩服蕭雲醒，美色當前還能心如止水。

第十五章　等她來

陳清歡今天就結束月考了，她趁午休時間打電話給蕭雲醒，打著慶祝她轉入附中兩周年的名義叫他請她吃飯。

蕭雲醒照單全收：『我下午和同學在學校旁的咖啡廳討論報告，會比較晚結束，我把地址傳給妳，妳考完後就先來找我。』

陳清歡一邊用肩膀夾著電話，一邊吃著面前的飯菜：「有沒有女生？」

蕭雲醒輕笑：『沒有，我們這組只有我的室友和其他兩個男生。』

陳清歡聽到了滿意的答案：「那就好。」

午睡結束後，蕭雲醒準備和室友出門討論作業時，就看到韓京墨背著書包往外走。

其他兩人叫住他：「哎，你要去哪裡？不是約好要討論報告嗎？」

韓京墨看了手錶一眼：「還有時間，你們先去，我先送我女朋友去上課。」

室友覺得奇怪：「你不是分手了嗎，哪來的女朋友？」

韓京墨吊兒郎當地笑著：「分手後就不能再找了嗎？」

室友無言以對：「那你別遲到！」

「知道了。」

韓京墨踏出門後，兩個室友還在那裡唏噓，這個人未免也太容易找到新歡。

韓京墨在女生宿舍樓下等女朋友的時候被秦靚叫住。

她笑得溫柔又婉約，讓人不忍拒絕：「韓京墨，這次教授出的分組作業，我能和你換一下組別嗎？」

韓京墨淡淡瞥著她，半天沒說話。

他見過的女生太多了，這些小把戲在他眼裡根本不值一提，他的雙眼跟X光一樣，一掃過去就能辨別出是人是鬼，他實在太了解像秦靚這樣的女生了，覺得自己長得漂亮，對男生微笑，男生就會被她牽著鼻子走，不惱不火地吊胃口，玩一些無傷大雅的曖昧把戲，從而達到自己的目的。她越是覺得會無往不利，他就越要讓她踢到鐵板，剛想惡趣味地拒絕對方，忽然靈機一動，壞壞地挑了一下眉後繼而笑著答應：「好啊。」

秦靚立刻禮貌地道謝，兩人交換各自小組討論的時間和地點後便道別了。

當秦靚出現在咖啡廳時，立刻有人叫她：「秦靚？這麼巧啊？」

秦靚看過去後立刻笑了：「不巧，我和韓京墨交換組別，我們現在是同一組的。」

幾個男生大喜過望：「韓京墨怎麼沒跟我們說？」

秦靚直接坐到蕭雲醒的對面：「大概是想給你們一個驚喜吧。」

他們系上的女生本來就少，現在忽然來了個美女，其他組員對秦靚很是殷勤，只有蕭雲醒視她為無物。

中間休息的時候，幾個男生圍著秦靚閒聊了幾句，只見秦靚忽然看向對面，半開玩笑地問：「蕭雲醒，你有女朋友嗎，我能不能追你啊？」

眾人一愣，繼而擠眉弄眼地看熱鬧。

蕭雲醒垂著眼看著電腦螢幕，心無旁鶩地整理資料，長而濃密的睫毛在眼下形成淡淡的陰影：「我有喜歡的人。」

秦靚一愣，下意識地問：「哪個科系的？」

蕭雲醒淡淡地開口：「她還在讀高中，我在等她來。」

秦靚意義不明地笑了：「她也能考上X大？」

X大可不是想來就能來的地方啊。

聽出她語氣裡的質疑，蕭雲醒這才抬頭看過去，不冷不熱的眼神一掃即過。

只是這輕飄飄的一眼，秦靚就意識到自己說錯話了。

她忘了有個對蕭雲醒來說極其重要的人。

說曹操曹操就到。沒過多久，秦靚就看到他放在桌上的手機裡出現「清歡」二字。

在其他人都還沒反應過來的時候，她立刻伸手接起。

一接通就聽到清脆婉轉的女聲：『雲醒哥哥，我到了，你在哪裡啊？』

她輕咳一聲：「蕭雲醒剛好離開座位。」

那邊一頓，語氣不善地問：『妳是誰啊？』

「我是他的同學，我們是同一個組別的。」

『那妳為什麼要接他的電話？』

秦靚笑了一聲，飽含歉意，理由找得天衣無縫：『手機長得太像，我以為是我的手機，一不小心就接了。』

陳清歡掛斷電話後在咖啡廳裡轉了一圈，一轉身就看到那一桌的人，繼而看到裡頭唯一的女生。

蕭雲醒剛去便利商店列印資料回來，就察覺到氣氛不對，再抬頭就看到了站在不遠處、正瞪著他的小女孩。

往日裡清亮明媚的眼眸，此刻卻罩上一層溼漉漉、霧濛濛的水氣，眼底滿是憤怒和委屈。他還來不及走近，就看到陳清歡把手裡的東西扔過來。

「嗚嗚嗚，蕭雲醒你這個大壞蛋，我特地提早交卷，就是為了早點來見你！還去排隊買你最喜歡的蛋糕！你還騙我說沒有女生！我再也不要理你了！」

孩子氣般的幼稚宣言，卻讓他心頭緊縮一下，渾然不是滋味，眼睜睜地看著她轉身跑出去。

眾人被這突如其來的情況驚得一愣，反應過來後才有人小心翼翼地問：「蕭雲醒，那是誰啊？」

蕭雲醒沒說話，眉頭緊蹙，看著腳下被摔得慘不忍睹的造型蛋糕。

陳清歡跑到馬路對面直接叫了計程車回家。她把自己關在房間裡，氣得連晚餐都沒吃，蕭雲醒打了好幾通電話給她，卻都被她掛斷了。

夜色將至的時候，蕭雲醒出現在陳清歡家的樓下，手裡還拎著重新排隊買來的蛋糕。他傳了一則訊息給她，然後耐心十足地等她下樓。

陳清歡躲在窗簾後面往外看，他站在昏暗的路燈下，身影挺拔又清冷，低眉垂眸，看不清神色，不知道在想什麼，半天都沒動一下。

陳清歡輕哼一聲後不再看他，一轉身就撲到床上玩起手機了。

過了一會兒，她按捺不住，又跑到窗邊往下看。

他站在風裡巋然不動，沒有玩手機也沒有不耐煩，只是靜靜地站在那裡，極有耐心的樣子令人牙癢癢。

陳清歡咬著唇猶豫半天，到底是意難平，又重新回到了床上翻來覆去地打滾。

經過三番兩次的偷看後，到底是她道行尚淺，定力不夠，最後才不情不願地穿著睡衣跑下去見他。她在出門的時候，還聽到陳慕白坐在沙發上不鹹不淡地說著風涼話：「這麼著急幹嘛？外面又不冷，也才等了……」

他抬腕看了時間一眼：「兩個多小時而已，時間還早得很呢。」

陳慕白還想再落井下石幾句，被她噘著嘴瞪了一眼後才消停。

路燈下，蕭雲醒正盯著自己的影子出神，聽到由遠及近的腳步聲才抬頭看過去。

女孩大概是剛洗過澡，披散著頭髮，把頭偏到一邊也不看他，以古怪的姿勢走近他，似乎不耐煩地吼了一句：「蕭雲醒你趕快走吧！我以後不想和你玩了！我又不是沒人喜歡！」

她從來沒有如此氣急敗壞地叫過他的全名，沒想到卻在一天之內叫了兩次，讓他聽得一愣，挑眉不語。

她又不是沒人喜歡，所以呢？她要去喜歡別人了嗎？

吼完後，陳清歡才忽然意識到什麼，抿了抿唇，硬著頭皮頂住他的注視。

但所有的情緒都在他沉靜的目光下變得無所遁形，她開始心虛，目光躲閃，手足無措，繼而又心生疑惑，她有什麼好心虛的？她又沒騙人，也沒和別的男生一起喝咖啡，這麼一想，心底那萬般委屈再次湧上。不見他還好，一見到他，雙眼不禁又酸又漲，越想越生氣，越想越傷心，先是咬著唇不忿，最後竟演變成嚎啕大哭。

蕭雲醒從來沒見過她哭得這麼傷心過。

她站在冰冷的夜色中，身影玲瓏纖細，眼底的傷心藏也藏不住，似乎受到莫大的委屈，缺少安全感的小女孩讓人無端覺得心疼。

或許是覺得哭成這樣太丟臉，抑或是她不願讓他看到自己的眼淚，漸漸收聲，豆大的淚珠一落下後就被她用力抹去，眼睛和臉頰很快就紅成一片。

蕭雲醒輕嘆一聲：「別哭了，好不好？」

在她的眼淚攻勢下他很快敗下陣來，緩緩替她抹掉眼淚，又輕輕揉了揉被她搓紅的臉頰和眼睛。

如果被陳慕白知道這件事，大概是要被叫家長的。

陳清歡默不作聲，大顆的淚珠還在落下。

蕭雲醒的心揪成一團，從心口處泛起密密麻麻的疼痛。他束手無策，頭一次知道她竟然這麼難哄，他垂眸看著她，輕聲低喃著道歉：「雲醒哥哥錯了……」

他溫聲地輕哄著，聲音低緩，像是帶著別樣的磁性，陳清歡的心底卻湧出一股難以言喻的酸澀。

「就算你要找女朋友，也要講求先來後到吧！」那雙明亮的眼裡氤氳著淚意，說到最後還有點哽咽，甚至開始打嗝。她一邊打嗝一邊緊蹙眉頭，委屈得不得了，言語間酸味十足，「明明是我先認識你的，你之前說我還沒成年，所以不可以談戀愛，可是你也不能找別人啊……」

他錯愕了一下後，很快又露出微笑，清俊的臉龐染上一層暖色，連聲音都帶著清淺的笑意，他伸手輕拍她的背：「妳說得對，事情總要分個先來後到、輕重緩急，妳先，全世界後；妳重，全世界輕；妳急，全世界緩。」

聲音清晰入耳，她瞬間忘了打嗝，猛地抬起頭來，剛好撞進那雙狹長深邃的眼眸裡，如墨的雙眼深不見底，裡面靜靜流淌著幾分繾綣纏綿。

他的眉眼本就長得漂亮，再加上一點清冷，更是風流俊俏。

陳清歡的心裡立刻熨貼不少，並生出諸多感慨。其實她只要看到蕭雲醒就不忍心生氣了。

陳清歡忽然被甜到，想笑卻又拉不下臉，鼓著臉撒嬌賣萌、占盡便宜：「我生氣了！我非常生氣！你快點抱抱我！這樣我就會氣消了……」

蕭雲醒但笑不語，一手拎著蛋糕一手把她輕攬在懷裡，安撫般地拍了拍她的後背，認真而專注地哄著：「不生氣了啊……」

兩人互相望著彼此，路燈把兩人的影子拉得又長又近。

後來蕭雲醒面帶溫柔，聲音輕緩地跟她解釋。

陳清歡聽聞後直接漲紅了臉，心裡頗為懊惱，其實她也知道自己有點小題大做、無理取鬧，於是訕訕地低聲開口：「你的同學……會不會取笑你？」

蕭雲醒見她終於願意和自己說話，直接鬆了口氣，根本不想管其他人：「沒關係，他們不重要。」

陳清歡心裡一喜，想聽他再說一遍：「那誰比較重要？」

蕭雲醒輕笑一聲，語調溫柔，緩慢而篤定地開口：「妳重要，妳最重要。」

得到他的縱容後，陳清歡更加肆無忌憚地耍無賴，一雙眼睛笑成月牙，不知道又想起了什麼，略帶不滿地抱怨：「你以後不能騙我。」

蕭雲醒覺得無辜，卻也沒辯解，點頭答應：「好。」

「你以後離那個女生遠一點。」

「好。」

「我是不是……」

「妳沒有不乖、不幼稚，也不小心眼，更不是個討厭鬼。」

陳清歡傻傻地笑著：「嘿嘿嘿。」

看她終於高興了，蕭雲醒卻忽然挑著眉尖問：「所以，妳該叫我什麼？」

那兩聲怒氣衝衝的「蕭雲醒」似乎還在耳邊迴盪，陳清歡瑩白細嫩的小臉上立刻浮現出一抹討好的笑意：「雲醒哥哥……」

臉上的淚痕還在，眼尾有些紅腫，卻又笑得像孩子一樣，蕭雲醒看著她的眼神越發柔和，抬手抹掉那道淚痕：「好了，怎麼這麼愛哭呢？小哭包。」

一張小臉哭得髒兮兮的，他故意表現出嫌棄，她便使壞地往他手上蹭，細長軟滑的髮絲從指間流過後劃破夜色，留下一片旖旎。

陳清歡指著自己的眼尾，格外認真地回答：「因為我這裡有顆淚痣啊。」

她仰頭看著他，那顆桃花痣的位置和陳慕白一模一樣，水潤的大眼似含著一汪春水，溫婉多情。

蕭雲醒看著看著便緩緩勾起唇角。

後來陳清歡滿面春風地回來，和剛才氣鼓鼓的河豚模樣大相徑庭，捧著蛋糕，喜孜孜地上樓回到房間。

陳慕白冷眼看待，頗為不忿：「妳看，一塊蛋糕就能被哄好，這還是我的女兒嗎？」

顧九思只匆匆掃了包裝盒一眼：「這家蛋糕很難買的，每天都會大排長龍，還不一定買得到。」

陳慕白更加鄙夷：「那又如何？不就是塊蛋糕而已？」

顧九思似乎格外傷感：「但你也沒有買給我吃過啊。」

陳慕白不知道怎麼就引火上身了：「妳想吃那個？」

顧九思看他一眼：「蛋糕不重要，重要的是排隊的心意，你有為我排隊買過東西嗎？」

陳慕白心裡委屈，我有身分、有地位，不用排隊還有錯？

陳清玄適時湊過來：「漂亮媽媽，妳想吃什麼蛋糕，我可以去排隊，用我的零用錢買給妳。」

陳慕白恨不得一腳踢開他：「臭小子，是誰給你零用錢的？」

陳清玄倒是分得清：「大不了我不用你給的那份買。」

陳慕白被氣笑：「真是翅膀硬了，下個月開始，我不會再給你零用錢了！」

我收拾不了你媽和你姐，我難道還收拾不了你？

陳家小公子抿抿唇，回房去數他的私房錢可以支撐幾個月。

第二天，還有一堆生意要談的陳總不知道在發什麼瘋，站在一群年輕人的隊伍裡緩慢移動，為的就是幫老婆買蛋糕，這是他第一次做這種事。

陳靜康在一旁陪他：「要不您先回去，我來排？」

陳慕白又往前挪了一小步：「不用，我要幫我老婆買。」

陳靜康又建議：「要不然我去問問店主，看他能不能讓我們直接收購？」

陳慕白似笑非笑地瞥他一眼，陳靜康立刻老實地閉上嘴。

終於輪到陳慕白的時候，大手筆的陳總把所有能買的蛋糕全都買了一遍，打包送到顧九思的公司，結果只得到「有病」二字的答覆，完全沒有陳清歡那副喜不自勝的模樣，陳總很是受傷。

秦靚以為蕭雲醒會來質問她接電話的事情，沒想到他整天都沒有動靜，完全無視她，平靜得讓人心寒。

蕭雲醒踩著熄燈的時間點回到寢室，韓京墨坐在椅子上晃著二郎腿，一副幸災樂禍的模樣，慢悠悠地調侃道：「聽說我今天錯過了一齣好戲啊？」

眼看著蕭雲醒無動於衷，韓京墨再接再厲，面帶促狹地笑著開口：「秦靚和今天對你發火的小女孩，誰更漂亮？」

作為當事人的兩位室友積極給出答案：「那個小女孩更漂亮！」

韓京墨長了一副溫文爾雅的君子模樣，但在這方面一向口無遮攔：「那身材呢？」

蕭雲醒放下書包，終於給了他一個眼神：「籃球，游泳，還是跑步？」

韓京墨沒反應過來：「什麼意思？」

蕭雲醒沒回答他，繼續問：「挑一樣，還是全挑？」

韓京墨更加茫然：「挑什麼？」

蕭雲醒也不在意他的答案：「明早體育館見。」

說完就拿著東西去漱洗了，留下韓京墨愣在原地，摸不著頭緒：「他在說什麼？」

第二天一早，韓京墨終於明白他的意思了。

就是虐他的意思。當韓京墨手裡的籃球再次被蕭雲醒拍飛後，他抹了把額頭上的汗水，氣喘吁吁地坐到地板，擺手拒絕道：「不玩了不玩了。」

蕭雲醒撿起球走回來，居高臨下地看他一眼：「不行了？」

韓京墨立刻炸毛：「不能說男人不行！你不知道嗎！」

「那繼續啊。」

「不了。」

「那就是不行。」

「蕭雲醒你是不是有病？一大早跑完三千公尺，游了一千五百公尺，現在又來打籃球？是在進行鐵人三項嗎？」韓京墨實在受不了了，一邊吼他一邊傳訊息給向霈，叫他來救火。

有熱鬧可看，向霈連臉都沒洗就火速從隔壁趕過來，一來就看到蕭雲醒在孤獨地投籃，而韓京墨則扶著腰，坐在地上喘氣：「你怎麼了，腎虛？」

「你才腎虛！」韓京墨指著他控訴，「還有你，你不是說他除了讀書以外什麼都不會嗎？這就是你所謂的『不會』？」

向霈冤枉地辯解：「我沒說過，這些都是你自己說的。」

韓京墨一愣：「我也沒說過啊。」

向霈頗為好奇：「你得罪雲哥了？不然他為什麼要把你踩在地上摩擦？」

韓京墨被虐得慘不忍睹，還不忘嘴賤，緩過來後便開始慢條斯理地胡扯：「我沒想到自己對蕭雲醒而言這麼重要，不過是沒經過他的同意就拋棄他加入別組，他意難平，得不到我就要毀了我！」

向霈不聽他胡言亂語，興致勃勃地分析著：「我看啊，你不是動了雲哥的牙刷，就是動了雲哥的小女孩。」

韓京墨也沒含糊，老實交代了，還不忘抱怨一句：「你說，這件事情跟我有關係嗎？幹嘛拿我洩憤？。」

向霈冷哼一聲：「怎麼沒關係？誰叫你嘴賤，我早就說過秦靚不是什麼好東西。」

韓京墨立刻聽出他的意思：「你就這麼看不上她？」

向霈剛想說什麼，忽然感覺到後背一涼，立表忠心：「我堅決站『清醒』CP 一萬年！我是他們的頭號 CP 粉！死忠粉！所有拆 CP 的都是壞女人！」

韓京墨嗤笑一聲：「我看你是需要清醒一下了，根本就是蕭雲醒的腦粉。」

向霈到底也同情他被虐得這麼慘，開口提醒他：「總之，你平時還是可以跟雲哥胡鬧，若雲哥把笑話當真，你就要遵循『雲進你退，雲怒你跪』的原則。」

韓京墨誓死抵抗：「我不要！」

可惜他的負隅頑抗並沒有持續太久。韓京墨最近對某個資優班放出的名額頗感興趣，本來他志在必得，沒想到他竟在最後公布的名單上看到蕭雲醒的名字，這還沒結束，過了一天後公告改了，蕭雲醒主動放棄，讓韓京墨替補進去。

韓京墨有種被狠狠侮辱的感覺。

他指著電腦螢幕上最新的公告：「你這是什麼意思？把名額搶走就算了，現在又放棄是什麼意思？」

蕭雲醒並未感受到他的氣急敗壞，漫不經心地低頭翻著手裡的書，輕飄飄地回了三個字：「沒興趣。」

韓京墨也服了：「你沒興趣的話幹嘛報名？」

蕭雲醒平靜得讓人牙癢癢：「我對資優班沒興趣，但對虐你有興趣。」

韓京墨氣得捶胸頓足：「蕭雲醒，你是不是有毛病！」

長此以往，不管韓京墨做什麼，都會被蕭雲醒插一腳，還會引來一群人的嘲笑：「你不是孤獨求敗嗎，這下得償所願了吧？」

蕭雲醒充分地向韓京墨展示了「人狠話不多」，幾次下來他真的服了，他開始害怕蕭雲醒的整人手段，於是真心誠意地向他道歉：「大哥，我認錯行不行？我以後再也不敢耍你，也不嘴賤了！你的小女孩最漂亮，性格最好，什麼都是最好的！別人根本沒辦法和她相比！」

蕭雲醒眉尖一挑，這才收手。

自那之後，再有人挑釁蕭雲醒，韓京墨都會以過來人的身分勸誡。

「別惹他別惹他，他擅長用你的擅長擊敗你，雙重打擊！double kill！簡直就是個變態！」

暑假過後，陳清歡升上了高二。分了文理組之後，不用再背那些複雜冗長的東西，變得更加如魚得水。不過也因此和選擇文組的冉碧靈分開，她也有了新鄰居。

冉碧靈特地請她吃了一頓訣別飯，紀念一下他們歷時兩年半的情誼，還叫上褚嘉許一起。

餐桌上，冉碧靈不知道是在安慰她還是在安慰褚嘉許：「我和牛頓、伽利略、愛因斯坦這些老男人糾纏這麼多年，也沒什麼好結果，已經被傷透了，我不能再把大好青春浪費在他們身上。我決定不談異國戀和時空戀了，還是老老實實去文組，繼承社會主義接班人的位子吧。」

陳清歡對此無感，但褚嘉許卻有點低落，不過很快就被冉碧靈逗笑了。

陳清歡早就料到冉碧靈會選擇文組，真正讓她意外的人是方怡。

方怡其實更擅長文科，沒想到她最後卻選擇理組，還和陳清歡分到同一班。

就此冉碧靈還專門和陳清歡進行深入探討，最後得出結論：方怡的腦子進水了。

過年之前，S大的招生組帶了幾個名額來到附中，陳清歡也接到可以去參加面試的通知。面試的老師是數學系的，聊了幾句後讓陳清歡做了一份數獨。

陳清歡看了幾眼後，很快就填好遞回去。

那位老師驚奇地看著她：「這麼快？能講講妳的解題邏輯嗎？」

小女孩連眉眼都沒抬，有股說不出的莫名和若有若無的倨傲：「看一眼不就知道了嗎？還需要邏輯？」

「……」

數學科的馮老師趕緊向他解釋：「她不是不尊重您，她就是這樣，這是她的本能，答案都會自動出現在她的腦子裡。」

面試老師意味深長地看著她：「前兩年我也面試過你們學校的一個男生，他做數獨的速度也很快，邏輯縝密、思路清晰，是個難得一見的才子。只不過他後來沒選擇來我們學校。」

馮老師點頭：「蕭雲醒嘛，您還記得他啊？他後來去了X大。」

陳清歡聽到熟悉的名字後話就變多了。抬頭看著面試老師眨了眨眼，看起來單純又無辜：「您放心，我不會選擇你們的學校，我也要去X大。」

「……」這下連馮飛都沒辦法救場了。

沒過幾天，楊澤延高興地來問她：「S大數學系有意破格錄取妳，明年就能入學，有興趣嗎？」

陳清歡想也沒想就搖頭：「沒有。」

楊澤延知道她在想什麼，只是機會難得所以多說兩句：「其實S大的數學系不會比X大還要差。」

陳清歡不為所動：「不去。」

「非得是X大不可？」

「嗯。」

「妳是國際數學奧林匹亞國家隊集訓成員，是有保送X大的資格的，不過得等到後年才能入學。」

「那我明年直接跳級。」

楊澤延看著面前這眉目沉靜、語氣篤定的小女孩，忍不住感慨，一個蕭雲醒，一個陳清歡，有一個算一個，視保送名額如糞土，說不要就不要了。

楊澤延知道多說無益，擺擺手：「沒事了，妳回去吧。」

陳清歡走後，楊澤延站在辦公室外的走廊看著操場上密密麻麻的學生們，一時無言。

有同事在經過時看他一眼：「楊老師，你怎麼了？」

楊澤延長嘆了口氣：「有時候看著這些朝氣蓬勃的年輕人，心裡挺感慨的，他們真的讓未來充滿了無限可能啊……」

同事樂了：「那當然，國家未來的棟梁嘛，哈哈哈……」

楊澤延下課後正好碰到丁書盈來上課，兩人擦肩而過時，楊澤延的眼神很是微妙，看得丁書盈心裡發毛。

她腳下頓了頓：「又怎麼了？你又幫我們班的學生牽線了？」

楊澤延輕描淡寫地吐出一句話：「我們班的小女孩為了妳的學生，連保送名額都不要了。」

「陳清歡？」說起這個，丁書盈也火大，「當年蕭雲醒為了多陪她一年，還不是放棄了保送名額！X大物理系！是多少學生心中的夢想啊！」

楊澤延一頓，趕緊摸摸鼻子離開：「打……打擾了……」

他走了幾步後才反應過來，不禁在心中感嘆：X大物理系算什麼！蕭雲醒才是多少女學生心中的夢想啊！

決定明年就參加升學考的陳清歡，沒去參加冬令營，還退出了國家集訓隊，全心全意開始為升學考做準備，整個寒假都在家裡讀書，那股難得的認真倒把陳慕白嚇了一跳。

她當時已經在國家隊的名單裡了，不少人為她惋惜，在大賽面前，升學考根本不算什麼，但在陳清歡心裡，比賽和升學考都不算什麼，只有蕭雲醒才是舉足輕重的存在。

聽說她退出集訓隊後，方怡頂替她的位子。她無所謂，冉碧靈倒是忿忿不平，跨越長長的走廊來找她吐槽，兩人站在教室門口閒聊。

「國家是沒人了嗎？讓方怡這種人去參加！」

「妳怎麼這麼生氣？她又去招惹褚嘉許了？」

「沒有，她到處跟別人說想要去X大，還想考跟蕭雲醒一樣的科系。」

「去啊，她有本事的話就考到蕭雲醒的床上去。」

「噗！」冉碧靈一口水噴出來，「妳們兩個現在同班，沒出什麼事吧？」

陳清歡搖頭，眺望著遠處的天空，神色有些恍惚：「雲醒哥哥又不在，能出什麼事？」

冉碧靈也被感染，嘆了口氣：「等這學期結束後，妳也不會在學校了，我們大概也不能常常見面了。」

陳清歡往隔壁班的方向看了一眼，眉眼忽然飛揚起來：「我在不在有什麼關係？褚嘉許在就好了呀！」

本是調侃的一句話，冉碧靈不知道想到了什麼，勉強岔開了話題。

近來楊澤延很是忙碌，各科老師紛紛來找他反映，表示最近的陳清歡很反常，上課也不會睡覺了，讓他好好注意一下，弄得他哭笑不得。

陳清歡之前主攻數學，現在要兼顧其他學科，畢竟升學考和數學比賽不同，還一心想考X大，楊澤延也不得不替她捏一把冷汗，他秉著認真負責的態度，還是找她談了幾次話。

楊澤延趁下課休息時間來到她的座位前，沒頭沒腦地問：「不打算等到後年嗎？」

陳清歡正低頭寫著題目：「不想等了，還要一年多呢。」

楊澤延再次確定：「連一年都等不了？」

陳清歡筆下動作越來越快，懶得抬頭：「等不了。」

鑒於對方的態度和忙碌程度，此次談話很快結束，楊澤延帶過那麼多學生，第一次和學生談話的時候覺得沒話說，心情有些複雜。

陳清歡把跳級的事情告訴蕭雲醒時，蕭雲醒沒說什麼，只是眸光漸深，長久地看著她，眼裡多了些她看不懂的東西。

只剩下幾個月的時間了，高二的課業壓力本來就很重，他們每週見一次面，通常約在週六。週六中午放學時間，蕭雲醒會提著甜點到校門口等她放學。

十幾歲的小女孩一天一個樣，儘管保持著每週見一次的頻率，但蕭雲醒還是察覺到了她的轉變，除了長高以外，也變得更漂亮了。

「雲醒哥哥、雲醒哥哥，你聞聞看！」陳清歡一看到他就撲過來，聲音甜美，邊說邊伸長脖子讓他聞，「好聞嗎？」

蕭雲醒低頭嗅了一下：「嗯，換沐浴乳了？」

陳清歡笑嘻嘻地點頭：「像不像一顆行走的芒果？」

蕭雲醒忍不住笑：「像。」

「那你想不想咬一口？」她指著自己的臉，「給你咬一口。」

「……」蕭雲醒一時無言，努力找尋新話題來結束這段談話。

陳清歡顯然不滿意他的反應，捧著小臉愁眉苦臉地嘆氣，時不時還偷瞥他一眼，用極小的聲音抱怨：「我早上特地洗了澡，怕過了一整個晚上就沒辦法讓你聞到香味了。」

蕭雲醒無奈地笑了笑，眼底染上一抹清潤的笑意：「香。」

這個年紀的女孩無論何處都是香甜的，根本不需要沐浴乳，就讓人想要咬上一口。

陳清歡毫不矜持地大笑起來。

蕭雲醒邊走邊捏了捏她的臉：「妳最近是不是變胖了？」

她立刻收起笑容，氣鼓鼓地瞪他：「沒胖！」

蕭雲醒輕笑一聲，確實沒胖，只是想故意逗她。她開始抽高，嬰兒肥褪去，整個人穠纖合度，往日的圓潤可愛變得越發精緻柔媚。

陳清歡拽著他的衣角，一邊走一邊歪頭看他，滔滔不絕地說著瑣事。

「雲醒哥哥，這週的模擬考我又考了第一名！」

「學校後面的那條街上新開了一間飲料店，他們賣的珍珠奶茶超級好喝！我下次帶一杯給你！」

「對了對了，老楊今天和丁老師在學校裡牽手了！很多人都看到了，大家都跟在後面看，丁老師的臉都紅了！」

蕭雲醒忽然停下，垂眸笑著看她：「嗯，我也想妳。」

陳清歡的雙頰立刻著火，連耳尖都染紅了：「我……」

她的心思在他面前無所遁形，說了那麼多，確實只有一個意思。

她很想他，想把看到、聽到的一切都告訴他。

蕭雲醒自然地牽起她的手：「等等想吃什麼？」

陳清歡指著街邊的一個攤位：「糖炒栗子！」

她一看到糖炒栗子，眼睛都亮了，站在旁邊盯著現炒的栗子出鍋，接過裝著栗子的紙袋抱在懷裡。

可惜她的手很笨，老是剝不好，最後把剝得慘不忍睹的半顆栗子塞給蕭雲醒：「你幫我剝。」

「好。」蕭雲醒絲毫不見嫌棄地接過，白皙修長的手指微微用力，硬殼和褐色薄皮立刻脫離果肉。

陳清歡笑嘻嘻地接過後塞進嘴裡，又從紙袋裡抓了一大把塞給他，討好般地對他笑，意圖明顯，動機明確。

餵了十幾顆後，蕭雲醒收起袋子：「好了，不能再吃了，等等要吃午餐了。」

陳清歡也沒胡鬧，乖乖點頭。

兩人在外面逛了整個下午，直到晚餐時間，陳清歡才願意回家。

路燈在夕陽餘暉中懶洋洋地亮著，蕭雲醒牽著她的手不緊不慢地走著。

陳清歡忽然安靜下來，轉頭看過去。

街邊錯落有致的光影把他的臉龐襯托得更加深邃分明，她忽然覺得心裡甜甜的，比剛才的飯後甜點還要甜。

陳慕白深夜才結束出差回到家。剛進家門，就看到顧九思輕手輕腳地從陳清歡的房裡出來。

他一邊拆著領帶一邊壓低聲音問：「睡了嗎？」

顧九思點點頭：「睡了。」

他嘆了口氣：「妳說，我們當初幫她千挑萬選出國際學校，就是為了不讓她走升學考這條獨木舟，但是現在呢？真不知道她在想什麼……」

「想什麼？當然在想蕭家那位大公子。」顧九思接過他手裡的外套，直言不諱地瞅他一眼，「再說了，當初是誰和她蓄謀良久，無所不用其極地一起說服我同意她轉學的？」

陳慕白心虛地摸摸鼻子，轉移話題：「我去洗澡。」

第二天一早，陳清歡抱著牛奶打瞌睡。

陳慕白有點看不下去：「乖女兒，沒關係的，壓力不要太大，妳如果真的很想去X大的話，爸爸就捐一棟大樓給他們，肯定能讓妳入學。」

陳清歡睡眼惺忪地打了個哈欠，不高興地噘嘴：「爸爸，你好土啊，雲醒哥哥就是憑自己的實力考上的，也沒讓蕭伯伯捐大樓給學校啊！」

一直走在時尚尖端的陳老師，第一次被人明目張膽地指著鼻子說他土，非常委屈地小聲嘀咕：「蕭伯伯要是真的捐大樓給學校，全家肯定都要跑路了……」

臨近升學考，陳清歡讀書的時間越來越長，蕭雲醒也跟著學校去國外參加比賽，兩人約好六月再見。

臨走前，蕭雲醒挑了沒課的早晨，像往常一樣去陳清歡家樓下接她，送她去學校。

到了校門口後，陳清歡抿著唇看他：「雲醒哥哥，我不在的時候，你要想我哦。」說完後她把一張紙條塞進他的口袋，然後俐落地從他手裡拿過書包，轉身走進學校。

第一次這麼決絕，沒有表現出任何不捨，只留給他一個背影。

直到她的身影徹底從視線內消失，他才低頭從口袋裡拿出那張紙條。

短短的幾行字：

姓名：蕭雲醒

病症：相思病

處方：想陳清歡，宜日服數次，連服數日，數月不斷，經年不絕，無限量服用。

他勾起唇，無聲輕笑。

他會永遠記得，有個特別好的小女孩，曾經那麼努力地想要在他的未來占據一席之地。

後來，等蕭雲醒再回憶起來時，這一幕因為沾上青春的水氣所以變得模糊，但那個叫「陳清歡」的活潑女孩卻更加清晰。

——《雲深清淺時》未完待續——

高寶書版集團
gobooks.com.tw

YH 137
雲深清淺時（上）

作　　者　東奔西顧
責任編輯　眭榮安
封面設計　陳采瑩
內頁排版　彭立瑋
企　　劃　何嘉雯

發 行 人　朱凱蕾
出　　版　英屬維京群島商高寶國際有限公司台灣分公司
Global Group Holdings, Ltd.
地　　址　台北市內湖區洲子街 88 號 3 樓
網　　址　gobooks.com.tw
電　　話　(02) 27992788
電　　郵　readers@gobooks.com.tw（讀者服務部）
傳　　真　出版部 (02) 27990909　行銷部 (02) 27993088
郵政劃撥　19394552
戶　　名　英屬維京群島商高寶國際有限公司台灣分公司
發　　行　英屬維京群島商高寶國際有限公司台灣分公司
初　　版　2023 年 6 月

國家圖書館出版品預行編目 (CIP) 資料

雲深清淺時 / 雲東奔西顧著 . -- 初版 . -- 臺北市：英屬維京群島商高寶國際有限公司臺灣分公司 , 2023.06
冊；　公分 . --

ISBN 978-986-506-729-8(上冊：平裝). --
ISBN 978-986-506-730-4(下冊：平裝). --
ISBN 978-986-506-731-1(全套：平裝)

857.7　　112006883

GOBOOKS
& SITAK
GROUP©